U0355873

角斗场的《图兰朵》

田浩江 著

生活·讀書·新知 三联书店

大都会歌剧院的金色大幕瀑布一样地垂下，充满了诱惑

田浩江在《唐卡洛》中饰演菲利普二世

目录

前言　翟永明 1

帕瓦罗蒂 13

《丹尼男孩》33

露易丝与奈特 45

大都会试唱记 77

保尔 89

大师小泽 98

米开朗基罗 109

阿根廷的《浮士德》122

《听妈妈讲那过去的事情》141

保罗·科泰 145

角斗场的《图兰朵》183
散记佛罗伦萨 195
美声老味道 220
石灰岩上的歌剧院 228
《山楂树》237

普拉西多 · 多明戈 257
卢克 318
后门内外 322
詹姆斯 · 莱文 331
晴朗的一天 354

后记 359

附录 367

前言

翟永明

大约在 2012 年，我认识了歌唱家田浩江。那时他常回国演出歌剧，只要我在北京，总会去看他的演出。曾经，在看了他出演的歌剧《诺尔玛》之后，我还写过一首诗题献给他。

田浩江是纽约大都会歌剧院的签约演员，他的简历拿出来要吓人一跳。作为一个中国人，能站在世界歌剧舞台的中央，在别人的主场上取得成功，这是多么不容易的事情。试想一个金发碧眼的外国人，要在长安大戏院或某个国内一流的京剧团饰演重要角色，那的确是前所未有。

几年前的一个晚上，我和徐冰应田浩江之邀，前去国家大剧院小剧场，看他的舞台作品《我歌我哥》。我知道他是歌唱演员，但他怎么在一个独角戏中来“歌我哥”呢？这应该是一个独特的演出。我们邀上李陀与刘禾，一起去观看。《我歌我哥》由田浩江自编自导自演，舞台由无数个行李箱组成一个装置，也许这暗喻了田浩江在世界各地的演唱史。他集歌剧演员、流行歌手、话剧演员、脱口秀演员于一身，神奇地将这一幕独角戏演绎得活色生香。他是一个天生的演员，除了天生的歌喉之外，他的表演也是极其出色的。有一类演员就是这样，只要站在舞台，他就能迸发出巨大的能量，他们为舞台而生。《我歌我哥》，以我们这一代人熟悉的时代歌曲，串联出他与年长八岁的兄长之间的一场对话，带有极强的自传性。田浩江天生有讲故事的才能，他能把一些生活中的日常，变成舞台上的戏剧感。我当时一边看，一边觉得这些自传性的讲述，太有文学性了：他用口述语言展现出日常事物的丰富动人及内在的力量。所以，几年后，当我知道他在写作，并很快会出书，一点都不感到惊讶。

当我真正在电脑上读到田浩江发来的散文时，我还是吃惊了：他使用文学修辞和文学洞察力时，与他的舞台表现，有一种内在的串联与和谐。这部书对话的不再是他的亲人，而是他的朋友、同行、知音，以及在歌剧舞台幕前幕后的魅力人物。田浩江在稿纸上建筑了一座大舞台：舞台上有我们仰为天神的角色与人物，也有不起眼的凡人面孔。既有光彩照人的主角，也有站在背后的配角或龙套。有魔法式的精彩瞬间，也有咒语附体的失败一刻。既有舞台旁侧的观察入微，又有舞台中央仙容正大的特殊照耀。这是一次灵魂探索之旅，活水源头是：音乐、歌唱、友情、回忆，以及心灵碰撞。而作者田浩江俨然如大舞台上的导演和指挥，用一种特殊的写作风格塑造、处理、指挥、翻译和描绘了这样一部有声有色、亦苦亦悲的歌剧浮世绘。一种扑面而来、音调铿锵有力的旋律，投向读者；读者也在字里行间，快速接到这种铿锵的力道。

读田浩江的文章，还发现他有着小说家观察和描摹事物的能力，他擅长将许多不起眼的小细节抓住，渲染、生动地带出。他的每篇散文都更像一篇短篇小说，有故事架构、有人物描写、有层层推进的情节和背景描述。而且，他像个职业作家一样，知道在什么地方开始和在什么时候结束，绝不拖泥带水。不是专业作家的他，很勤奋地写作、修改，最多时改到八稿。难得的是他在文学写作中依然遵从自己的内心节奏，某种意义上，是一位歌唱家的节奏，以一种歌剧式的辽阔或激越，一种裂帛式的嗓音，书写他生命中那些最美的人生场景和坎坷、苦恼的经历，这嗓音厚实而坚定。田浩江文字的最大特征，便是富于感染力，这种感染力，是他多年在歌剧舞台上浸淫出来的激情与想象力，以及一种富有形式感的戏剧张力。他书中描摹深写的那些人物，有浅浮雕式的立体部分，也有隐入文字后面的淡淡晕染；而故事的埋线和布局，常常被他勾出大轮廓，留白给读者，让他们自己去填补。

比如《大都会试唱记》一篇，就大放异彩。虽然，在与田浩江交往的过程中，不止一次听他讲过这个故事。但落到纸上的这些华彩段落，无拘无束地发挥了他的写作才能。这种生机勃勃，不同于作家，这种向戏剧借鉴的笔法，是他独有的，需要作者具有极高的天赋与敏锐的观察。

“试唱”，一个改变田浩江命运的考试，他理当着重渲染，关乎生存、爱情、信誉和对自己的认同。此篇的写法把文字和情节、气氛运用到得心应手的地步。如同在大都会歌剧院上演的一幕戏剧：先抑后扬，有惊无险；一次次的通关、一次次的逢凶化吉，让读者不由得怀疑其真实性。他充分发挥了自己擅长的戏剧性渲染：初次试唱的失利；伴奏生病；烂钢琴家的拉垮；隐形眼镜关键时刻的掉落，促使他后面用了一大堆“一只眼”的咏叹式叙述；而最后钢琴家缺席所带出的紧张感，被拖延的时间的节奏，被他直接用分秒计时来表现：12 点 40、41、42……49，加上三个大大的惊叹号，这几乎就是一个歌唱演员在纸上的表演，作家很少这样来写作，我想也没有这样的体会。他用惊心动魄，或惊人魂魄的节奏，代入了“试唱”的层层剧情。田浩江本人在“试唱”舞台上的真正发挥，却完全被留白了。只用了经纪人的赞美，及大都会难以得到的全年演出合同来衬托。

关于“红得生气勃勃”的佛罗伦萨，关于“塞维利亚的理发师”的排练过程，关于“晴朗的一天”，关于“美声老味道”，他都书写得精彩纷呈，每一篇有每一篇的味道。正是他这种诙谐幽默的音质、身在其中的临场感、微妙动人的对话、一波三折的节奏，让他的文章呈现出一种舒服得体的语感和质地。更别说他的所见所闻所思所写，都充满魅惑和吸引力。既有天南地北的异国风光，又有歌剧世界的生机盎然。幸运的是：他能使用别人不能得到的一手材料，将自己的歌剧人生镶嵌在一段段行云流水的叙述中。田浩江既是本书的男主角，也是本书的创作者，双重视点正好展现那些动人故事。书里有与帕瓦罗蒂的同台演出，与伯乐式的经纪人的相遇，与那些如雷贯耳的大师名字并列在一起的忐忑、骄傲、快乐，以及文化差异带来的各种妙趣横生的误会与释然。各色人等、各路人马，在不同的歌剧大舞台上的侧写和冲突，俯拾皆是。夹杂其中的，是主人公从北京锅炉工通往大都会歌剧院签约演员这一路上的惊心动魄、跌跌撞撞、起死回生。

如同所有歌剧一样，书中也有一位女主角：一切功劳归于玛莎，一切晦气靠玛莎解救。玛莎，是一位隐居幕后但时时发声的潜在的女主角，她像一个空气阀，在重要决策或压力增大时，充当田浩江生活中的空气阀，为他打气，也为他泄气。她从来不是什么背后的女人，她一直在前台。而田浩江对妻子毫无保留的赞美和书写，也是我在现在中国作家、艺术家的作品中，很少看到的，使其成为本书的又一特点。

这本书的读者至少可以涵盖三个方面：普通读者，对世界充满好奇，希望读到歌唱家眼中的欧美国家，与一般旅游者有所不同；古典音乐从业者及爱好者，书中夹叙夹议、干货十足的声乐知识，会让他们获益匪浅；文学爱好者，对陌生世界和陌生领域以及熟悉的文学领域，都有着浓厚的兴趣。不同层面的读者，能得到不同的滋养，这是一本好书的特点。

田浩江在本书《后记》说道：想写的有很多。他现在还在他热爱的舞台上演出，并尝试连接东西方文化的交流，同时也在进行新的创作。他既有舞台经验，又有文学才能，如果有一天他开始写作小说和剧本，我并不吃惊。我期待他拓宽自己的创造力和视野，完全地激活连他自己尚不清楚的能量。舞台上的辉煌也许会随着谢幕而消退，文字的闪亮却永远在场。

总是笑得特别开心的帕瓦罗蒂

大都会版《阿依达》，
帕瓦罗蒂的凯旋出场，
右上是我饰演的古埃及国王

上图：帕瓦罗蒂在大都会的最后一场《阿依达》，演出后谢幕
下图：大都会版《假面舞会》谢幕，中间为帕瓦罗蒂，我在最左侧

《阿依达》演出的后台，帕瓦罗蒂把我和玛莎都推到前面挡住他，于是我最“庞大”

2005 年，帕瓦罗蒂最后一次在中国开演唱会
摄影 / 崔峻

帕瓦罗蒂

我这辈子第一次看歌剧是在纽约大都会歌剧院，看的是威尔第的《埃尔南尼》。当时吸引我的不是威尔第，不是《埃尔南尼》，也不是大都会歌剧院，而是帕瓦罗蒂。

我最早知道帕瓦罗蒂是在北京中央乐团的资料室。1981年，我当时是中央乐团的合唱队员。那天我走进资料室去找个歌谱，一进门就看到办公桌上竖着一张唱片，正对着门口，唱片的封面是一个大头像。资料室的老师看见我站那儿盯着唱片看，就说："这是帕瓦罗蒂，意大利男高音之王。"

我从来就喜欢爽朗的笑容，总觉得笑得特开心的人都是好人。当时我并不知道帕瓦罗蒂是谁，但那张唱片封面给我留下了极为深刻的印象。帕瓦罗蒂能称王当然是因为他那无与伦比的高音，我觉得一定还因为他的笑容。那张照片上的帕瓦罗蒂头发、胡子乱蓬蓬，眉毛一高一低拧着显得有点调皮，圆脸大头，眼神坦荡，笑得开心，真诚得带点儿天真。他脖子上有一条淡蓝色的围巾，上面是彩色的碎花，非常舒服地衬托着他可爱的笑容和背后的蓝天，整个照片让人愉快，使我一下子就喜欢上帕瓦罗蒂。

我出国留学之前只听过一次帕瓦罗蒂演唱的录音。那时谁有一个录音机，有几盘磁带，都令人极为羡慕。记得是在中央乐团的同事家，听音乐的过程像举行宗教仪式。朋友拿出一个塑料大圆盘的磁带，小心翼翼，按在一尺见方体型厚重的国产录音机上，拉出小半寸宽的棕色磁带，卷到右侧的大空转盘上，庄严地按下播音键，轻轻说了声："帕瓦罗蒂。"

两年以后，1983 年 12 月 17 日，我出国留学，从北京飞到纽约，第一天就去逛林肯表演艺术中心。在大都会歌剧院的广告橱窗里我一眼看到帕瓦罗蒂——跟北京那张唱片封面一样的大头像，顿时兴奋。于是，那天晚上我看了这辈子第一场歌剧。

我买的是八美元的站票，最便宜的，对我来说已是一笔巨款。那时自费出国留学的都没钱，我走出纽约肯尼迪国际机场时，兜里只有三十五块美金，相当于我在中央乐团大半年的工资。当时真是豁出去了！

我那时根本不懂什么西洋歌剧，第一次听帕瓦罗蒂的录音简直是一次"拜神"的经历，那种庄严的仪式感彻底把我镇住，"拜神"的结果，就是我到了美国的第一天，从我全部财产三十五块美金里数出八美元，站在纽约大都会歌剧院的最后一排，看我的"神"。

大都会歌剧院的站票区其实很仁慈，有人性。虽然距离舞台遥远，看不清楚米粒大小的演员，而且无论歌剧长短需全程站立，但站票区的每个站位都有齐胸高的扶手，包着深紫色的丝绒，你可以两手架在上面，减轻腿部的压力，累了还可以换个姿势。非常重要的是，站票区的声音效果还不错，可以清晰地听到远方舞台传来的声音。

我后来才知道，在大都会歌剧院，总有些视歌剧为生命的人永远买站票，几乎每场必看。有些人也不站，靠着墙坐在地上，闭着眼听台上的歌剧。他们都是些没钱的人，歌剧却让他们显得很富有，远比那些来歌剧院社交的有钱人懂歌剧。要听他们的评论，等于上课，他们的批评和赞扬都是货真价实的，即便苛刻，也句句在点儿上。如果这一晚他们一个都没出现，那这场演出一定有严重的问题，不是演员不行，就是戏导得太差。

那天晚上我昏头昏脑地站那儿看歌剧时，严重的时间差加上听不懂，也看不清楚，还没反应过来，《埃尔南尼》第一幕已经结束。幕间休息时，一对美国老夫妇走到我面前，手里晃着两张票，跟我不停地用英文说着什么。我当时只会说几个英文词，以为他们要把票卖给我，就不停地说："No，No！"再配上拼命摇头加摆手。最后他们把票硬塞进我手里，一转身走了，我才明白他们是不看了，把票送给我。

我找到剧场带位的，给她看我手中的票，她转身带着我往舞台方向走去，于是我从最后一排的站票区，坐进了观众席第五排正中间，最贵的位子之一，我仔细一看票价：一百五十美元！

我很不安地环顾四周，周围一些人也在注意我，可能我的样子不像有钱人，坐最贵的位子显得可疑。而且我的穿着可能也怪，因为我一直没脱北京买的加厚鸭绒白大衣，里面还穿了高领毛衣加秋裤，满脸满身的汗，那时哪里知道进剧场要脱衣服？虽然我坐那里显得不知所措，但马上被周围的景象吸引了。剧院一下子变得壮观起来，一层层的观众席盘旋而上，沉重的金色大幕瀑布一样地垂下，与座位上紫红色的丝绒交织出一派高贵的感觉，我只在画册和小说里读到过这些场景。抬起头能看到十几个晶莹的水晶吊灯，大小不一，大的方圆十几米，在大厅金黄色的天花板上花朵一样盛开着，最大的一个就悬挂在我头顶，伸出数十支亮闪闪的枝干，四散着星辰般的光芒。周围都是穿着精致华丽的人，举止优雅，女士们身上散发着各种香水味道，麻药般地飘散过来，让人昏晕。乐池离我几步之遥，里面传来乐手们调音和练习的声音，和着周围几千观众柔声的交谈，混合成一种奇特的和声，好听。突然，整个剧场灯光开始减弱，水晶吊灯群缓缓地升起，星辰融入黑暗，人声和乐声都逐渐消失，使我瞬时觉得歌剧就是另一个世界。

大幕无声无息地张开，乐声骤起，我突然发现离我也就不到三十米的舞台上，帕瓦罗蒂就站在那里，面对着我，敞开他令人不可置信的歌喉。

我完全呆住了。帕瓦罗蒂绝对有一种不由分说的吸引力，他身躯庞大，没什么动作，但你会感到他就是戏，你的目光就会跟着他，只要他张口，旁边人的歌声似乎立马失去光彩，你会像中了魔法，不能自制地被他的歌声迷住。人们对帕瓦罗蒂的演唱有各种各样的见解，我认为他之所以成为近六十年最伟大的男高音，是因为他的歌唱像说话，愉悦动人，明亮又好听。他的声音充满着生命，是活的，就像他的笑容，感动你，绝不做作。

大都会歌剧院显然是世界一流，我那天晚上除了被帕瓦罗蒂彻底迷倒，而且被台上的演员、合唱队、布景、灯光、服装和乐队完全镇住。辉煌——是我对歌剧的第一印象。

帕瓦罗蒂的谢幕很可爱，他好像有点儿不好意思地走出大幕，两臂猛地张开，大手一翻，头一歪，笑得像个腼腆又淘气的大熊，观众完全疯狂，我也大喊大叫。

后来很多人问我，是不是第一次看歌剧的经历让我下决心唱歌剧？更有人离谱地瞎传，说我当场发誓，一定要登上大都会歌剧院的舞台。这些都不是真的。看到真实的帕瓦罗蒂当然高兴，但我根本就没想过唱歌剧，这辉煌跟我无关，最真实的感觉是：我还剩二十七美元，怎么办？怎么活下去？

再见到帕瓦罗蒂是十年以后，在大都会歌剧院的排练厅。

1993年秋季，我在大都会歌剧院签约的第三年，第一次跟帕瓦罗蒂一起排歌剧。

那天是我们跟钢琴伴奏的戏剧排练，排的是歌剧院新制作威尔第的《伦巴第人》，据说帕瓦罗蒂会来排练。我们排戏已经排了几天，大指挥詹姆斯·莱文都是每天出现，大男高音却迟迟未见。我一早上就兴奋不已，终于要跟这位巨星一起排歌剧了！因为帕瓦罗蒂要来，导演决定我们要返回第一幕重排，专门排他没有排过的场景。所有的歌唱家、哑剧演员、助理指挥、导演的团队，还有几个音乐部门的人、伴奏、歌剧指导，都已到齐，互相招呼着，排练厅里至少有二十多个人。准时11点，我正背对着门口跟一个熟识的歌唱家说着什么，突然所有人一下子安静了，排练厅里的空气似乎凝结了两秒钟，然后我感到空气中好像有一道无形的波纹四散，回头一看，帕瓦罗蒂进来了。

只见他低垂着眼睛，面无表情，几乎没有跟任何人打招呼，上身穿着一件深色宽大的衣服，松松垮垮长及膝盖。他大约比我高一点，可身形比我大一倍，走路有些吃力。只见他缓缓地走到钢琴旁边，跟指挥莱文友好地握手寒暄了几句，就坐上给他准备的椅子，拽过谱架，戴上眼镜，开始看谱子。他不时会跟指挥和钢琴伴奏说点儿什么，还伸出手去按几下钢琴键找音。

大家似乎都有点拘谨地注视着他们，一两分钟才恢复正常的聊天对话。莱文一声“我们开始”，所有人都提起了神，各就各位，包括帕瓦罗蒂都坐直了。

我相信有“气场”。每次排练，帕瓦罗蒂在与不在根本就是两种氛围。即便他坐在那里不说话，你都会感到房间中有一种力量吸引你，中心就在帕瓦罗蒂。在演出中，“气场”更明显，帕瓦罗蒂在台上和不在台上，根本就是两回事儿，他一出场，全场的观众和台上的演员都会精神一振。

国内声乐界喜欢给些大明星起个绰号，叫帕瓦罗蒂“老帕”，叫多明戈“多哥”，叫俄国大指挥捷杰耶夫“姐夫”。都是有“气场”的人物。

老帕工作起来极为认真，他不说废话，问的问题都很简短但很到位。他似乎很珍惜自己的精力，尤其是排戏的时候，走几步知道自己的位置以后，他就会马上回到自己的椅子坐下。导演基本上不要求他做什么，只告诉他从哪里出场，从哪里下场，随他怎么演戏，我们来配合他。帕瓦罗蒂的替补演员随时都会在排练场，只要他一坐下，从排练变成“看排练”，他的替补马上就会走进排练场地替代他排戏。

我们会根据老帕的要求随时进行某个片段的音乐排练，他对音乐准确性的要求很细，而且在排练中几乎都是放开嗓子唱。通常戏剧排练大家会省嗓子小声唱，主要是排戏，但是老帕一放声，大家自然都会放声。

听帕瓦罗蒂如何运用嗓音，近距离地观察他的歌唱技巧，是一种难得的经历。在排练厅里，我总觉得他的声音音量不大，但非常集中，干净，位置很高，即不撑也不挤，只是不知道他是否完全放声了。等我们进到剧场上舞台排练，我试着在观众席不同的角度和距离听他的歌唱，发现他的声音非常“传”，不管你坐在哪里，帕瓦罗蒂的声音好像就在你的耳边，字与字，句子与句子之间非常 Legato（连贯）。最重要的还有，他的声音总是稳稳地坐在呼吸的支持上，而且音准极好。我觉得意大利最传统的美声唱法就是声音一定要集中，一定要高位置，集中就明亮，位置高就穿透。老帕绝对是意大利正统美声唱法的传人。我是主张学唱歌需要听真正大师演唱的录音，尤其是实况演出的录像和录音，最好是听 20 世纪四五十年代开始到帕瓦罗蒂时代，大师们的演出实况。就像学画画的人到美术馆去临摹，学写作的人要读经典文学作品一样，年轻的歌唱家要能从大师们的演唱中悟出道理，模仿是学唱歌的方式之一。要注意的是：有些大师的演唱可以模仿，有些不行，尤其是模仿戏剧性歌唱家的声音，必须小心。你可以模仿帕瓦罗蒂，但不要模仿多明戈这种戏剧性的男高音，虽然都是大师。

在这里必须要辟个谣，总有人说帕瓦罗蒂不识谱，那是胡说八道。我想说的是，他不像多明戈，是一个看乐队总谱排练的人，但普通的五线谱老帕不但熟读，而且比我棒，也比你们都棒。

大师没架子，但跟不熟的人没话。《伦巴第人》是一部演出极少的歌剧，在大都会歌剧院的历史中是首次演出。我们所有参加演出的人都是第一次唱这部歌剧，包括帕瓦罗蒂。大都会歌剧院一定是为了他量身定做了这部歌剧。我们在排练厅排了四个星期，然后在舞台上排练一周。帕瓦罗蒂是一号男主角，我是配角之一，跟他没有对手戏，只有一段大重唱，导演还安排我站得离他很远。排练的日程根据场景决定，我的戏不多，所以四个星期在排练厅排练时，很多时候并不需要我，再加上在帕瓦罗蒂面前我很紧张，不知所措地发怵，所以一直到首演那天我都没跟他讲过一句话。

帕瓦罗蒂没保镖，从来没看见他周围有过黑衣大汉。有一对年轻夫妇照顾他，他们那时也就二十多岁，夫妇俩都随和，意大利人，不能说精明但质朴。帕瓦罗蒂一直有女秘书，据说一两年换一个，大都很漂亮，也都是意大利人。我们排《伦巴第人》时那位叫乔瓦娜，个子有一米七五，棕色的短发，圆脸圆眼，皮肤很白，像是意大利北方人。乔瓦娜很有朝气，很热情，不停地帮帕瓦罗蒂安排各种事儿，总显得很忙碌，跑进跑出。后来就有一个子不高戴个眼镜的女孩老跟着乔瓦娜，像是她的助手，很年轻，也就二十多岁，皮肤光滑，不怎么化妆，叫妮可。妮可也是意大利人，不爱说话，动作不多，老是慢慢腾腾的，眼睛里喜欢琢磨事儿。我总觉得她不那么在意帕瓦罗蒂和周围的事情，经常安静地坐在帕瓦罗蒂的化装间外，眼神儿雾一样不知在想什么。

世上的事儿就像雾，妮可过了几年成为帕瓦罗蒂的第二任妻子，还给他生了一个非常可爱的娃娃。

《伦巴第人》公演的那天我一直很不安。剧中女高音主角是大都会歌剧院的当家花旦米罗，美国人，是艺术总监莱文一手培养出来的明星。她的声音音色特别，浓厚又有穿透力，语言和风格都很好，拥有大量的粉丝，是一个少见的歌唱天才，一张嘴就是一股意大利美声唱法的老味儿，醉人。米罗以演唱威尔第歌剧著称，三十来岁已经成名。在几部大都会歌剧院重要的 DVD 和唱片中，包括《阿依达》《假面舞会》和《弄臣》等威尔第歌剧，都是米罗领衔，莱文指挥。

这次有点儿不对。在整个《伦巴第人》的排练过程中，米罗几乎就没放过声，一直就轻轻地唱，听上去小心翼翼，从来没有唱出过高音，而这部歌剧的女高音唱段有一些难度极高的高音。米罗是一个骄傲的人，举止个性很强，一举一动都带着一种霸气。排戏归排戏，每个人都在等着听她唱出高音，包括大师莱文和老帕。记得我们在与乐队第一次彩排那天，大师莱文当着所有演员的面对米罗说："宝贝，今天你可要唱出来了，一定要。"语气严肃。

米罗最坚定的支持者是帕瓦罗蒂，他总是在鼓励米罗，在排练中只要米罗大声唱出几句，帕瓦罗蒂就会给她叫好，时不时还会给她一个"熊抱"。米罗孤傲的个性不太招人喜欢，于是更显得老帕的鼓励多么重要。我喜欢够哥们儿的人，"仗义"是我们青年时代最重要的性格成分，"为朋友两肋插刀"是必须的。那时我不能说喜欢米罗，但被老帕的这份儿"仗义"感动，于是越来越替米罗担心。

合乐彩排的第一幕，米罗基本上是放出了声音，好听，唯独没有唱高音。那一刻我注意到指挥莱文的脸一下子沉了下来，看也不看米罗。第二幕，米罗终于放声唱了咏叹调最后那个要命的高音，没唱好，似乎要破，但米罗不改一贯的霸气，仿佛没事儿一样。所有人都垂下了眼睛。

首演之前，帕瓦罗蒂的注意力似乎有一半分给了米罗，去她的化装间祝她成功，给她打气，开些无伤大雅的玩笑，不时用“熊掌”轻轻拍拍她。米罗一副志在必成的神态，但一脸的浓妆总遮不住眼睛深处的那点儿紧张。

我也紧张，虽然我的唱段不多。《伦巴第人》是一部新制作的歌剧，首次在大都会歌剧院公演，台侧台下架满了摄像机。这部歌剧将在美国 PBS 公共电视台播出，还会在美国主要的广播电台直播。参加这种阵势的演出不是玩笑，而且是我第一次跟我的“神”同台。

我总是喜欢在侧幕观看大明星们的排练和演出，那是最好的课堂。在大都会歌剧院的二十年中，我不知道站在侧幕看了多少老一代歌剧明星的演唱，还有他们的台风与演技，学到的一切都是无价的。只是后来能让我站在台侧倾听的歌唱家越来越少。

那天只有我一个人站在台侧听米罗唱咏叹调。

第二幕结尾时有米罗的一段咏叹调，最高音到 High 降 D，对很多歌剧女高音来说已是极限的极限，是一个恐怖的音高。当我站在台侧听米罗快唱到那个极限高音时，觉得自己在微微颤抖，不自觉地为她祈祷，希望她能够唱好。可是，她唱到最高那个音时——失声了，完全没有声音，在静默中停了下来。米罗双手抱在胸前，仰望着剧场的上方，无助地站在台中央，显得很孤独。乐队也停了下来，四千观众寂静无声，好像整个世界停顿了两三秒钟。突然，从观众席传出了一片喝倒彩的声音，越来越响，之中还夹杂着米罗粉丝为她打气的叫喊，场面混乱。不过，这一切都晚了，对任何一个歌唱家，这种时刻一定是毁灭性的，是歌唱事业崩溃的开始。

紧接着是幕间休息，后台化装区一片尴尬，只有帕瓦罗蒂和米罗的房间不断有人进出。帕瓦罗蒂进出了几次米罗的房间，关开门的瞬间能够听到他大声地为米罗打气，米罗又跟着帕瓦罗蒂回到他的房间，能看见穿着宽大睡衣、脖子上围着一条白毛巾的帕瓦罗蒂在拥抱米罗，安慰她，告诉她那个音就是个意外，会好的。只听到米罗大发雷霆："他 × 的，我根本不知道怎么回事儿，我应该唱得很好，× 他 × 的！"昂着头快步走出帕瓦罗蒂的房间。

歌剧继续演出，可以感到米罗的信心已不在，虽然帕瓦罗蒂极力地支持她，甚至陪着她走到台侧，搂着她的肩膀，目送她上台，为她真是"两肋插刀"了。

1993 年 12 月 17 日，第五场《伦巴第人》。第一幕演出时，我在台上有一刹那走神了。我突然想起十年前的今天，1983 年 12 月 17 日，我到美国的第一天，就来这里看了帕瓦罗蒂的演出，看的这辈子第一场歌剧，十年前的今天！我一阵激动，在台上拼命抑制自己，脑子里在想一定要找机会告诉老帕。第一幕结束谢幕后，我追上正往化装间走的大师，开始结结巴巴地跟他说话。

由于紧张和不好意思，我胡乱地说着："我、我是田……十年前……从北京来……没钱……看了大师……是我第一场歌剧……我真很高兴能跟你演歌剧……十年以后……同一天……"语无伦次。从台侧走到化装间也就一分多钟，我不知道讲了什么，也不知道他是否听懂了。老帕只是笑笑，眼睛盯着地面，一边走一边说着“是，是。好，好”。然后一推门进了他的化装间，门在我面前“砰”的一声关上。

我站在他的门前愣了一下，觉得自己一定说错了什么，心里一阵后悔，余下的演出情绪全无，沮丧至极。

演出完谢幕，所有演员排成一排出去总谢幕时，主要角色在中间，我是配角就在最边上。到了该帕瓦罗蒂出去时他没动，挥着手让所有的演员出大幕，还催大家：“出去出去，快，快！”等到该我出去的时候，他用左手一把攥住我的右手，把我拉出大幕，面对着拍着手的几千人，他挥动右手使劲地吸引观众的注意力，不停地指着我，带着大家为我鼓掌！我哪儿敢当啊！刹那间，我热泪盈眶。

后来的四场演出，帕瓦罗蒂都是拉着我的手出去谢幕的。

从那时开始，帕瓦罗蒂见到我总会叫一声“China boy”（中国男孩），然后对我双手合十，我也合十回复，后来合十成了我们的“接头暗号”，见面先对暗号。

大都会歌剧院的人都知道我太太玛莎做一手好菜，尤其是她的“北京烤鸭”。我们1991年搬到纽约至今，玛莎做了大约两千两百只烤鸭，太多人吃过。如果中国春节前后我正好在大都会歌剧院演出，玛莎一定会为剧院后台做一顿年饭，晚上演出两小时前送到剧院。我可能是唯一的一个歌剧演员，演出当天，起床就开始剁洋白菜，包饺子，炸春卷儿。下午5点，我就和玛莎肩挑手提，带着一大堆饭菜去歌剧院。

玛莎深知歌剧演员们对食物很挑剔，每个人有各自的饮食习惯，尤其是演出前和演出中，都非常小心吃什么。她可不想承担哪个歌唱家吃了葱、姜、蒜或胡椒卡了嗓子，或者谁被饺子噎住的责任。她就会在一些食物旁边插个小牌子，上面写着“仅供后台工作人员，有葱蒜，歌唱家止步！”“注意！这个菜是辣的！”，等等。

当玛莎把几大托盘的食物摆在歌剧院后台时，谁能顶得住那种香味儿的诱惑啊！化装师们、服装师们、管道具的、艺术部门负责的，会有几十个人蜂拥而至，冲到最前面的往往是当天晚上要上台的歌唱家们，配角们吃得最多，主要角色们相对节制。玛莎为后台做的食物通常会有春卷儿、饺子、东坡肉，炒牛肉或鸡肉的菜，还会有炒面和炒饭。其中她的春卷儿和饺子极受欢迎。有一次她还做了北京烤鸭，四只，在那儿片给大家吃。没人相信这一切食物都是出自我们家那个小厨房。有一次大都会歌剧院艺术部门的主管跟我说：“你以为你一直在这里有合同，是因为你唱得好？错了，全是因为我们想吃玛莎做的饭！”

帕瓦罗蒂出名的喜欢吃，还自己做饭。意大利人大都喜欢吃中国菜，大师身材庞大绝对跟吃有关。

“我已经从你做的食物里偷了五个春卷儿！”帕瓦罗蒂笑着告诉玛莎，“现在要唱了，先不吃，晚上回家热了吃，两面煎一下对吧？”

那次是我们一起演威尔第的《假面舞会》，开幕之前在他的化装间，老帕还顽皮地打开他藏的春卷儿给玛莎看。我们请过老帕来家里吃饭，但他实在行动不便，专门派他的助手夫妇来取玛莎做的烤鸭。

每次在大都会歌剧院的演出，只要有老帕，演出结束后台至少有两百人挤着去恭喜他，几乎每个人都想跟他留影合照。剧院的工作人员总是试图阻挡人们照相的要求，不让人随便走进老帕的化装间，避免他太累。但很多朋友看了歌剧就想见见老帕，就请玛莎把他们带进后台，只要帕瓦罗蒂看到玛莎出现在他的化装间，就会大声地招呼我们的朋友们进去跟他合影。照相时，可爱的老帕一定会伸手把玛莎拽过去，挡在他前面，遮住自己的半个身子，以免显得过于庞大。还有，他的习惯是见了所有的客人之后才卸妆。

帕瓦罗蒂每场演出都坚持自己画眉毛，无论演哪一部歌剧，不管在哪个歌剧院唱，化装的最后一个环节，就是自己凑在大镜子前面——画眉毛。不知为什么，他画的眉毛总是左边高，右边低，而且很粗很黑，唱歌的时候一使劲儿，左眉更高，右眉更低。每个歌唱家演出之前都有自己的习惯——求个好运。帕瓦罗蒂也不例外，他每场演出一定要在后台找到一颗弯钉子，然后揣在演出服的兜里上台，为了好运气。也许他要自己画眉毛也是同样的原因。

没有人在歌剧演出之前不紧张，不管你是多大的腕儿。每个歌唱家有自己减压的方式。帕瓦罗蒂放松的方式，是在歌剧演出的前一天晚上，跟助手夫妇打几个小时扑克，一直到凌晨三四点钟，然后睡到第二天中午。起床后试一下声音，如果嗓子不错，就不再出声，一直到演出前来到化装间，化完装，唱一两段剧中的咏叹调开嗓子。

威尔第的《阿依达》是我跟帕瓦罗蒂唱的最后一部歌剧，也是他最后一次演出《阿依达》，我还留了一张当时演出的海报，做个纪念。那是 2001 年，帕瓦罗蒂已经动过膝盖的手术，走路困难，要人搀着走，所以剧院在舞台上特意改变了布景，放置了一些大箱子、大椅子和一些用麻袋布做的大垫子，为了帕瓦罗蒂在台上随时有东西可以靠着，也能坐下。

我的角色是埃及的国王，第一幕就出场，而且是在一百多名合唱队、舞者和群众演员的簇拥下走上王位。一阵号角过去之后，在低音提琴三声拨弦之后有一个唱段，宣布敌人要进攻了。由于拨弦的音量微乎其微，我那段唱等于清唱，在一片宁静中开始，而且在场上所有演员的注视下。我唱段的第一句最重要，节奏和音准绝对不能错，尤其是节奏，如果和低音提琴几乎听不到的拨弦节奏错开，就很难再对上。

歌剧一开幕，帕瓦罗蒂一上场就有一段著名的咏叹调，随后是与埃及公主和女奴阿依达的二重唱和三重唱，整个过程大约十五分钟。之后我与众人出场，他们三人就转过身来背对观众，听国王宣讲。

首演那天的演出，当大提琴三声拨弦后，全场静默，我刚要张嘴唱，突然看见面对着我十多米远，背对观众的老帕，从嘴里吐出一块鸭蛋大小的绿色物体，直线落下，只见老帕迅速地一抬右手，准确接住绿色物体，攥在手里，面不改色，整个过程也就两秒钟，让我一下子惊住，发不出声，于是错过了大提琴拨弦后的第一句唱段。虽然就晚了一秒多钟，但节拍乱了，足以让指挥的大师莱文皱起眉头，用指挥棒示意我马上纠正错误，跟上歌唱节奏，刹那间我满身冷汗。

我永远没有解开这个谜，到底是什么绿东西从帕瓦罗蒂的嘴里飞了出来？！问题是他已经唱了咏叹调、二重唱和三重唱，这么大一块绿东西在嘴里怎么唱的呢？我听说帕瓦罗蒂喜欢在台侧咀嚼一块苹果皮，上台之前吐出来。于是我试过嘴里含一块鸡蛋大小的苹果皮练唱，根本没法唱，舌头都不会动了，无法咬字，苹果皮还差点儿进了气管。

排练《阿依达》期间，有一次他坐在钢琴旁边情绪不错，招手叫我："China boy，过来过来！"他跟我说："你知道吗？我又要去中国演出了，离我上次去快十五年了，我真的很高兴！"他告诉我第一次去中国演出是 1986 年，在天安门前骑过自行车，说那是全世界最宽的大街。他还提起曾用几个小时画了个京剧花脸的妆，经历了最长最复杂最疲劳的化装过程，然后穿起全套的戏装，当了一回票友。

这个世界只有帕瓦罗蒂，唯一的歌剧演唱家，可以一个人在几万到十几万的观众面前开独唱音乐会，可以吸引世界范围的流行音乐巨星们和他一起歌唱。记得帕瓦罗蒂 1991 年在英国伦敦海德公园里曾为十二万观众演唱，观众中有英国王子查尔斯和戴安娜王妃。音乐会进行中突然大雨滂沱，为了不影响他人观看，所有人在戴安娜和查尔斯的带领下放下雨伞，坐在雨中，浑身湿透地看帕瓦罗蒂的音乐会，没人动，也没人离去。这就是"气场"。

2005 年，帕瓦罗蒂最后一次去中国巡演，他的膝盖已经无法支撑他的体重，几乎无法行走，在北京的独唱音乐会是坐在椅子上完成的。

2004 年 3 月 8 日中午，纽约五大道上华尔道夫酒店的大宴会厅聚集了一千二百位客人，每张餐桌十人，布置奢华，到处是闪亮的水晶酒杯和银光闪闪的餐具，还有鲜花。我和玛莎不时会碰到认识的人，但我提不起精神寒暄，望着远方舞台的大屏幕上“谢谢你帕瓦罗蒂”几个大字，心中一阵难过，大家心照不宣，都知道这是为帕瓦罗蒂开的告别宴会。

在2003—2004年纽约大都会歌剧院的演出季，帕瓦罗蒂只有三场歌剧《托斯卡》的演出，从3月6日到13日。3月8日午宴这天，美国主要的英文报纸——包括中文报纸，报道他在大都会歌剧院演出《托斯卡》时，不约而同地用了“告别演出”的字样。

在华尔道夫酒店举行的午宴是大都会歌剧院主办，一千二百位来宾主要为女士，都是歌剧院的赞助者，大都来自纽约的上流社会。

“你好，你是哪里来的？”我和玛莎找到我们的桌子准备坐下时，玛莎旁边一位满身珠宝的老年女士抬起疲倦的眼睛问她，脸上显然没少做整容，画着浓妆，弓着背，似乎被满脖子的宝石项链坠得抬不起头。

“中国香港。”玛莎笑着回答她，“那还好。”老妇似乎松了一口气，“那些中国内地人、俄国人……真不知道他们到底要什么？”说完盯了我一眼。

如果不是玛莎宽宏大量在她旁边坐了下来，凭我的脾气，早一转身就走了。我决定不跟她说一句话。整个午餐，我的注意力全在远方的帕瓦罗蒂。

应邀出席午宴的有许多歌剧界知名歌唱家，帕瓦罗蒂常年合作的朋友，不少是驰骋歌剧舞台数十年的巨星。有蕾欧婷·普莱斯、比佛利·希尔斯、安娜·莫芙、谢尔·米尔恩斯、塞缪·雷米等一共有大约三十位。我是有幸被邀的几个年轻演员之一，也许是因为跟帕瓦罗蒂在大都会演过三部歌剧十九场演出。

我们一一走上舞台，被主持人介绍给所有的来宾，然后每个人都会走到帕瓦罗蒂面前向他致意，老帕看到我的时候，笑了，我们都默契地双手合十，交换了“接头暗号”，只见他嘴里喃喃地动了一下，说了一句“China boy”。

宴会持续了大约两个小时，期间在舞台上的大银幕持续地播放着歌剧演出实况片段，都是帕瓦罗蒂在大都会演出的录像，还播放了几位歌剧明星的视频讲话，包括多明戈、卡拉雷斯、米雷拉·弗蕾妮和我崇拜的男低音恰乌洛夫。十几个人在现场讲话，大都在讲跟帕瓦罗蒂合作时一些好笑的经历，有时帕瓦罗蒂也会大声地跟他们开个玩笑，引起人们一阵阵大笑。

宴会的每一道菜都非常精美，可我根本无心品味，总在回忆那些跟老帕有关的经历。

帕瓦罗蒂是个孝子，跟父母关系极好，据说每天都会通电话——无论他在世界任何一个地方。有一次我们演完《阿依达》，老帕一定要请我们跟他一起吃饭，在中央公园边上的一家意大利餐馆，离他家很近，我和玛莎还有几个演员去了。

虽然已经深夜，餐馆里还是人声鼎沸，很热闹。老板当然认识帕瓦罗蒂，给我们留了一个长桌子，位置很好，挨着一个火光闪烁的壁炉。

整个晚上我们吃饭的时候，老帕几乎一直在打电话。由于餐馆很吵，有时他不得不提高声音。他是跟他父亲在聊那天晚上的演出，告诉父亲他怎么唱的，哪一幕更好一些，哪个音他觉得不太好，遇到谁，他很高兴整个演出还顺利，等等。我想他是世界上唯一的一个，会在演出后跟父亲聊这么久的歌唱家。听说他的父亲是一个面包师，男高音，酷爱歌唱。

谁说世界上没有不散的宴席？华尔道夫酒店那天的午宴，永远停留在我的记忆中，没散过。记得最清楚的，是主持人邀请帕瓦罗蒂讲话的时刻。

“女士们先生们，现在，请跟我一起欢迎我们的卢契亚诺 · 帕瓦罗蒂！”主持者话音未落，全体来宾瞬间都站了起来，高呼：“Bravo（好啊）！ Bravo！ Bravo！！”震耳欲聋的掌声和欢呼声，持续了很久，很久。

帕瓦罗蒂站在那里，双手撑着讲台，目光低垂，看得出来他在努力地控制着自己的情感，时间好像停止，欢呼声一阵高过一阵，所有的人都疯了。

帕瓦罗蒂终于挥动起他宽大的手掌，示意大家坐下，没有一个人坐。

“我来之前觉得我会哭。”他的目光依然低垂，停了几秒钟。

“但我不想当大家的面流泪，所以来之前我已经哭过了。”

停顿。

“我想说的是，我在大都会歌剧院度过了许多愉快的时光。”他讲到自己跟当时歌剧院院长沃比的友谊，说他们刚认识的时候沃比还是一个木工，负责剧院制作布景和道具的工作。1990年的一天，沃比走进帕瓦罗蒂的化装间，问他下个演出季想唱什么角色，帕瓦罗蒂笑着反问道：“我想唱什么跟你有什么关系呢？”沃比也笑着说：“跟我有关系，因为我现在是这个剧院的院长。”帕瓦罗蒂说到这里，大家都笑了。

长时间的停顿。

帕瓦罗蒂双手撑着讲台，头更低了，目光盯着麦克风，许久没有讲一个字。

扩音器里传出一声轻轻的抽泣，他哭了。

所有的人都屏住了呼吸，宴会大厅一片寂静。

“我想，真心地……谢谢你们——我的同事们……这么多年……”他哽咽着，断断续续地说着：“我真的爱你们……谢谢大家……”

老帕转身挥了下手招呼站在右侧的助手过去，搭着助手的肩膀，缓缓地走向宴会厅的大门，再也没有回头。

没有人动，也没有声音，大家一直目送帕瓦罗蒂消失在大门外，很多人噙着眼泪。

当宴会大厅的门慢慢关上的时候，歌剧的黄金时代大幕垂落。

那是我最后一次见到帕瓦罗蒂。

《丹尼男孩》

《丹尼男孩》是一首爱尔兰民歌，我唱过无数次，每次都会很投入，我觉得这是世界上最好听、最感人的歌曲之一。

一唱起《丹尼男孩》，我总能联想起爱尔兰那绿色的原野，起伏的山峦，可以看见静静的羊群，在远方的风笛声中跟着云一起游动，我还会想起卢。

2004年我从纽约回北京开音乐会，是我离开故乡二十一年的第一场独唱音乐会。编曲目花了我几个月，反复试唱，反复练习，很谨慎，觉得这场音乐会非同一般。出国这么久，回来得有个像样的交代，亲友们也期待。曲目中就有《丹尼男孩》。我唱了整晚上的歌剧咏叹调和艺术歌曲，中文的、外文的，好多朋友都没记住我唱了什么，就记住了这首爱尔兰民歌。

Danny Boy 国内通常译成《丹尼男孩》，老的中文译法是《伦敦小调》，那是民国时期的译法。我还是喜欢叫它的原名 *Danny Boy*。全世界都熟悉这首歌的旋律，我在西方很多音乐会中唱过这首歌，有几次我唱这首歌时，最后一个音还没唱完，很多观众就站了起来。

这首歌是卢教给我的，确切地说，是他逼我学的。

卢生在爱尔兰，十来岁的时候来到美国，那时第二次世界大战刚结束，有许多爱尔兰人移民到了美国，从底层打工做起。卢瘦高，虽然背略驼，也至少有一米八五。卢的背驼得很好看，尤其是跟你说话的时候，居高临下地弯向你，显得很亲切，给人信任感。卢的脸颊紧瘦，总是红红的，很多爱尔兰人的脸颊都有发红。卢的笑很经看，下巴微撅，嘴角上卷，不笑也像笑。卢喜欢笑，尤其看到漂亮女人，灰绿色的眼睛会俏皮地眯起来，闪出一道追光直射过去，“色”得可爱，像个情窦初开的大男孩，想花又不好意思。

有一个中国油画家在科罗拉多住过一段时间，卢买了他的一幅油画。那幅画大概有一人高，画的是一个正面的裸体女人站在那里梳头，女人并不漂亮，但身材不错。开始卢把这幅画挂在客厅，因为他总站在这幅画前，受到太太的抗议，他不得不把这幅画放进地下室拐弯的墙上。过不了多久，太太又开始抗议，说卢去地下室的次数比以前多很多。

卢是做地产的，他从不多说自己的生意，只是听他太太安娜讲过几次，说卢对土地买卖的感觉很准确，总能找到价格便宜的地，买进然后加价售出。

我们在丹佛认识。

那是 1984 年的圣诞节，我到美国的第一年，在丹佛大学音乐学院学习。那时已认识玛莎，她是科罗拉多大学医学院做遗传学研究的副教授，香港长大，喜欢弹钢琴。她总想办法给我们这些没钱的音乐学生介绍些工作，认识一些可以帮助我们的人。某次玛莎安排我去她朋友家的圣诞夜聚会，唱两首圣诞歌曲，她给我弹的伴奏。第一首歌唱的是《主祷文》(*The*

Lord's Prayer），我唱的时候，隐约感到人群中有一个西服笔挺的高个子男士，手里拿着一杯红酒，直直地站在一边，目不转睛地看着我。

“我叫卢·沃尔什，很喜欢你的演唱。”他笑着走过来对我说，伸出长长的手臂，微微弓下身，一边跟我握手，一边紧紧搂了一下玛莎，对着她脸颊亲热地吻下去，还不忘对我眯眯眼睛。他恭维她伴奏弹得好，说她今晚很漂亮，可以看出他们很熟。

卢比我大二十多岁，我们成了忘年交，也许可以说，他成了我的爱尔兰父亲。

从我们认识的第一天，卢老想着怎么帮助我。他知道我的奖学金只是免了学费，得自己打工挣生活费。

“我们家房子外墙要刷油漆了，你会吗？我们请个油漆工也要付五十块钱一天，你能不能干？”五十块钱一天？！我在中餐馆端盘子忙一天才赚二十块钱，我当然答应了。卢的家很大，至少六百平方米。我开始工作时才知道这五十块钱不好挣。首先要爬很高的梯子，一只手要提着油漆桶，另一只手在半空中摇摇晃晃地一笔笔地用刷子往墙上刷油漆。提着桶就不能抓着梯子，不抓着梯子我会紧张到腿肚子抽筋儿。爬得越高，我的工作进度越慢，心跳得更快。过了几天，卢扛来另一个大长梯子，跟我一起刷起墙来，在半空中跟我边干边聊。我很不好意思，一定是我刷得太慢了。后来知道其实卢就想让我多赚点儿钱，看我不但刷不好，还在空中哆里哆嗦，干脆帮助我一起刷。“我们家的墙三个月以前才刷过，卢是在抽风，非说颜色不对，重刷。”卢的太太有一天似乎不经意地跟我说，一边往案板上的包心菜“咣”地剁了一刀。

卢开始说服我学着唱爱尔兰歌曲，有计划地一步步说服我。第一步，就是让我相信我的声音最适合唱爱尔兰歌。他是个非常固执的人，什么事情在他脑子里形成一个想法会永远待在那儿，如果他认为他的想法是对的，就会用非常礼貌、温和而且富有激情的方式，坚持不懈地实施到底。

“你知道这是一首多么有名的爱尔兰歌啊，太适合你的声音了，还有这首。”卢每次见到我都会有备而来地递给我一两首爱尔兰歌谱，不会多，也不会少，很有耐心地给我“洗脑”。他会给我放唱片，复印出各种对爱尔兰歌曲的介绍，也会轻轻地给我哼几句。有一次我在钢琴前坐下来，试着唱几句这些歌，他激动得满脸通红：“你的声音唱爱尔兰歌会迷住多少人啊！你必须录个磁带，录二十首爱尔兰歌，我帮你卖，我敢担保你会赚钱，这绝对是好生意，想想有多少人会买你的磁带啊！”他的眼睛里闪烁出坚决又热切的光芒，使我根本无法拒绝。

卢极为热爱他的祖国，讲起爱尔兰，他灰色透明的眼睛会瞬间闪出暖意。在他的描述里，爱尔兰是一个那么美丽的地方，到处都是绿色的原野，歌好听、舞好看、啤酒好喝，女孩子漂亮。“你必须去爱尔兰开音乐会，我们一定会搞定，观众都会爱上你，我们一起去！我来安排！”

有一首歌叫《四个绿洲》（*Four Green Fields*），属于他“逼”我一定要学会的歌之一。那是讲在爱尔兰北部早期被英国占领的四个区域的传说。内容讲的是一个母亲告诉她的孩子们，那块土地本来是爱尔兰的，但被占领了，你们世代都要记住。这首歌透着一种对故土忧伤的爱，旋律动听歌词简单，唱几遍就熟，我想这首歌一定是爱尔兰的“我的家在东北松花江上”。很多年里，英国和北爱尔兰共和军就是为这几块土地进行着血腥的争斗。我敢说卢没少捐钱给北爱尔兰共和军，他是极其爱国的爱尔兰人，很多这样的人，都曾暗地里支持这个“恐怖组织”的活动，不少无辜的英国人和爱尔兰人曾为这残酷的敌对丧失生命。

《士兵之歌》（*The Soldiers Song*）是爱尔兰的国歌，卢没放过我，连他们的国歌也让我学了。本来我拒绝，说学了也没处去唱，他一脸固执的神情说他保证这一定大受欢迎：“你知道在美国有多少爱尔兰人想听这首歌吗？”

后来卢带我去过好几个爱尔兰酒吧吃饭，在美国到处都有这种店，里面有各种著名的爱尔兰啤酒和爱尔兰食物，因为卢，我喜欢上了爱尔兰的黑啤酒。

“请全体起立！”卢一进酒吧就会举起右手，大声宣布：“这里有一位著名的歌唱家要演唱爱尔兰国歌！”有人会站起来，大多数人置之不理。卢会站得笔直，脱帽，右手放在左胸口，一脸庄严地等我开口，而我就想找个地方藏起来。

卢喜欢戴帽子，鸭舌帽。一进他们家门，门背后至少挂着十几顶帽子，一半以上的帽子是绿色的。爱尔兰人喜欢绿色，那是他们国旗的颜色，尤其在过爱尔兰的节日时，大家一定都会戴上绿帽子。卢一直惦记着送我一顶，我就是不要，后来告诉他在中国“戴绿帽子”意思是你的女人出轨了，背着你跟别的男人偷情。卢恍然大悟，眼睛立刻眯眯笑，一脸顽皮的“坏”样。以后他每次戴绿帽子的时候，都会跟我挤挤眼睛，眼神闪闪，笑说他太太今天要出轨。

卢当过兵，卖过爱尔兰手工制作的水晶酒杯，特别喜欢请客。在我的印象中，他太太永远在厨房里忙碌，而且厨房里满天满地到处是食物，面包、肉、蔬菜、水果、起司、果酱……随时都有吃的。有一次卢跟我讲起爱尔兰经历过恐怖的饥荒，大约在“二战”前，人们翻山越岭地去教堂排队领点儿食物，很多人饿死了。也许，这就是他们希望在家里到处能看到食物的原因。

卢的家很大，院子也很大。他们养着两匹马，还有一条似乎能永远活着的灰色老狗，爱尔兰种的，一身乱毛。马和狗都高大，消瘦，有点儿驼背，走起路来都像卢。

我喜欢卢家的聚会，这对夫妇特别喜欢请客，客人可以随便带朋友，带朋友的朋友。他们家很大，大平层加地下一层，开起派对来，每一层，每一个角落都是人，爱尔兰啤酒瓶子横躺竖卧，每人手里还都有水晶酒杯。卢卖爱尔兰水晶酒杯的生意没做成，于是把所有没卖出去的酒杯都搬回家请客用。卢喜欢人们欣赏他那两百多只手工水晶杯，听大家碰杯的声音是他的一大乐趣。有几次客人们都走后，我说帮他洗酒杯，他坚决不要。后来我发现他很享受清洗这些雕刻着花纹的水晶酒杯，擦拭每一个酒杯的时候，他显得很陶醉。后来他告诉我这些水晶酒杯来自他的故乡，都是镇上的手艺人一个个地烧出来，一刀刀地刻上花纹，每一个酒杯都不一样。

我想对于卢来说，每一个水晶酒杯都是爱尔兰。

我真的学了二十首爱尔兰歌，而且是在音乐学院里沉重课程和作业压力下学的。还真的录了磁带，是请玛莎弹的伴奏。

她有她遗传研究所里的事儿，我不但上学还得打工，大家都忙得不可开交。不过，磁带最终录成，在玛莎家录的，用她家的音响和一个借来的、讲话用的麦克风。玛莎是我的英文发音指导，我那时的英文还糟得很，说话都不成句，根本唱不准这些爱尔兰歌词的发音。完成这个磁带并不是因为卢的诱惑——"你肯定能赚很多钱！"而是这些歌真的好听，一唱就上口，内容都特别纯朴，讲故土和爱情。唱这些歌总让我特别想念北京，勾起我对过往所有的爱和回忆。爱尔兰俘虏了我，这些歌里我最喜欢的就是《丹尼男孩》。

《丹尼男孩》是一首类似自言自语的歌，就像远方飘来断断续续的风笛声，讲述了一个纯情的生死恋。大意是个伤心的少女跟男孩丹尼说：风笛在呼唤，从山峰回荡到山谷，夏天已跟着玫瑰花瓣消逝，你虽离去，还会归来，无论在阳光下还是在阴影中，我就在这儿等待我深爱的丹尼男孩。如果我死去，你会找到埋葬我的地方，我会听到你轻轻的脚步声，你会温暖我的坟墓，告诉我你爱我，我会在梦中等待你的到来。

我不能说这是一首多么好的情诗，也不用在这儿翻译出它最确切的词意，但它就是感动我。这首歌的旋律像说话，就像你最好的朋友，伤感地跟你讲内心深处的事儿。连绵不断的句子像风一样一直拉着你走，从心到天边，唱好了，催人泪下。

今天有一首极为流行的英文歌曲，叫《你鼓舞了我》（*You Raise Me Up*），作者毫不掩饰地说，创作灵感来自《丹尼男孩》，可以从旋律中，处处听到《丹尼男孩》。

在西方，大家都习惯了听男高音演唱《丹尼男孩》，网上很多，尤其是爱尔兰的男高音，他们可以唱得很高，音色明亮、干净，唱腔中带着难拿的英伦味道。我也许是第一个男低音唱这首歌，如果没说错，也是第一个中国歌手唱《丹尼男孩》。

2013 年 12 月 17 日，我在纽约卡内基音乐厅开了一场独唱音乐会，是我出国走上歌剧之路整整三十周年的回顾音乐会。所有的曲目都跟我的经历有关：有我在 20 世纪 70 年代考中央音乐学院时唱的革命歌曲，有我学会的第一首歌剧咏叹调，有我最喜欢的中国儿歌，《丹尼男孩》自然名列其中。当晚，这首歌可能是最受欢迎的曲目之一，掌声并不雷动，但持续了很久很久。

卡内基音乐厅的后台有四五个舞台工作人员，这些人全是在卡内基音乐厅工作过很多年的白人，老油条，走路晃晃悠悠，音乐会经历无数，据说年薪都在三四十万美元，一派牛哄哄的样子。音乐会开始之前，跟他们沟通舞台布置、灯光、钢琴等有关事情时，一副懒洋洋的德性，很不耐烦，满脸的权威，好像我们什么也不懂。尤其是一个五十多岁的主管，态度很不友善，让我一直压着火告诉自己别生气，因为不想影响演出情绪，就耐着性子跟他们好好说，让我们的年轻助手们尽可能地配合他们。后来助手们告诉我，音乐会的下半场，当我在台上唱《丹尼男孩》时，那个牛 × 主管在后台监控演出的屏幕前越坐越直，一直盯着屏幕看我唱歌，后来就开始擦眼泪。演出结束后，他站在台侧等我从台上走下来，一句话没说，紧紧地抱了我一下。在那个瞬间，我觉得他有点儿像我的卢，因为他也有红红的脸颊。

我的爱尔兰歌曲磁带没让我发财。唱得好坏不论，谁会去买一个一看就是家里自己做的、包装粗糙的盒式磁带？封面还是一个笑得有点儿尴尬、穿件廉价西服、戴着深度近视眼镜的中国人——虽然里面有二十首爱尔兰民歌。

我是用地摊儿上买来的四喇叭双卡式录音机，一盒盒转录的磁带，只有一盘母带，我就疯狂地转录了一个礼拜。正反面转录一次就是一个小时，我整整做了二百盘。玛莎在她研究所的复印机上，给我一张张地印磁带封面，还有里面的曲目介绍，还得下班后“偷偷”在复印机上帮我加班。因为这跟她的遗传研究的文件毫无关系，典型的“假公济私”。

这个即将“横空出世”的磁带是我们两人的首次合作，还是“合资企业”。买二百盘盒式磁带对我来说是绝对的巨款，于是玛莎投资，但我们都忘了谈判“发财”以后怎么分成。总之，当我的小公寓里铺天盖地都是转录好的盒式磁带时，我们已经感到巨大的成就感。

这些都是被卢逼的。

卢说他们高尔夫俱乐部要有一个大舞会，至少会有几百人参加，将是推销我磁带的大好机会。“我们要做大生意啦，我来卖，在门口摆个桌子，放上你的磁带，人们一看一个中国歌唱家唱这些最流行的爱尔兰歌，肯定疯抢！”卢一边说一边得意地眯起眼睛笑。

我也是被卢两口子请去参加舞会的客人，我是在餐馆打完工去的，晚到至少一个小时。那天很冷，还下着小雪，我停了车，在车里换上我仅有的西服，就匆匆往俱乐部大门跑。一眼看见卢一个人站在大门旁，缩着双肩，戴着手套的手捂着脸颊，穿着一件黑呢子大衣，头上是一顶单薄的绿色礼帽，身旁是一个小折叠桌，上面整整齐齐摆着一堆我的磁带，旁边一张白纸上用黑色粗笔写着“著名歌唱家田浩江演唱的爱尔兰民歌，一盒十美金”。

卢看见我绽开笑容，马上把手从脸上移开，脸已冻得发青，鼻孔上还挂着一滴晶亮的水珠。“你先进去，我再等等，应该还会有人买磁带的！”语调坚决，不由分说，把我推进大门。

聚会很热闹，舞厅很暖和，有大约几百个人，要不是后来卢的夫人把卢连拉带拽地拖进宴会大厅，真不知道他会在外面站多久。

磁带一共卖了十二盘。

卢没能把我带到爱尔兰去开音乐会——虽然我们说了十几年。后来我和玛莎在 1991 年从丹佛搬到纽约，我的演唱事业变得非常繁忙。除了在纽约大都会歌剧院，还开始在欧洲演出。卢和他的夫人来纽约和美国几个城市看过我演歌剧。卢其实对歌剧没兴趣，就是想见我和玛莎。时不时我们还会说到要一起去爱尔兰，说等我有机会去爱尔兰首都都柏林歌剧院演出时，捎带着开场音乐会，但我们一直没能实现去爱尔兰开音乐会的计划，我也没在都柏林演过歌剧。

后来，卢得了脑癌。

2004 年，卢已经病得很重，所有治疗均无效，人很虚弱，脸部肿胀，几乎不出门。那年我从纽约回到丹佛，开了一个为丹佛大学筹款的音乐会。我和玛莎不确定卢能否来我的音乐会，但告诉主办方，我们要在第十一排的走道边上留两个位子，说可能会有一个不方便走路的好朋友来，边上的位子可以方便他们出入。

卢来了我的音乐会，穿得整整齐齐，一身棕色的西服，一条绿色的领带。

我唱的第八首歌是《丹尼男孩》。唱之前，我停顿了几秒钟，跟观众说下面这首歌是献给一位在场的先生，因为是他在二十年前教了我这首歌。

我在一片寂静中开始演唱，当我唱到最后一个音的时候，伸出右手，把观众的视线导向卢。

在全场观众的掌声中，卢吃力地挪动着，一点点地挣扎，想站起来，他用右手挡住想搀扶他的妻子，用左手费劲地撑在座椅的椅背上，在大家的注视中，缓慢而艰难地站了起来。当他终于挺直身体的时候，卢微微地笑了，眼睛眯眯地亮起来，表情像个疲劳的顽童。全场观众刹那间都站了起来，很多人鼓着掌掉眼泪。

我没能参加卢的葬礼，因为在欧洲演出。据说他们放了我唱歌的录音，从我那盘盒式磁带选的——《丹尼男孩》。

2006年，我在意大利维罗纳夏季歌剧节演出《图兰朵》，那年是意大利史上最热的一年，即便我们是在巨大的露天场地演出，还是热得疲倦不堪。七场演完之后，我和玛莎想找地方休息几天，很久没休假了。正好纽约的朋友雪莉打来电话，聊到我们想找地方休假时，她马上说来爱尔兰吧！原来她在爱尔兰有一个乡间别墅，此刻她正在那里度假。玛莎放下电话几分钟就搞好机票，当天上路。我们在爱尔兰的香农机场下了飞机，雪莉找了一个爱尔兰朋友开两个小时车把我们接到她的住处。她的房子是一个精心改建的农舍，非常舒适，坐落在半山上。白墙灰顶，正对起伏的山峦，绿色的原野。远处是宁静的海湾，山上有羊群，跟着白云缓缓地移动。

可爱的爱尔兰，我终于来了。

那几天我总坐在窗前，斜靠着几个大坐垫，拿本书，面对窗外的风景，久久地坐在那里，老觉得远远地有风笛的声音。

雪莉安排了一个聚会，我和一群年轻的爱尔兰歌手唱了一晚上的歌，唱了所有我会唱的爱尔兰歌。歌手们惊讶到了极点，因为我会唱的都是古老的歌曲，现在的年轻人都不见得会。他们敲着小手鼓，拉着提琴，我们不停地唱，唱那些优美动人又有些伤感的爱尔兰民歌。当我唱起《丹尼男孩》时，年轻歌手们都渐渐停了下来，看着我，我唱到最后一个音的时候，伸出了右手。

我想起了卢。

露易丝与奈特

我被带进一个大房间，天花板很高，迎面是一个巨大的玻璃窗，窗上是有许多宗教图案的彩色玻璃，五颜六色的从地到屋顶。我局促地站在那里，只觉得房间很大很暗，从玻璃窗射进来的阳光却很刺眼。屋里空空荡荡没家具，就一台巨大的三角钢琴“站”在房间中央。逆光中坐着一个瘦长的女士，坐得很直，上身是白色的套头衫，头顶着一层阳光，脸在暗影里看不清五官，只觉得她眼睛很亮，盯着我不动，有点儿吓人。

女士的左胳膊肘架在钢琴上，手臂伸向空中，两根指头竖着，夹着根烟，烟柱不慌不忙地旋转而上。彩色的阳光穿过烟雾直射着我，我感到一阵紧张，本来英文就差，准备好的几句全忘了。

“我是露易丝，你要唱什么？”

女士嗓音低沉，语气直截了当，像男的，略微沙哑。

我来这个教堂是为了考科罗拉多歌剧院的合唱队。

那是我第一次见到露易丝，命运带我来到她面前，一推，把我交给了她。我当然不会想到，我的歌唱事业在未来的五年会跟她紧密相连。

“你要唱什么？”

我被她那种命令式的语气和冷酷的表情一时噎住，还没来得及张口，她又问了一遍。

我结结巴巴地说，想唱威尔第歌剧《麦克白》中班柯的咏叹调。

“乐谱给我。”

女士打断我还没说完的话，一伸左手，把烟头按进烟灰缸，同时对着我把右手一摊。

也许我从来没碰到过这么有个性的女士，所以对她当时的样子记得非常清楚。露易丝的举止很帅气，带着一种男性的干练和力量。她大约四十多岁，短发紧紧地扎在脑后，白色的套头衫配一条牛仔裤，加一双白球鞋，使她瘦长的身形和长腿长手像一个运动员。可能因为房间暗，也许是逆光，她的白衣白鞋白得耀眼。我对与众不同的女子总会记得很清楚，而女子一像男子就显得与众不同。

我不记得最后是怎么把乐谱递给露易丝，怎么站的，怎么唱的，慌乱之中试唱已完成。

我最后一个高音还没唱完，露易丝的双手已经离开钢琴键。

“O——K！”

露易丝的“O”拖得很长，一边说一边从烟盒里拽出一支烟，点着火，一抬头，向上喷出一口烟，仍然坐得很直，眼睛没离开过我。

她是什么意思呢？我费劲地猜着。“O——K”的意思是说我唱得好还是不好？还是不好也不坏？

这时旁边的一个门开了，快步走进一位先生，浅蓝色的西服，一条红领带，秃顶，围着一圈儿齐脖子长发，前额又高又宽，戴一个大黑框眼镜。他看了我一眼，迅速地问露易丝 :“是他唱的？他是谁？”露易丝用烟指了指我，眼睛闪过一丝笑意，摇了一下头。我才想起还没有自我介绍过。

我赶快报了姓名，尽量说得慢些。来美国没多久我已经知道，我的名字 Haojiang Tian 这几个字不好念，尤其是 Haojiang，几乎没有任何一个美国人念得出来，记得住。我后来的习惯，是永远告诉不认识的西方人叫我 Tian，Ti—an—Tian。

男士两步走到我面前，透过大黑眼镜框打量我，也许他是远视眼，镜片像放大镜，里面是一双放大的三角形眼睛，带着一种威严盯着我。他极快地说着话，一个音高，不张嘴，咬着牙说，带着一种“嘶嘶”的声音，像机枪扫射。他用命令似的口气说了一串话，最后指了一下露易丝。

我根本没听懂他说了什么。那时我刚到美国三个月，还在大学的语言中心艰苦地学英文，只能猜。觉得他是说喜欢我唱的，还似乎说了让我跟那位女士学习，最后两个词是“No charge”，我记住这两个词的原因是他说了两遍。

男士说完，根本没等我回答，递给我一张名片，说 :“给我打电话。”然后跟露易丝点个头，一转身，快步走出。

这就是奈特，露易丝的先生，科罗拉多歌剧院的院长。

露易丝和奈特是歌剧界出名的一对歌剧夫妇，两人缺一不可，合作严丝合缝，没有他们就不会有科罗拉多歌剧院。

露易丝是一个著名的歌剧专家，弹一手好钢琴，会讲流利的意大利语、德语和法语，歌剧剧目娴熟，任何角色的咏叹调、任何合唱的唱段、任何语言，张口就来。她的职业就是训练歌唱家，帮助他们练习整出的歌剧，从演唱到风格，从节奏到音准。她参与训练过所有欧美的主要歌剧演员，不乏大明星，包括帕瓦罗蒂、多明戈、萨瑟兰、米尔恩斯、斯科托、弗蕾妮等。

露易丝在纽约大都会歌剧院当过十五年的歌剧指导，英文叫“Coach”，意大利文是“Maestro”，大师的意思。歌唱家们在学习或者复习一部歌剧时，会找歌剧指导学习，自己安排，自己付费。如果是在歌剧院排练期间，剧院会安排歌唱家跟剧院的歌剧指导练习。如果你找的是一个出色的歌剧指导，还懂声乐技巧，那是幸运，会对你的歌剧事业有至关重要的影响：可以帮助你提升歌唱水平，关系到你演出的成功，意味着你会有更多的合同。

世界范围的歌剧指导至少有数千名，大都集中在一些闻名的歌剧城市，如纽约、维也纳、柏林、伦敦、巴黎、米兰等。欧美国家的歌剧指导通常都可以帮助你练习两三种语言的歌剧和艺术歌曲。在意大利的歌剧指导，主要以训练意大利文的歌剧剧目为主。从事这个专业的歌剧专家通常是从学习钢琴开始，对歌剧发生兴趣后转歌剧指导和声乐伴奏专业。

最近一些年，中国有些年轻的钢琴专业的学生，开始学习歌剧指导和伴奏的课程，用功些的会争取到欧洲和美国去学习歌剧指导专业兼为声乐学生弹伴奏。但这些学生对语言的掌握，对歌剧文化的全面了解，对西方艺术歌曲的修养，还有很长一段路要走。中国年轻的声乐学生，也越来越认识到学习的过程中需要好的歌剧指导帮助。总体来讲，中国极度缺乏真正懂歌剧演唱和声乐专业的歌剧指导，这对中国声乐学生的全面修养和歌剧演唱水平的提高有严重的影响。也许要经过一两代人的努力，才会出现一批真正的中国歌剧指导，填补这方面的需求。中国需要自己的露易丝。

奈特是美国著名的歌剧导演，从1956到1985年曾是纽约大都会歌剧院最主要的导演，在那里导过十四部新制作歌剧，他同时在美国和欧洲的一些主要歌剧院导戏，一度叱咤西方歌剧界。他导的歌剧曾在许多歌剧院反复上演，最有代表性的制作会连续上演十几二十年。譬如在大都会歌剧院的《玫瑰骑士》《汉斯和格利特》《爱的甘醇》和《波吉与贝丝》等，像《玫瑰骑士》，在大都会歌剧院连续演出超过三十年。那些年代的歌剧明星很多都演过奈特导的戏。在20世纪80年代初期，奈特夫妇离开纽约来到丹佛，成立了科罗拉多歌剧院。丹佛有两百多年的历史，是美国中西部开发时的牛仔城，揣着左轮枪养牛马的地方，跟歌剧没关系。很多歌剧界的人都对他们来到丹佛另起炉灶大为不解，一定有什么原因，让他们离开纽约，离开大都会歌剧院，一跺脚就来开发美国西部了。

当时美国中西部这几个州都是歌剧艺术的荒地。有钱人喜欢附庸风雅，一听说丹佛要成立歌剧院，领军的夫妇又都是世界歌剧界的知名人物，于是赞助者蜂拥而至。科罗拉多歌剧院的起点很高，1981年的第一个演出季就惊天动地，首演推出了一流国际水平的意大利名剧《波西米亚人》。很多歌剧明星前来捧场出演主要角色，巨星男高音多明戈慨然加盟，饰演主角鲁道夫。

科罗拉多歌剧院每年演三到四部歌剧，总共十几场演出。歌剧院没有全职的合唱队，合唱队员都有自己的工作，白天上班，晚上和周末来排演歌剧。合唱队员的工资微乎其微，每场演出每人的薪酬不会超过五十美元，但想来参加合唱队的人无数，竞争激烈。这个合唱队不一般，很多人都是上过音乐学院的专业歌手，声音都不错，音乐素质很高，站在那里每个人都挺有范儿，而且对歌剧演唱有一种痴迷的献身精神。

一个歌剧院的发展和质量，跟领导者的才能息息相关。奈特是国际知名的导演，专门负责剧目的选择和制作，还主管筹款。任何一个歌剧院的运作，筹款都是最重要的一个环节，每一个歌剧院的院长都必须具有筹款的能力。剧院的音乐指导是露易丝，除了负责歌剧的音乐排练，还创建了合唱队。每一个队员都经过露易丝严格挑选，亲手调教，合唱队一出声完全是专业水平。科罗拉多歌剧院发展迅速，每个演出季的几个剧目都是名剧，很快成为受歌剧界瞩目的剧院。

我就是奔着这个合唱队来的。

1984 年的春天，我刚在丹佛大学学习了三个多月，什么都新鲜，都想试试。反正我是一穷二白赤手空拳来到美国的，无所畏惧。我每天除了在语言中心学习五个小时的英文，还在音乐学院上声乐课和歌剧表演课，早上 6 点多钟就开始在学校的食堂打工洗碗。我不知道有没有时间参加科罗拉多歌剧院合唱队的排练和演出，也不知道能不能考上，就想试试。我是从学校食堂的厨房洗完碗赶来考试的，鞋还是湿的。

离开那个教堂的时候，我还没反应过来，自己到底是考没考上这个合唱队呢？也没敢问。我拼命在回忆我是怎么唱的，一句句地回忆，什么地方不好，最后那个高音是不是站稳了，我唱的节奏怎么样？音准？奈特那一连串的话说了些什么？他最后说的“No charge”这两个词是什么意思呢？唯一的一个印象是他似乎说了让我跟露易丝学习。

我哪儿有钱跟露易丝学习啊？她多少钱一堂课呢？至少一百美金？那时对我来说一百美金是天价。我在学校有全额奖学金，就是免学费，但没有生活费，得靠自己。我在学校注册上学那天，出了注册办公室的门就进了另一个办公室找工作，找校园里合法的工作，第二天就开始在学校食堂洗碗。每天四个小时，才挣不到十美元，怎么付得起露易丝的学费啊！

我两个多月没有给奈特打电话，也没有任何人通知我是否被歌剧院合唱队录取，直到我在一个聚会碰到他们。奈特和露易丝是来宾，我被请去唱歌，唱完歌兼端盘子服务客人。

奈特一见到我就从人群中快步走过来，大眼睛从黑镜框里瞪出，吓我一跳。“哎，你躲到哪里去了？！为什么不开始跟露易丝上课？也没给我打电话？！”啪啪啪的问号，语气逼人，他显然不高兴。我赶快解释是因为我没钱跟露易丝上课，所以没打电话，连声说：“对不起！”

“No charge！我告诉过你！！”奈特声音里带着火气，我惶恐地问“No charge”是什么意思，奈特的脸一下子逼到我眼前，大黑眼镜框几乎撞到我的脸，大声说：“No charge 的意思是：不——收——学——费！！”奈特后面站着微笑的露易丝，双臂抱在胸前，右手两指夹着一根烟，竖着，一缕烟雾缓缓向上。

我跟露易丝整整上了五年的课，每周一次，No charge！

请告诉我，在今天的世界，有没有任何一个老师，给学生上了五年声乐课，不——收——学——费？

跟露易丝上课真是难为她了，我歌唱的状态、音乐修养和语言的掌握都在低水平，很多时候上课没听懂也不敢问，就一再重复错误。于是露易丝会用一种可以杀人的目光盯着我，声音更低更哑，再重复一遍她的要求，同时用手指头“咚咚咚”地戳着钢琴键。那“杀人目光”深深地刻画在我的记忆中，以至于我永远都不会再犯类似的错误。一直到今天，我都会时不时想起她教给我的那些知识，会突然领悟到她的要求。

露易丝在她的时代非常有名，1965 年成为大都会歌剧院第一个女性助理指挥兼歌剧艺术指导，是真正的大师。她是跟明星级的歌唱家工作的人，不知道为什么会那么耐心和严肃地帮助我，所以我每一堂课都认真至极，希望做到她的每一个要求。我不是一个聪明的学生，但愿意拼命，最后我总结出的真理是：把你唱不好的地方唱四十遍，每十遍停下来想一想问题所在。不要重复错误，不要装懂，不要自以为是，记住中国的老话“不耻下问”。

除了跟露易丝学习整出的歌剧，我还跟她结结实实地学了六首咏叹调，分别是意大利语、德语、法语和英语的歌剧选段——作为参加考试的曲目。

《啊，你巴勒莫》（*O Tu Palermo*）是威尔第歌剧《西西里的晚祷》里的男低音咏叹调，很长，很难唱，但可以充分地显示出歌手的声音和修养，露易丝把它选为我未来声乐考试的主打曲目。她一定有某种特异功能，预见到后来的好几年中，我在试唱考试时的第一首曲目，永远是《啊，你巴勒莫》。

这首咏叹调真是不好唱，很少有男低音选来做试唱曲目，唱不好会很沉闷。开始的宣叙调，第一句是“O Patria”（啊，祖国），表现一个被驱逐的爱国者，很多年后乘船回到故乡，在海边上岸踏上祖国大地时激动的呼唤。

“你必须记住，”露易丝说，“‘O Patria’是这首咏叹调的第一句，也是你参加歌剧院试听唱出的第一句。你必须要给考你的人一个强烈的第一印象，让他立刻对你产生兴趣。不要炫耀，不能胆怯，绝对不能忽视。怎么张口唱出第一个音，怎么运用呼吸支持，怎么站，用什么表情，长音要唱多长，都要反复练习。这第一句你要唱出你全部的修养，你声音的质量、音量，你的技巧，你的角色感。这第一句极为重要，是奠定你是否能被这个歌剧院录取的基础。”露易丝第一次给我这个曲目时，郑重地跟我说了这些，语重心长。

就这开口的第一句，露易丝带着我练了至少几百次。

就是这首咏叹调，给我带来了很多歌剧院的合同，其中包括纽约大都会歌剧院。

我从来没有旷过露易丝的课。有一次给人家打扫房子，从梯子上掉下来，腰扭了，第二天还是去上课。腰疼，怎么也唱不好，吸气就痛，最后被露易丝看出来了，目光溢出同情，说：“回家！休息好再来。”那是五年中唯一的一次，她把我轰出了家门。

1990 年，我在纽约赢了“罗莎–庞塞尔国际声乐比赛”的一个奖，奖金是两千美元，写明是支付获奖者学习的奖金，老师每个月需直接把课时费单据寄到比赛委员会，委员会按时按月，直接把课时费寄给老师。

我欣喜若狂，算了算可以支付露易丝十个月的学费！回到丹佛见到露易丝，高兴地告诉她我终于可以付她学费了！

几个月后，一次跟她上课结束时，露易丝眼神神秘，用夹在指头上的香烟做了一个很利索的姿势，示意我跟她走。在她办公室的桌子上有一个白色的信封，她用烟指了一下，微笑地说："给你的。"我犹豫地拿起信封，打开看到里面是两千美元的现金，顿时糊涂了。

"这是你赢的奖金，你的钱，我知道你需要钱。"露易丝笑了，眼睛闪亮，开心地说。

露易丝一定是世界上唯一的一位老师，下课付钱给学生。

1984 年 10 月，我在科罗拉多歌剧院演出的歌剧《曼侬 · 莱斯科》里扮演了一个配角，船长。那是我歌剧演唱生涯的第一个歌剧角色。

一个歌剧演员当然要唱得好，但演戏同样重要。学校里的表演课坦率地说学不到什么，真正的课堂在舞台上，在排练厅里，最重要的是"泡"在歌剧里。还有，悟性。

我小时候是一个很羞怯的男孩，用父亲一个同事的话说："我记得田小鹿（我的小名）小时候走路都是贴着墙根儿走，没想到，怎么成了歌剧演员了？"他说的一点都不错。

刚参加科罗拉多歌剧院《曼侬 · 莱斯科》的排练时，我笨手笨脚还紧张，怎么站，站在哪儿，眼睛看谁，怎么上下台等都不知道。排第三幕的时候，我这个船长唱了几句，让监狱的看守把要流放的女囚点名登船，包括曼侬，主角男高音德格利厄冲过来苦苦哀求，让我容许他登船和曼侬一起流放。

第一次排练，我周围都是歌唱演员，每个人都在表演，我完全晕了，不知道自己站在那里干什么，更别说演戏了。突然，奈特一手拉着男高音主角穿过人群向我冲来。那是在第三幕很戏剧性的时刻，也就几秒钟的过程。奈特在为男高音做示范，一个不顾一切要登船的情节。奈特冲过来的时候脸部扭曲，眼睛睁得巨大，眉毛竖在额头，身子前弓，公牛般地撞上我，我还没反应过来已经飞了出去，重重地摔在地上。后来奈特跟我讲，他看我站在那里整个一傻瓜，完全没在戏里，对自己的角色根本没感觉，根本没注意男高音的表情动作和唱腔，就别说做出反应了。奈特决定给我一个教训，让我记住怎么演戏——于是我就飞出去了。教训要付出代价，代价是我胳膊和腿上的擦伤和瘀血疼了很久，记住的是在排练中别走神，永远在戏中。

露易丝是在家里给我上课，我喜欢去他们家，那是一个两层楼的连体屋，位于丹佛一个很有名的住宅区，几条街的大小房屋围着几条街的商业区，很多有个性的商店和饭店，周围的房屋价格不低。

他们的家到处都是奈特导过的歌剧海报和歌剧题材的绘画作品。客厅中间是一个舞台设计的模型，大概一米见方，是奈特在大都会歌剧院导过的歌剧《纽伦堡的名歌手》，按舞台比例缩小的模型。这个模型给我留下了深刻的印象，因为它整个用的是灰蓝色：灰蓝色的教堂，灰蓝色的庭院和街道，街上有几个灰蓝色的吊灯，给我一种夜深人静的感觉，里面还有一个戴着三角帽，穿着长大衣的人，肩膀上扛着一只长矛挑着一盏灯，在一片灰暗的色彩中，只有这盏灯里有隐约的黄色，像火苗。这个模型给我的舞台感太强了，我去上课休息的时候，总会看几眼这个模型，从各个角度看，每次都会看出些新的感觉。但绝对没想到，我未来会在大都会歌剧院演出这个角色，在灰蓝色的舞台上。那根长矛又长又重，压得我走不了路唱不了歌。

他们的家还有一些显然很有纪念意义的照片，大多是跟歌剧界明星们的合影，有一张是20世纪60年代美国总统肯尼迪看了歌剧后跟奈特的握手照，就在肯尼迪被暗杀前不久。最多的是大都会歌剧院的演出海报，当然都是奈特导的戏，至少有二三十个，辨认当年参与演出和制作的人名是一件愉快的事儿。

露易丝跟我简单地介绍过一些他们家墙上的艺术品，还有那些海报和照片，但很少讲到他们夫妇在大都会歌剧院的经历。我总是非常好奇，他们在那个世界最著名的歌剧院有过二十八年辉煌的经历，奈特在那里导过那么多歌剧。露易丝得到过那么多歌剧明星们的信任。到底发生了什么让他们离开了大都会歌剧院？

有一天上课的时候，露易丝突然停了下来，说："你知道，我们当年离开纽约的时候怎么运的这架钢琴吗？"她伸出手拿起没抽完的烟，深深地吸了一口，让烟雾慢慢地冒出。她用夹着香烟的指头点了一下钢琴。那是一台九尺长的斯坦威三角钢琴，正式的音乐会演奏琴，巨大。

"我们住在曼哈顿的上西城，那天我们搬家，钢琴要从九层楼上运出去，你知道在纽约怎么运这么大的钢琴吗？"

我摇摇头。

"从窗户，得把整个窗户拆下来，从楼顶固定一个脚手架，把钢琴吊出窗户洞，再一点点地放到地面。"

露易丝看我惊讶的样子淡淡地笑了一下，眼神停在香烟上。她再开口的时候，声音轻了下来。

“当时是中午 12 点，搬运工们说要吃午饭，一下子都走了。钢琴已经吊出窗外，悬在半空，九层楼高的半空中！”

露易丝的眼睛看着上升的烟雾。

“于是我一个人坐在楼门洞外面，抽着烟，看着半空中的钢琴。那天风不小，钢琴在半空中缓缓地荡来荡去，我第一次感到一种无能为力的无奈。一个小时之后，工人们才回来，若无其事地开始往下放钢琴。”

那是我们认识这么久唯一的一次，我看到露易丝的眼睛里闪过一丝惆怅。她想念纽约吗？我真想问她。

1988 年，在美国六个城市举行过“美声国际声乐比赛”，是芝加哥的一个意大利歌剧基金会赞助和主办的。无论你居住在哪个城市，都可以报名参加六个赛区之中的任何一个城市的比赛，每个赛区的第一名获奖者，将会得到赞助，去意大利布塞托，跟国际著名的男高音大师卡罗 · 贝尔冈齐学习一个月，所有的费用将由这个歌剧基金会支付，包括路费、学费和食宿等。丹佛就是一个比赛点，由科罗拉多歌剧院主持。周围几个州很多青年歌手都报名参加比赛，我也是其中之一。

“田，”露易丝有一天上课跟我说，“我看到你报名要参加下个月的‘美声国际声乐比赛’。”

“是的。”我说。

“你可能知道，我是这个声乐比赛丹佛区的总评委，我认为你最好不要在丹佛参加这个比赛，我绝对不可能把第一名给我的学生，你不会有希望的。”

我怔住了，虽然我没有信心能赢得第一名，但还是想试试，露易丝既然这样说，那我只好放弃？

“这样吧，你报名，去得克萨斯州的圣安东尼奥赛区参加比赛，你要是在那里赢了比赛，就可以去意大利学习了。”露易丝又说。她是个非常敏捷的人，往往是我还没来得及提完我的问题，她已经把答案告诉了我。

我去了圣安东尼奥，在一个很大的购物中心参加了决赛，决赛有六个青年歌手，我这个并不年轻的“青年歌手”得到第一名。

我当时做的第一件事，就是冲到公用电话旁，第一个电话打给玛莎，那时我们正在热恋。第二个电话打给露易丝。打完电话我乐得连跑带颠地离开了购物中心，我随身带的一切都忘在公用电话旁。

六个第一名的歌唱家，从各自的城市聚集在芝加哥，从那里飞往意大利。走的前一天晚上，这个意大利美声基金会举办了一个大型的晚宴，大约有两百多个来宾。所有六个获奖歌手每人唱一首咏叹调，我唱的是跟露易丝磨了五年多的曲目，《唐卡洛》里菲利普国王的咏叹调《她从未爱过我》（*Ella giammai m'amo*）。奈特去了，跟玛莎坐在一起。

那是我 1983 年去美国留学后第一次去欧洲，去歌剧的故乡意大利，跟贝尔冈齐大师学习。布塞托在意大利的中部，是伟大的威尔第的诞生地，也是他去世的地方，想到这一切都让我止不住地激动。

在芝加哥告别的那个晚上，奈特非常激动，大黑镜框后面的眼睛从来没有那么温情过。他紧紧地抓住我的手跟我告别，说我刚才唱得很好，记住了露易丝所有的要求。我突然觉得他的手心中有什么东西硌着我的手心。

“这是给你的一点礼物，你一定会需要的。”奈特在我耳边说。

我低头一看，手里是他塞给我的几张美元，有一百块和二十块的，还有两张五块的和一块的。奈特一定把他兜里所有的钱都掏给我了。

1990 年，我已经跟露易丝学习了五年。有一天奈特郑重地递给我一张纸，说 :“你应该找个经纪人了，我跟纽约的八个歌剧经纪公司介绍了你，他们都答应了给你一个试听的机会，当然了，他们都需要推荐自己的歌唱家来我这里唱歌剧，所以不会驳我的面子。”奈特在大黑眼镜框里挤了挤眼睛，“谁愿意跟你签约就看你的运气了，这是他们的电话号码，你去跟他们联系吧，祝你好运！”

几天后，我登上了去纽约的飞机。

之后的一个星期，我经过了颠簸震荡的经历，八个经纪人有七个用各种方式拒绝了我，有些拒绝得很粗鲁还带着明显的歧视态度。最后的一个，第八位，是一个仪表堂堂很有礼貌的男士，听我演唱之后沉默了一下说 :“明天你到我办公室来一下。”对我来说，这句话似乎是从天堂里传出来的。

他叫保罗，后来他告诉我，如果没有奈特的推荐，他根本不会愿意浪费时间，去听一个从中国来学声乐的、已经三十五岁还没有歌唱事业，来自一个牛仔城、在科罗拉多这个闭塞的地方学的声乐，听上去就是一个没戏的歌手。奈特说对了，保罗说答应听我试唱，就是为了能让奈特聘请他公司的歌唱家，参加在科罗拉多歌剧院的演出。当保罗开始试着给我安排一些歌剧院试听的时候，意外地发现这个“中国牛仔”试唱成功率不低。保罗从来没跟我签过合同，却跟我一起工作了八年。

保罗是对的，歌剧界的竞争太大太残酷，没有任何人能保证我会有歌唱事业，尤其是来自中国的歌唱家，在西方歌剧界还没有建立任何信誉。

作为一个刚起步的歌手，我那时已近中年，已经从音乐学院毕业了三年，看不到未来，还在歌唱事业的边缘艰难挣扎，一边打工一边跟露易丝学习，银行里的存款只有几百美元。但我一有点儿钱就飞纽约，去学习，去参加声乐比赛，看歌剧和去唱给任何愿意听我唱的人，到处寻找事业的突破点。那时一年最多从丹佛飞去纽约十二次，没钱了赶快回丹佛，一下飞机就去打工。

我的动力非常简单，当你爱上一个人的时候，会为爱而激发出陌生的力量。我对自己立下一个誓言，要在两年中成为一个能自食其力的歌剧演员，能和玛莎在一起，不让她失望，能养家。为此我逼迫自己付出百分之三百的努力。

努力常常伴随着失败。在我感到绝望的时候，几次跟玛莎商量放弃歌唱找个什么可以赚钱的工作，玛莎总是笑笑说“再试试吧”。她后来跟我“坦白”过，第一，她发现我除了唱歌没有任何其他本事和特长；第二，一些歌剧界专业的人告诉她“田应该可以有歌唱事业，他的声音非常特别”；第三，她相信奈特夫妇，如果我没戏，他们不会一直那么认真地教我，帮助我。

1991 年 3 月 18 日，丹佛虽然仍被大雪覆盖，但已经可以感觉到春天。我在家里收到一个大信封，里面是我的经纪人寄来的纽约大都会歌剧院的合同。

合同很复杂，看不太懂，只看出这是一个一整年的合同，演出两部歌剧，做三部歌剧的替补 B 角，有医疗保险和五个星期带薪假期，最后看到了酬劳的数字，我掰着指头数了半天，激动地奔到电话旁边，给玛莎的遗传研究实验室打电话。

“玛莎！你能回家吗？”

“不行啊，我这里很忙。”

她显然觉得奇怪。

“为什么？”她问。

“我觉得我们应该今天结婚。”我说。

玛莎几秒钟没出声。

“我十分钟后回家。”她说。

一个小时以后我们去了丹佛的市政局登记结婚，证婚人是我爱尔兰父亲般的好朋友卢和夫人。

第二天，我和玛莎请了奈特夫妇来家里吃饭，想郑重表示感谢，因为没有他们我绝对不可能有歌唱事业，也不会有我人生中最重要的转折，其实说感谢都显得做作，怎么谢啊？

“我觉得你应该拒绝大都会歌剧院的合同！”奈特一脸严肃地坐下，认真地拿出一张纸和一支笔。露易丝点起了一支烟，静静地看着我。

我大吃一惊，我应该拒绝大都会歌剧院的合同？！拒绝大都会歌剧院？！我奋斗了多少年才走到这一步，我的全部希望都在这个合同上，而且这是奈特和露易丝多少年的帮助我才拿到的合同，而且，我能跟玛莎结婚也完全是因为有了这个合同……全世界有多少青年歌唱家梦寐以求地盼望着这个合同……而现在我要去……拒绝这个合同？！玛莎也停止了做饭，屋子里有一种紧张的气氛。

“你是一个刚起步的歌手，大都会歌剧院就是个大工厂，你的才能完全会被淹没在那里，你在那里每天就在演出些配角和做替补中消耗你的生命，你最后会失去你应该有的歌唱事业。”奈特声音不大，抿着嘴，“嘶嘶”地快速说着，口气坚决，不容分辩。

我彻底糊涂了。我能真正地开始我的歌剧事业，能进入最好的歌剧院，不正是他们培养我的目的吗？我完全不明白，也不知说什么。

“你看，”奈特用笔在纸上划了一道，“你应该留在丹佛，就在科罗拉多歌剧院，做我们的驻院歌唱家。”他一边说一边写。

“大都会给你的是这些配角，这是他们要给你的酬劳数目。”奈特在那条线的另一边开始边说边写，“这些，是我在未来一年可以给你的角色，都是主要的歌剧角色，这是我可以给你的酬劳。”他写下些数字，划掉，又写上些数字。

玛莎走过来和我一起看着奈特写下的数字。无论奈特如何加减，他写下的酬劳数目还不及大都会合同上的一半。对我和玛莎来说，问题不是钱，奈特的要求将完全改变我们的未来。

奈特的表情保持着坚决的神态。“你要知道大都会歌剧院的头儿都是谁，他们很坏，他们只会使用你，把你的价值榨光，然后甩掉你。”他的眼睛紧紧地盯着我，说，“不要去纽约，留在科罗拉多！”

露易丝没说话，她是一个永远毫无保留地站在奈特后面的人。歌剧院行政和歌剧制作方面的事儿，露易丝会退后一步任奈特全权处理，从不插嘴。音乐训练和合唱队的事情，露易丝会往前迈一步，带着坚决的权威意志指挥一切。他们是无比和谐的搭档，连穿衣服的风格都很相似，两人都喜欢穿浅颜色的套头棉毛衫，长袖的，都喜欢在做事儿的时候把袖子往上拉一下，显得非常爽气。露易丝最喜欢穿牛仔裤，白球鞋，除了抽烟，常常会把两只手都揣进裤兜里，缩起肩膀走路，显得更高，更利索。此刻，她没有说一个字，但我从她的眼睛中可以看出她的意思——我应该听奈特的话。

那是一个万分尴尬的夜晚，我始终没有答应奈特留在科罗拉多，感到自己像个罪恶的叛徒，但我怎么能够对大都会歌剧院的合同说“No”（“不”）呢？我当然还没有想象到，这个对我歌唱人生最重要的合同，直接关系到我未来三十年的歌剧事业。

当奈特最终说出他最不喜欢的那个人名时，我才意识到这个在大都会歌剧院位高权重的人物，或许跟奈特黯然离开那里有直接的关系，所以，也许这就是奈特想说服我放弃这个合同最主要的原因。我好像一下子明白了这几年一直在想的问题，如此世界一流的导演和这么杰出的歌剧指导，怎么就会愿意离开世界一流的歌剧院，来科罗拉多艰苦创业？也回答了我为什么他们极少谈及大都会歌剧院的缘故。明显的，他跟这位权威有一种势不两立的矛盾。

最后，我当然不可能说服奈特，他也知道我绝对不会拒绝大都会歌剧院，我们的结论是：我会去大都会，在那里待不下去的时候就回到奈特这里，回到科罗拉多歌剧院。

我们都能隐约感到，告别的时刻来到了。

1991 年 8 月，我和玛莎从丹佛搬到纽约，9 月我在大都会歌剧院开始了第一次排练。玛莎在她医学院的研究所申请了留职一年的要求，我的合同也是一年，我们住在纽约的计划也就是一年。人生就是没有闸的列车，只要你上了这列车，你的人生只有前行没有退路。我们在纽约住一年的计划变成一住三十年。

1998 年露易丝去世，我在欧洲演出时得到的消息，据说她去世前两天还在给合唱队排歌剧。

露易丝死于肺癌。

2003 年，奈特从科罗拉多歌剧院退休，据说他是“被退休”。传闻说他跟歌剧院理事会不和，被指责在歌剧制作上经常超出预算，花钱太多，于是理事会决定“Buy him out”，意思是付他一笔钱请他离开。还听说那时奈特已经患上老年痴呆症，记忆正在缓慢地离开他。他在科罗拉多歌剧院导了三十五部歌剧，我有幸参加过演出的大约有十部。

后来的消息让我们倍感安慰，奈特又再婚了，他的新夫人帕姆我们也认识，是一个六十多岁酷爱歌剧的女士。帕姆从科罗拉多歌剧院成立就捐款加出力，是歌剧院一个长期的支持者，也是奈特的崇拜者。崇拜者跟崇拜的人结婚是圆满的，据说帕姆把奈特照顾得无微不至。

2006 年我在意大利维罗纳夏季歌剧节演出《图兰朵》，帕姆联系我们，说她和奈特想去看我的演出，这真让我们喜出望外！演出完他们夫妇到后台，见到奈特真是太高兴了！他的样子没怎么变，快八十岁了，还是大黑框眼镜套头衫，显得兴致勃勃，看不出来任何病态。帕姆大声笑着说："你们相信吗？我们在米兰下了飞机，租了车，奈特一定要开，一路几个小时都是他开过来的！"我们带他们在宽阔的舞台上转了一下，周围都是正在清理布景的工作人员。维罗纳夏季歌剧节的剧场是在一个古老的角斗场原址上改建的，露天，巨大，椭圆形，可以坐两万五千名观众，是世界上最大的露天歌剧艺术节。我才知道原来奈特早在20世纪70年代就在这里导过戏，是一个全新制作的威尔第歌剧《游吟诗人》，男高音主角是明星多明戈。奈特一挥手指了一下观众台那一级级高高的台阶，说："你们知道我们第一场《游吟诗人》演出时最疯狂的场面是什么吗？"奈特的语速明显的缓慢很多，虽然还是那种发号施令的语气。"第一场演出开幕之前，多明戈说要给我一个意外，结果在他唱那个著名的咏叹调《柴堆上火焰熊熊》时，在最后一个无限延长的高音上，他就一边唱着高音，一边一级级地跳上高高的台阶，把高音一直拖到观众席最高处才停！别忘了有两万五千人坐在那里！观众那种疯狂我根本没见过！"

奈特一边说，一边用眼睛迅速地扫了一下舞台，那种大导演的目光和自信瞬间再现。

广阔的苍穹星光灿灿，古老的角斗场已归于沉寂，我们在铺满石块的街道上走进午夜。

奈特说想吃冰淇淋，然后拿出一盒烟，抽出一根，点着，深深地吸了一口，两指竖着夹着烟。

烟柱不慌不忙地旋转而上。

大都会歌剧院的座位和站票加在一起，可以容纳四千位观众，是世界上最伟大的歌剧院之一

我在大都会歌剧院的《图兰朵》中，演出了四十一场鞑靼老国王铁木尔

跟小泽征尔在日本巡演《波西米亚人》，
我饰演哲学家科林

上图：第一天跟小泽排练，他在跟我讲第一次带波士顿交响乐团去中国演出的经历
下图：在东京演出《波西米亚人》后，跟参演的中国声乐学生合影

南美洲最重要的歌剧院——阿根廷科隆大剧院

我在科隆大剧院演出《浮士德》中的魔鬼梅菲斯特，也是第一个亚裔歌唱家饰演这个角色

“你要知道这是他们第一次进歌剧院，去跟他们讲几句，他们会记一辈子的。”

我的第一个经纪人是保罗·科泰，我和他工作了八年

玛莎出名的“北京烤鸭”

大都会试唱记

在纽约大都会歌剧院的试唱考试，是我歌剧事业最重要的一次考试，直接改变了我的一生。

保罗·科泰是我的第一个经纪人，当他告诉我有两个试唱，星期三在纽约市歌剧院，星期五在大都会，我真以为自己听错了。对任何一个还没有开始歌唱事业、前途渺茫的“年轻”歌手来说，能有这两个试唱机会是多么激动！对我来说，纽约市歌剧院就像地上的圣殿，大都会歌剧院根本就在天上。那时我认识保罗·科泰才一个月。

星期三。

第一次走上市歌剧院的舞台，我被吓了一跳。舞台太大了，观众席是个巨大的扇面形，好几层，一看就觉得音效不好。我什么也顾不上，慌乱中走上台就觉得所有座位上都是人，定下神才发现整个观众席是空的，只有一个头发灰白的人远远地坐在一大片座椅中。

“你想唱什么？”灰白头发没抬头，声音又远又弱。

“《啊，你巴勒莫》。”我赶快报上最有把握的咏叹调。

“OK。”

这段咏叹调大约有四分钟长，直到我唱完，灰白头发都没抬过头，一直在写什么。他又要求我唱了一首《波西米亚人》里的《旧大衣》咏叹调。这是一首很短但很难唱的曲目，并不适合在考试时唱。我放这首咏叹调是为了凑够五首试听曲目，其实就怕考官选这首，因为很难发挥歌唱的技巧，又短，没唱两三分钟已经结束，很难留下好印象。灰白头发偏偏选了这首。

我最后一个音刚唱完，伴奏还没停，就听到远方传来干涩短促的两个词“谢谢，再见”。好像在催我赶紧出去。

我对这次试唱不抱任何希望。灰白头发的极度冷淡，再加上这个剧场音响太差，太难唱，声音非常干，听不见任何回响，声音唱出去就像撞上一堵墙，干巴巴的没有一点共鸣。

星期四。

我的预感是对的，经纪人保罗打来一个电话，说市歌剧院的总经理告诉他我唱得不够好，声音音量太小，在剧院里听不见，他们不会考虑录取我。

保罗的话没说完就被我打断了，我让他赶紧取消明天原定的——也就是星期五在大都会歌剧院的试唱，心里冒上来一阵火燥的焦虑。保罗沉默了一下，问我为什么，我说我连市歌剧院都考不上，怎么能考得上大都会歌剧院，根本不可能！我说话的声音开始大起来。

保罗又沉默了几秒钟，说：“我还是觉得你明天去试一下，不试，你永远也不知道。”我没回答，不知道说什么。

他说的也许是对的——不试就不知道。我不就永远在试试试试试？从北京锅炉厂试到中央乐团，从北京试到丹佛，现在试到了大都会的门口，难道就不试了？

能得到去大都会歌剧院考试的机会极难。

考大都会要过两关，第一关要唱给剧院艺术部门的主管听，第二关最关键，唱给艺术总监大指挥詹姆斯 · 莱文听。想进大都会歌剧院，必须要过这两关。

考试是不定期的，各个经纪公司时刻都在等待，等待介绍旗下的歌手给大都会艺术主管们试听的机会。艺术主管们是根据剧院每年二十多部歌剧的需要甄选歌唱家。他们也会不定期地试听一些新歌手，从中发现人才。主管们认为很不错的青年歌唱家，就会安排试唱给莱文大师听，大师拍板，主管们就会开始给录取的新歌手分配角色，签发合同。

每个经纪人都希望自己的歌手可以签约在大都会演唱。这个世界上首屈一指的歌剧院，每年的演出季从 9 月开始，到第二年 5 月结束。每周七场歌剧演出，星期六两场，星期日休息。每年大约有两百多位世界各国的歌唱家在大都会签约担任独唱演员，从最小的角色到第一主角，从青年歌手到世界巨星。大都会歌剧院聚集着世界范围最优秀的歌唱家，拥有一流的歌剧制作。每年都会看到台上有首演的新歌手，每年也有不少歌唱家从节目单上消失。歌剧演唱事业竞争太强，淘汰率非常高，但这并不妨碍青年歌手们前仆后继地奋争。

首先保罗能给我安排在大都会歌剧院的试唱实在不容易。我根本没有什么演出经历，已经三十五岁，中国来的，在科罗拉多出牛仔的地方学的唱歌。我从来没在纽约的声乐圈子里唱过音乐会，也没赢过重要声乐比赛的名次，我只是无数在纽约街头茫然徘徊的青年歌手之一。

“不试，你永远也不知道。”保罗这句话反复在我脑子里面转。就去试试又怎么样？！就算考不上大都会歌剧院，我能损失什么呢？生活不会更糟，也不会失去玛莎。这样一想，我决定去拼一下。

星期四下午 5 点钟，我接到一个电话，明天给我伴奏的钢琴家病了，不能给我弹伴奏。我一下子急了，明天上午 10 点是我在大都会的考试，没有钢琴伴奏怎么办？！赶快找保罗。

保罗打了一圈儿电话，告诉我找到一个，叫约翰森。我打过电话去，里面是一个懒洋洋的声音，又细又尖，像个女孩的嗓音。问我要了考试的五个曲目后，说没有问题，都很熟。我问他晚上是否能合一次伴奏，他连声说不用，我实在不放心，就说明天是 10 点钟的试唱，能在试唱之前合一下伴奏最好。细嗓子懒懒地说好吧，说他家就在林肯中心边上，让我 9 点 15 分到他家，合一下伴奏，走路五分钟就到大都会的后门了。

星期五。

我早上 9 点整就到了约翰森的楼下，9 点 14 分按门铃没人接，过几分钟再按，还是没人接。到 9 点 40 分我慌了，不停地按门铃。终于有一个矮小瘦弱的美国小伙子，急匆匆地从远处走过来，说他就是约翰森，刚才有事儿外出。我强压着火说现在怎么办？小伙子一边手忙脚乱地开门，一边说没问题，合几分钟伴奏就行。我们刚开始合咏叹调《啊，你巴勒莫》，就发现不对了。从前奏开始他就弹出一连串的错音，让我开始绝望，居然找不到音高，没法唱。一看表已经差十分钟就到了试唱时间，要迟到了！我有点儿粗暴地打断了他，说必须马上走。

约翰森看我生气了，人一缩，赶快站了起来。我就怕在试唱考试之前着急或者发脾气，绝对会影响演唱的水平，就使劲忍着不发火。

我们是跑着去大都会的，幸亏这个瘦家伙路熟，知道怎么从剧场的后门进去，我们连喘带赶地填好进门需要的表格，再冲到考试的场地，已经 10 点 5 分，晚了五分钟！

幸亏在我前边考试的一个男中音刚唱完往外走，我喘着粗气就要进考场，负责签到的好心女士让我喝口水，定定神再进去，给了我两分钟休息一下，这两分钟太重要了。

我走进考场，发现是一个小剧场，大约有一百多个座位。观众席里坐着两位非常有气质的中年女士，着装讲究，表情友好，稳稳地靠在坐椅上。我现在太需要表情友好的面孔，多少可以让我的情绪稳定一些。

约翰森的钢琴弹得实在是太可怕了，比我这辈子合作过的钢琴伴奏最差的还要差！前奏弹得乱七八糟就不说了，在我开始唱咏叹调时，这位"钢琴家"不停地弹错和声，让我几乎找不到音准！我一边唱一边拼命地想从他的弹奏中找我的音高，找节奏，根本无法顾及什么语言、音色、音乐处理。我一边唱一边告诉自己——坚持，坚持唱完！绝对不能停下来，否则前功尽弃。唱试唱一半停下来是最大的忌讳，通常会让考你的人一下子失去兴趣和信心，觉得你连一首完整的咏叹调都唱不下来。

两位坐在第十几排观众席的端庄女士显得很有耐心。她们绝对能感到我的困惑，前面那位皮肤白皙显得很漂亮的女士有时会微笑一下，视线迅速地转到钢琴伴奏那里看一眼，显然知道我的伴奏有问题。

试唱结束的时候我人都要虚脱了，好像听到前面那位漂亮女士说了一声谢谢，我就给她们鞠了一下躬，快步走出考场，心里是满腔怒火。瘦小的约翰森一路小跑地追着我，结巴地说着抱歉，我知道说什么都没用，觉得这是我所有试唱最可怕的一次，而且是在大都会歌剧院！我实在气得不行，给这个瘦子一个大嘴巴的心都有。这种烂钢琴居然还在到处弹伴奏，真不知道他摧毁过多少可怜的青年歌手。

我还是付了约翰森三十美元的伴奏费，因为他看上去很可怜，知道自己错了。后来的很多年我偶尔会碰到他，居然还是以弹钢琴伴奏为生！还听说他娶了我认识的美国女中音，相信他们绝对不是在试唱考试时一见钟情。

我幸亏没给他一个大嘴巴，还得感谢他。第二天上午 10 点，我正心情低落地躺着不想起来，保罗来了一个电话，语调非常兴奋：“你知道吗？！她们喜欢你的声音，蕾诺说要安排你给莱文大师唱试唱！！”

我一下子跳了起来，“真的吗？！”我叫了起来。

“我说过，不试，你永远也不知道！”保罗听上去比我还高兴。

我马上就给玛莎打了电话，我总觉得我歌剧事业所有的运气，都跟玛莎有直接的关系，所以要让她第一个知道这个好消息。

蕾诺就是昨天听我试唱时，坐在前边的那位漂亮女士。她是大都会艺术部门最重要的主管之一，后来我在大都会歌剧院二十年的演唱，所有演出的角色，她都参与了最后的决定和签署合同。

给莱文大师做试唱考试，是能签约大都会最关键的一步。作为四十多年大都会歌剧院的艺术总监，莱文掌握着绝对的权力。尤其是他指挥的歌剧，所有的演员都要由他决定，从配角到主要角色。

没有人知道莱文大师什么时候想听歌手的考试。他可以一下子听十个歌唱家的试唱，也可以一年半载一个都不听。所有的青年歌唱家都在等待，极其渴望能有机会唱给大指挥听，有的甚至等了两年还没等到机会。

经纪人们不可能直接问莱文，艺术部门的主管们会突然来个消息："赶快！大师明天想给后年的新制作《女人心》找女高音，明天中午12点，在舞台上，他会听一个小时的考试！带你们的歌唱家来。"一个小时，最多能听十个歌唱家，还要把机会分给两三个经纪公司。然后，经纪人们就赶快到处打电话，找自已旗下的女高音，在纽约或者不在纽约的。只要来得及，歌唱家们一定会马上从外地飞过来，参加第二天的试唱。

两周后，蕾诺给保罗打了一个电话，安排我一个月以后接受大指挥试唱考试。

我回到丹佛，跟科罗拉多歌剧院的音乐指导露易丝上了好几课，把所有五首试唱咏叹调翻来覆去地练过，当我告别玛莎再次坐美国联航飞去纽约时，是带着一种破釜沉舟的决心。

当时已经是1991年的1月底，已经过了我为玛莎发狠立誓的最后期限。我的誓言是从1989年1月1日起，全力奋斗两年，拼了也要在1991年的1月1日成为一个专业的歌唱家，可以承担起家庭的责任，可以和玛莎组成一个家庭。现在时间表已经超越我誓言的最后期限，超了一个月，我已经再无退路，简直有一种“壮士一去兮不复还”的感觉。

到了纽约还是住在好友钢琴家的家中，钢琴家够意思，把最安静的房间让我睡，知道我此行的重要，想让我休息好。也知道我喜欢吃西红柿炒鸡蛋，三天两头就是这道菜。

这次我可知道钢琴伴奏的重要性了，早早地找到一个在曼哈顿有点儿名气的歌剧指导比尔 · 海克斯，一起工作了三次。比尔是个很棒的钢琴家，说他是歌剧指导，因为他可以指导青年歌唱家们学习整部歌剧，几种语言都不错，人也谦和，说起话来轻声细语（比约翰森的尖声尖气好听），给你训练整部歌剧的时候，他还可以兼唱别的声部唱段，帮你练重唱，男高音的角色他唱得最好。唯一的问题，是他的脸色总是不太好，灰里发黄，让人觉得他内脏一定有问题，为他担心。现在三十年过去，比尔还是那样，轻声细语，照样住在老地方，做同样的工作，也不显老，脸色还是不好。

跟比尔第三次合伴奏结束的时候，比尔把钢琴盖儿一盖，站起来，面色一收，一本正经地宣布："我认为你已经准备好了，一定可以考上大都会歌剧院！"

我歌唱生涯中最重要的考试终于来到。

试听前一天，我给比尔打电话，再次提醒他，我是第二天中午 11 点 50 分考试，在大舞台上，请他千万别迟到。比尔笑了，说“田，放心吧，我在大都会不知给多少人弹过试唱伴奏。明天见，我会提前十分钟到，好好唱，祝你好运！”

第二天我很早就醒了，一有事儿我肯定睡不好，睡不好嗓子就没休息好，没休息好声音就不会新鲜——这是无数歌唱家们整个事业中永远担心的事儿。那个早上我什么也顾不上，所有心思都在中午的考试。我是七百五十度的近视眼，摘了眼镜一片模糊，能走路，但保证不了会撞上什么。现在有随摘随扔的隐形眼镜，不用担心，每天可随时更换。我那个时候戴的是一种可以用很久、每天用生理盐水冲洗、泡在盐水里过夜、第二天再戴的那种隐形眼镜，买一副不便宜，可以反复用一个月，这次来纽约我只带了一副。

在准备出门去大都会歌剧院时，我在钢琴家的厕所戴隐形眼镜，戴上了左眼的，手一抖，右眼的镜片掉在地上，怎么也摸不着了。我急得要命，厕所又黑，钢琴家听到我在大叫，赶快过来帮我一起找。我们两个跪在不大的厕所里找了好几分钟，还是没找到。怎么办！我终于绝望了，发脾气也没用，必须马上赶着坐地铁去考试，没时间了！只好跳起来穿上外衣，一只眼就跑出门。

一只眼上了地铁，一只眼进了大都会，一只眼站在舞台的侧幕等我的钢琴伴奏。差十分钟就是 12 点，我的试听时间。

12 点 40、41、42、43、44、45 ！ 46 ！ 47 ！！ 48！！！ 49！！！！

比尔没有出现。

舞台上刚刚唱完的是一位女高音，身形庞大。身后跟着一位消瘦的钢琴伴奏被女高音挡着，看不见，差点儿错过。我已经疯了，冲过去两手一把抓住那个可怜钢琴家的脖领子，用一种非人的声音（用“非人”形容是合适的）冲着他的脸低声地吼着：“我我我没有钢琴伴奏！你、你、你能不能给、给我、我弹伴奏？！”我语不成句地低吼着，一定是满脸狰狞，看得出钢琴家吓坏了，赶快松开抓着他脖领子的手。“好好好、好啊——那那你你唱什么呢？”钢琴家直哆嗦，结巴着问我。舞台监督已经在台上报了我的名字：“下一位是男低音田浩江。”然后对着台侧一伸手，做出“请上台”的手势。我用最快的速度告诉钢琴家，我先唱什么后唱什么还有什么曲目等等等等，钢琴家连说可以可以可以，然后一转身就跟我走上舞台。舞台监督站在台口等我们，一脸惊讶，绝对没想到为什么我对钢琴家那么凶。

钢琴家紧张地在琴凳上坐下，眼神慌张地看着我，伸了一下右手做个手势，我突然明白还没给他谱子，几首咏叹调的钢琴谱还紧紧地夹在我的胳膊里。我赶紧把谱子递给他，冲他点点头，深吸了一口气，转身，走到台中央，用一只眼向观众席看去。

大都会歌剧院，世界上最伟大的歌剧院，我来这里看过很多歌剧了，总站在最后一排看舞台。今天是站在台上，面对观众席，让我一阵恍惚。

巨大的剧场是暗的，隐隐约约的灯光，点缀在几千座椅层叠的阴影之中，周围的一切都散发着一种庄严的神秘感。前方遥远的地方，坐着七八个人。

“请告诉我们你要唱什么。”远远地传来一个很客气的声音。

以后的事情我只记得：头是蒙的，“嗡嗡”响，能听见心脏“嘭嘭嘭”地乱跳，我回答了，我报了曲目的名字，钢琴开始弹奏，我唱了，我停住，又有人问，我又唱，又停住，然后，有人说谢谢，我就走下舞台，头还是“嗡嗡”响，心还在乱跳。

舞台上是当天晚上演出的歌剧布景，我走进歌剧，又走出去。

后台更暗，我摸索着给了钢琴伴奏费用，就在抓他脖领子的地方，讷讷地谢了他。迎面突然出现一个高大的人影，是保罗，一脸的兴奋，说我在台上唱的声音有多好，穿透了整个剧院，声音又大又好听，等等。

我一句也听不进去，也不信他的话，因为我根本回忆不起我唱得好还是不好，惊魂未定。心里还在想着十分钟之前所受到的打击，冲上台时的那种慌张与恐惧，在想就是这个混蛋比尔，把我的试听，我的希望，全都毁了！

第二天上午还是10点，电话铃响了，是保罗。“怎么样睡得？”他轻声地问，口气随意。我说睡得很死，也许昨天受了刺激，很累。

“田，”保罗的声音一下子压得很低：“听好了。”

我没说话。

“蕾诺刚打电话来，说大都会歌剧院要给你一个合同。”

“什么？！”我大喊了三个“什么”。

“而且要给你整个演出季的合同！一年的！”保罗终于绷不住笑了。

“祝贺你！赶快给玛莎打电话吧！”保罗也大叫起来。

后来发生的一切都像梦一样：3月18日，在丹佛的家里我收到保罗寄来的邮件，里面是大都会的合同。合同是一整年的，包括五部歌剧、带薪假期和健康保险。我马上给玛莎的实验室打了电话，说我们应该今天结婚。1991年3月18日成了我们的结婚纪念日，我歌唱事业的转折点。

9 月，我们搬到纽约，一住就是三十年，其中有二十年我都在大都会歌剧院演出。

在大都会开始演唱五年后的一天，音乐组通知我要跟一个歌剧指导工作，把我马上要饰演国王的歌剧《阿依达》过一遍。还说这是个新的歌剧指导，刚开始在大都会工作，让我们认识一下。当我走进小排练厅时，一眼看见，钢琴前面坐着的是比尔！

我走过去，感到血在慢慢地涌上头。

“比尔，你好，还认识我吗？”我尽量客气。

“当然！你是田吧？都好吗？”比尔微笑地说。

“你还记得五年前，我考大都会时，你应该给我弹伴奏，但你最后一秒钟也没出现，我当时都疯了！”我说。

“什么什么？不可能！绝对不可能！！我从来都不会做这样的事儿，你记错了吧？”比尔急促地说，一脸的惊讶和无辜。

“……”我没说话。

比尔突然有一点慌，还四面看了看空无一人的排练厅，有点儿尴尬地说：

“不管怎么说，我们俩很幸运，不是都在大都会工作吗？”

是啊，我们都很幸运，能在最好的歌剧院工作。

过去的事儿有的会消失，有的会变成故事，否则我也写不出这篇《大都会试唱记》。

我总记得保罗的话：“不试，你永远也不知道。”

保尔

不知为什么，我总会想起保尔。

保尔·波利什卡，生在美国，祖籍波兰，父辈一百多年前从欧洲移民到美国新大陆，当农民，开农庄。小保尔从小是在农田里长大的，广阔天地一定给他留下很多美好的记忆。当他成为一个著名的歌剧演员，有了积蓄，就买了个农场，当他的“农民歌剧演唱家”。

保尔长了个大脸，圆而结实，浓眉，眼睛似乎被脸上堆积的肌肉挤得看不见，深陷在眼眶里，时不时会闪出农夫跟你砍价儿的目光。

保尔是纽约大都会歌剧院最资深的男低音，比谁在大都会待的时间都长，至少唱了三千场。保尔也在很多欧美的剧院演出，录制过不少录像和歌剧唱片。他够出名，从来不缺合同，也从来没成为大明星，他不在乎，也许跟他内心的向往有关，我总觉得他就想回农庄下地当农民。

保尔长得不一般，非常健壮，一米八几，身体几乎是方的。大头上一头卷发，走起路来腿脚粗壮步履沉重，碾压式地移动。胡子里的嘴老是抿着，好像总咬着牙，而且喜欢把眼神儿藏眼眶里，使他的样子带着一种威胁感。

“来。”保尔对我招招手，说：“过来坐坐？”

我们是在大都会的咖啡厅碰到，第一次说话。

“你从哪里来？”保尔问。

“北京。”我说。

“唱过铁木尔吗？”

“没有，第一次。”我说。

“刚才我听了你的排练，这个角色很适合你的声音。”保尔的语调实在：“你要对唱这个角色有什么问题，可以问我。”

我这人就怕别人跟我说好听的，于是心里一热，对保尔顿生好感。

那是 1995 年的 2 月，我在大都会歌剧院第一次演普契尼的《图兰朵》，保尔唱第一组，我是第二组，都是演鞑靼老国王铁木尔，他演十场，我演两场。

“这样吧，”保尔点了一下他那狮子般的大脑袋，说：“等我们彩排中场休息时，你到台上来找我，有几个动作，应该对你有帮助。”

我们都是男低音，又演同样的角色，按说是竞争对手。在大都会歌剧院，歌手们之间的竞争是一种冷残酷，新的上来，老的就会被替换，你来演这个角色，就意味着有人失去了这个角色。我没想到保尔这么坦荡。

在第一组彩排中场休息时，我赶快走上舞台，保尔已经在等我。

“第三场铁木尔是被押上场，拧着你胳膊的两个士兵都很强壮，别跟他们较劲，你得告诉他们让你自己挣扎，否则你的胳膊得脱臼。”保尔比画了一下怎么挣扎。“最重要的是他们要把你扔在地上，那你怎么摔出去呢？”他的浓眉里冒出一道调侃的目光。

我还没来得及回答他，就听“噼啪嘭”的巨响，保尔的身子已经飞出去了，脸朝下，结结实实地摔在地上，还做了一个挣扎起身，最后还是倒在地上的动作。

我吓了一大跳，保尔比我大二十来岁，那时已经五十好几。我真以为保尔摔坏了，赶快上前要扶他，只见他一撑就站了起来，拍拍手上的灰，笑着问我看清楚没有，他说："你得自己摔出去，别让卫兵们把你扔出去，他们会伤着你。"保尔眯缝着顽皮狡黠的眼睛，又说："你倒下去的时候，记住先用手掌拍在地板上，大力拍出声音，再用肩膀着地，然后身体着地。你得摔出声音，做出效果，还不能伤到自己。"

中场休息快结束了，我赶快按着保尔的教导，在台上摔出去一次，摔得很笨，很痛，胳膊肘差点儿扭了，还没摔出大动静，保尔在旁边看着直摇头。

“我没时间了，马上就开幕，你仔细看着！”他一把推开我。

“噼啪嘭！”保尔又飞出去了。

到我第一场演出的那天，我的经纪人保罗 · 科泰和玛莎一起坐在观众席里，看我在大都会首演《图兰朵》。整场演出保罗看得都很来劲，还挺得意，因为铁木尔在大都会歌剧院算是重要的角色，我的合同是他争取来的，直到第三幕我“噼啪嘭”地飞了出去。

玛莎说保罗当时叫出了声："喂！那是我的歌唱家，你们要把他摔坏了！！”

“你知道我最喜欢什么吗？”有一次保尔问我。

我以为他要讲最喜欢演哪个歌剧角色。

“我最喜欢的事儿，就是演出完赶紧回农庄，我都等不及把这两只手插进土里！”保尔把他一双有力的大手伸到我的眼前，然后十指张开，往下一插。

“你种什么？”我很感兴趣地问。

“种什么我都喜欢。”保尔就想种地，有瘾。有一年他种了西瓜，埋西瓜子的时候跟我们说过结了西瓜请客。好几个月过去后，保尔说西瓜没长好，味道也不对，酸的苦的都有，就是不甜，模样还长得奇形怪状。

“没什么了不起的，我就坐在西瓜田里，用拳头一个个地砸开西瓜，味道可以的咬几口，味道不对的就往天上一扔！”保尔一脸的无所谓。

“那你这西瓜田怎么办呢？”我比他还着急。

“嗨！用拖拉机把地一翻，都成肥料了，明年再种！”

幸亏保尔不是靠收成吃饭。

保尔有农民那种实诚劲儿，不喜欢说好听的废话，时不时显得挺仗义。

俄国大指挥捷杰耶夫第一次在大都会歌剧院指挥的剧目，是穆索尔斯基的《鲍里斯·戈东诺夫》。里面有很多角色，保尔的角色是皮曼，很重要的角色，我演的是一个农民米秋卡，戏不多，一个头脑简单、喜欢喝酒的农夫，那是我第一个俄国歌剧角色。捷杰耶夫来之前，我们已经排了快一个月，他来的第一天就是合乐彩排。

我不能说喜欢我的角色，但我很努力地准备过，排练也顺利，助理指挥和导演都说我还不错。但是捷杰耶夫一来，情况突变。

“你这么唱不行。”大指挥一挥手，乐队停了下来，舞台上所有的演员也都停下来，彩排极少会这样中断，除非出了大问题。我还没反应过来，发现捷杰耶夫在对我说话。

“你的声音太大太美，你是一个农夫，不是主要角色，你不能这样唱。你得知道你应该用什么声音唱你的角色。”大师一边对我说，一边扫视着所有的人。

我实在不知道我错在哪里，木在台上不知说什么。所有的演员和乐手都转向我，舞台上和乐池里到处都是看着我的眼睛。问题是我错在哪里？

“明白了？”捷杰耶夫问我。

“明白了。”我只能如此回答，怎么能当众反问大指挥呢？

捷杰耶夫一挥手，排练继续进行。

“我说过了！你不能这样唱。”大指挥一摆手，排练又停止了。

我觉得浑身的血都涌进头里，这次我一个字也没说，在众目睽睽之下看着捷杰耶夫，静静地站在那里。

“你是个农夫，醉鬼，你要用最难听的声音唱！”

“OK。”我回答。于是我开始用“最难听的”声音唱。

几分钟后嗓子开始疼痛，心里一阵阵发苦。

排练结束，我不知道怎么走回的化装间，感到难过极了。今天这么重要的彩排因为我停了两次，我不停地问自己今天到底怎么回事儿？为什么一个月的排练都顺利过去，为什么大指挥来的第一次排练只有我的演唱有问题？我实在觉得委屈。

“田！”有人叫我，我抬头看见保尔坐在化装区的入口处，显然在等我。

“我很抱歉今天的事儿，你没错，你唱得很好，也很努力，别垂头丧气！”保尔站起来走到我面前，说：“指挥第一天排练，也许他需要找个方式告诉大家，每个角色必须要找到自己角色的声音，你就赶上了！”保尔用他的大手抓住我的双肩，用力地晃了晃，又说：“没什么了不起的！每个人都知道不是你的错！”

大约有三十多个演员和乐手来过我的化装间，用不同的方式安慰我。

保尔临走时又来到我的门口，看看我，说：“你就跟自己说‘去你 × 的’，明天就没事儿了！”

保尔的招儿真管用。

三天后是《鲍里斯 · 戈东诺夫》的首演，我提前两个小时来到剧场，在后台门口碰到大师捷杰耶夫。

“田！”大师走得很快步伐有力，看到我笑着打了个招呼。捷杰耶夫的笑容给人一种不由分说的压力，不容易承受。我很惊奇他记得我的名字。

“今晚你会很棒！”他迅速地握了一下我的手，快步走向通往他化装间的电梯。

我今天晚上会很棒？

三天前不愉快的彩排后，捷杰耶夫说要和几个歌手做一下音乐作业，我也是被叫到的其中之一。去之前，我努力地练了很久，希望把“最难听的声音”唱好，达到大师的要求。

音乐作业的排练进行了三个小时，一直到最后一分钟，捷杰耶夫跟好几位歌手做了练习，就是没有叫到我。我坐在那里一直等到最后，当大师合上总谱说排练结束时，终于我忍不住举起了手。

“你有什么问题吗？”捷杰耶夫问。

“大师，我的唱段还没有唱给你听。”我说。

“你的唱段？唱得很好啊，没问题！我不用听了。”大师站了起来。

“你是从哪儿来的？”他一边说一边往外走。

“北京。”我说。

“北京？很棒的城市。”捷杰耶夫转过头看了我一眼，点点头，快步走出排练厅。

问题是，我怎么就突然变成唱得很好，没问题了？

大师不但记得我的名字，几年以后，还让我在中国国家大剧院和俄罗斯马林斯基歌剧院的联合制作中，跟他一起在俄国圣彼得堡演出了柴可夫斯基的名剧《叶甫盖尼·奥涅金》。我的角色是格列敏公爵，在整部歌剧中只出场大约十多分钟，唱了男低音最著名的咏叹调之一《任何岁月都需要爱》。

跟捷杰耶夫唱这段咏叹调的感觉完全像在跟他对话，当时所有的歌唱家、合唱队、舞队在台上都停了下来，进入静止状态，只有大师和我面对面，眼睛对眼睛，他的指挥，我的歌声。在那个时刻，世界似乎在柴可夫斯基无比优美和伤感的音乐中消失了。

那是一个可以忘掉一切的时刻，包括在大都会歌剧院彩排的《鲍里斯·戈东诺夫》，还有我“最难听的声音”。

很久以来，我都非常留恋在圣彼得堡的经历，包括那天演出结束后，捷杰耶夫拉我去歌剧院附近“我的老乡开的餐馆”，吃他老乡做的羊肉馅包子。

回到纽约后，得知七十多岁的保尔从大都会歌剧院退休，卖了宾州的农场，在弗吉尼亚南部买了一个更大的农场，和大都会歌剧院一个也退休的女导演结婚，两人搬去新农场。我们有好几年没有来往。

有一年我和玛莎因有事儿，开了八个小时的车去弗州南部，办完事儿想看看保尔。好不容易找到他，电话那头听得出来保尔特别高兴。他们住得真远，我们又开了五个小时车才到他们的农场。中间开过切萨匹克海湾最长的跨海桥，在海上开了大约一个小时的车。

保尔威风还在，只是迟缓很多，碾压式的走路没那么稳了。他们农场真够大的，眼睛看得到的地方都是农田。种的东西很杂，一块葡萄园，一块菜地，一块玉米地，一块种了草莓，还有一块西瓜田。

“西瓜不好种，我明年还想试。”保尔慢慢蹲下，用两只手挖出一捧黑色的土壤，攥了一下。西瓜的样子的确不行，显得无精打采。

这农庄东西南北看出去无边无际，不知为什么，我觉得每一块地里种的东西长得都不够好。

“你们除了打理农场之外还干些什么？”我们走进他们的大房子时，我忍不住问保尔。“这儿方圆几十里没几家人。”保尔摊开大手，“邻居都是中央情报局退休的，什么都懂，什么都干过，就是没看过歌剧。”保尔耸耸肩。

满屋墙上挂着保尔演歌剧的剧照，剧照也在看着我们。

两年后，保尔把农场卖了，回到纽约，又开始在大都会歌剧院演出，演两个他最熟悉的喜剧配角。那时他一定有八十岁了。

2017 年，保尔再次告别歌剧舞台，没有再买农场。

想有个农场也是我三十年的梦，希望哪天梦会成真。

有一点我知道，种什么我也不种西瓜。

大师小泽

“请告诉我，这个‘渐慢’标记，你想怎么唱？”小泽大师拿起谱子和笔，认真地看着我。

周围至少有三十个人，也在看着我。

这是我们在东京第一次跟著名指挥小泽征尔做音乐作业，把普契尼的《波西米亚人》用钢琴伴奏，从头到尾唱一遍。每个演员都严肃地盯着谱子和指挥，非常认真地演唱着。

我们到达东京已经连着五天戏剧排练，大家都没有放声唱，主要排戏，现在是第一次全部放声唱整部歌剧。

这种放声的音乐排练很难，像声乐比赛的决赛，每个人都想发挥出最好的状态，也很想听其他人唱得怎么样。就算是明星，也希望在第一次音乐排练能唱好。

最重要的，是第一次给小泽大师唱。

除了歌唱家们，排练厅里坐了三十多人，艺术节的主管团队、导演组和制作团队，还有 B 组的日本替补演员们，大家都坐在那里，听你。

我们来参加的是日本著名的小泽征尔音乐塾艺术节，每年一度，演出一到两部歌剧，还有很多音乐会的演出。艺术节在世界范围内聘请歌唱家、导演与舞台设计，所有的演出由小泽征尔指挥。这个艺术节已有二十多年的历史，小泽首创，是他对日本歌剧事业发展的推动，对培养日本青年一代音乐人才的重要贡献。

演员阵容中我只认识男低音保尔·波利什卡，他是大都会歌剧院最资深的主要演员，老朋友。近年来我们经常在大都会演出同样的角色，分担演出场次。演女主角咪咪的是年轻的法国女高音诺拉·阿姆斯勒姆，刚从大都会歌剧院青年歌唱家训练项目毕业不久，在欧洲演出比较多。饰演穆赛塔的是国际著名的俄国女高音安娜·奈瑞贝科，演马尔切洛的是波兰男中音马利乌斯，当时已非常有名，在很多欧美的剧院担任男中音主角。虽然演主角的南美男高音弱一点，但这个剧组的组合已经够厉害，有两个国际当红的歌唱家撑着，显得很有朝气和分量。我的角色是剧中四个巴黎贫穷的青年艺术家之一，哲学家科林。

四个“青年艺术家”中，只有我过了“青年”的年纪，其他三个人都比我小十多岁，动作比我灵活两倍。五天戏剧排练下来，我是浑身瘀青扭伤，因为四个人要追来追去，跳上跳下，还要打闹。幸亏我的角色是哲学家，动作迟钝点儿还说得过去，哲学家嘛。

在这个歌剧的最后一幕，我有一段咏叹调《旧大衣之歌》，很短，才两分三十二秒，但是非常难唱。这个唱段的音域不高不低，不强也不弱，有普契尼那种拉人的长句子，要唱得非常平静但要有内在的激情。

科林跟他多少年忠诚的旧大衣告别，要卖掉它给重病的咪咪买药，告别就是永别，全是内心的情感。这么短的唱段很难发挥，唱好了感人，唱不好平淡无味。要唱出藏在简单音符中细微的变化，不容易。在谱子上，普契尼给这首咏叹调标注了很多感情记号：渐强、渐弱、很弱、慢、渐慢、原速，等等。要唱好这段咏叹调，每一个感情记号都要做到，还要把所有的音唱准。这首咏叹调看起来简单，里面的学问可不简单。普契尼写了十二部伟大的歌剧，给男女高音和男中音都写了无与伦比的咏叹调，很多成为世界经典。唯独只给男低音写了这一首，两分三十二秒，为什么？简单吗？

我从来不敢小看这首咏叹调，就算在大都会已经演过很多场这个角色。第一次跟小泽做音乐作业，我拼命集中注意力，逼着自己把每一个音和每一个字都要唱好，记下他所有的要求，注意他每一个指挥手势。

“我要知道这个‘渐慢’标记的几个字的歌词‘我对你说再见’，你想怎么唱？”大师看我没回答，又问。

我一时不知说什么，愣了一下。从来没有一个世界大师级的指挥家问过演员想怎么唱，歌唱家们都太习惯了跟着指挥的手势和威严，大师怎么指，我们就怎么唱。

“大师，我会渐慢，然后换气，再看你的手势，回到原速。”我赶快回答。

“这样吧，这个地方我们都互相看一下，先渐慢，然后你呼吸，我给你手势，回到原速。好吗？”大师一边说，一边在谱子上标记。

“好的大师，我会跟着你。”我回答。

一个世界级的大师跟你商量一句歌词的"渐慢"方式，没听说过，我心里一阵感动。

前五天我们开始排戏的时候，日程上并没有小泽，只是他的助理指挥在跟我们工作。负责日程的人觉得进入音乐排练后会很忙，大师已经七十多岁，尽量先让他休息。小泽还是来了两次，每次都工作了五六个小时。他会拿着谱子和笔，不出声地站在导演旁边，记下很多导演的戏剧要求，包括演员的走位，上场下场，甚至我们的动作。

小泽征尔演出时不看谱子是出名的，无论多么复杂的交响乐，多么长的歌剧，小泽完全背谱指挥，不用谱架，每一个手势在整场演出中都绝对准确，从始至终。

他的助手告诉我们，小泽每天早上 5 点准时起床背谱子，一年三百六十五天，天天如此。

我对小泽的总谱印象极为深刻。上面有无数标记，分别有原谱的本色、铅笔、红笔和蓝笔，四种颜色。音乐方面的标记是红色，呼吸和重音记号是蓝色，意大利原谱的原文上面，是小泽用细铅笔手抄日文的歌词翻译，密密麻麻。很多原有的音乐表情记号，大师为了强调，还会用红笔再描一遍。

小泽在观看我们戏剧排练的时候，会不停地在他的总谱上增加标记。音乐排练时，他不但会跟歌唱家们讨论音乐上的要求，还会征求助手的意见。只要他认为是合理的，就会在谱子上画上一个圈，或者一个小方块。只要是他标记下的，在指挥中就会绝对准确地给出手势——而且是完全背谱。

小泽谱子上的记号，直接影响到我的学习方式，从此我的谱子上开始有越来越多的标记。只要看到一个年轻歌手的谱子是干干净净的，我就会告诉他，这等于没做过功课。

那天音乐排练结束后，我终于找到机会跟大师说了一会儿话。

我告诉他我是北京人，1979 年他带着波士顿交响乐团访华演出的时候，我在北京。我当时是中央乐团的声乐学员，他在我们乐团排练的时候，我就站在他的背后。我还告诉小泽，我特别清楚地记得，他在首都体育馆指挥波士顿交响乐团和中央乐团一起演出的情景，演到最后观众都疯了。谢幕时，小泽穿着一身白色的演出服，蓬松着一头浓密的黑色长发，绕着体育馆跑了一圈儿，向观众致意。整个体育馆爆炸似的沸腾，所有观众都站起来狂呼。我说我当时就在第一排，从来没见过这种疯狂场面。

我越说小泽越激动，眼睛里有些晶莹的亮点在闪动。

“你知道吗？那是我人生中最美好的一天。”小泽动感情了。“那场演出，我许多亲人都去了，母亲、夫人、孩子们、朋友们。你知道我是生在中国的，父亲已过世没能跟我回去。那是我在中国的第一场演出，我用了谱架，上面放着父亲的照片，整个演出我都能感到父亲就在那里……”大师的声音有些沙哑，说完向远处看去。

有几秒钟我们都没说话。小泽收回目光转过脸，看着我，一字一顿地说：

“I love China（我爱中国）。”

“We love you, too（我们也爱你）！”

我回答的时候心里一阵感动。

真的，在中国所有知道小泽的人，都会有跟我一样的感觉。

我和小泽都是 9 月 1 日生的，他比我大十九岁。

“我们这些中国出生的人要在一起吃一顿饭！”大师跟玛莎说过三次。

4 月中旬，樱花已过绽放期，开始飘落。

我第一次来日本是三年前，在三得利音乐厅演出威尔第的《唐卡洛》。那时樱花刚开始开花，是另一种美，树上的每一朵樱花都像一个小小的雕塑。这次我发现我更喜欢看樱花飘落，那漫天覆盖的粉白花瓣，好像是飞舞的生命，活的。

来到东京第一天，我们休息。我和玛莎在旅馆旁边发现一个小小的寺院，就走了进去，在院落里转了一下，然后在一个磨得很平滑的石头台阶坐下，看花。

寺院很静，没人，阳光满树，树上的樱花在温暖的阳光中，一片片地离开枝杈，随着微风慢慢地旋转，落向地面。

我们突然发现在细雨一样飘落的樱花瓣中，出现一个瘦高美丽的女子，缓缓地迎面走来跟我们打招呼。她穿了一件白色的衬衣，肩膀上围着一件橘红色毛衣，紧身的白裤子上有浅粉色的花纹。她的微笑和随意的神情，与围着她旋转的樱花雨那么般配，好像花瓣们飘下就是来找她。那是我们和安娜·奈瑞贝科第一次见面，很快就熟识。一个已经世界闻名的女高音，能像樱花那样平易和自然，不容易。

小泽征尔音乐塾合唱队的歌手们基本都是日本的声乐学生，小泽每年也会邀请十几位中国年轻的声乐学生和器乐学生——主要来自中央音乐学院——来他的艺术节，参加合唱队和乐队的演出。

这次小泽音乐塾艺术节，是在日本的五个城市巡回演出

《波西米亚人》，每隔两三天，我们会去不同的城市。先后去了东京、横滨、滨松、京都和名古屋。两百来人的演出团队，所有的行程、旅馆、排练等都安排得极其精确和周到，没出过任何问题。只有一次我们是晚上到达大阪，下了高铁，被安排分别坐出租车到旅馆。我们到了旅馆签到后，发现我的手提箱不见了，想起是忘在出租车的后备厢里了。接待人员看我和玛莎非常着急，就安慰我们说没有问题一定会找到。一个小时后，有人从前台打来电话，说手提箱马上就会送到我们的房间。

日餐好吃，好看，但对年轻学生来说，不禁饱。中央音乐学院来的七八个声乐学生都是二十来岁，总饿。玛莎阿姨一路上就在担心这些年轻人吃不饱，到处买东西给他们吃。这次演出住的是没有厨房的旅馆，否则玛莎一定是每天东坡肉、北京烤鸭、清蒸鱼的给学生们做饭。记得在横滨的中国城，玛莎突然发现满街都在卖大肉包子，热气腾腾当街蒸着。玛莎一路买过去，横扫所有肉包，后面是一群北京的学生们，还有我，边走边往嘴里塞包子，过节一样。

日本的观众是认真的，观众席里总有不少人是拿着歌剧谱子在看演出，有的甚至看的是乐队总谱。我们在五个不同城市的巡回演出，有一批观众是每场必看，跟着我们旅行。无论在哪个城市演出完，在剧场的出口，都会看见他们等在那里，鞠躬鼓掌，请我们签名。

令人惊讶的是，有些观众拿出我在纽约和旧金山、华盛顿等地演出的节目单让我签名。那都是过去很多年的节目单，真不知道他们在哪里找的。在京都剧院的后台，居然有人拿出大都会歌剧院演出的歌剧盗版 CD 要我签名，因为我在演员表上，还很骄傲地说，这是从大都会实况转播的录音录制的，做了精美的封面，说在日本几个城市都能买到。我被吓了一跳，不知能不能签名，这绝对是非法 CD，犯罪的事儿。

在日本的每次签名，我都尽可能端正地写下“田浩江”三个汉字，我知道这里每个人都能认识汉字。看到我的签名，这些日本观众都会“啊啊，田桑（田先生）”地发出惊讶的声音，表情会多了些尊敬。也许很少有人在节目单中注意到我是一个中国人。

在名古屋演出时，我的咏叹调那个“渐慢”没唱好。前三场演出都非常顺利，我和小泽大师已经有了一个默契，唱到“我对你说再见”时，相互注意看一下，然后“渐慢”，跟着他的手势，吸气，回到原速。

那天晚上唱到咏叹调那个“渐慢”时，我看到大师睁大眼睛看着我，两手停在空中，他在等我，我也在等他，乐队也在等，我们在那一刻都在犹豫。大师和我之间的约定在瞬间中有两秒钟的恍惚，跟乐队在节奏上错开了一点点，应该是我的错。

实况演出没有绝对的完美，接近完美就是成功。那天晚上的演出绝对是成功的，观众不停地鼓掌和欢呼，我们在台上一起谢幕至少十次。

小泽大师在中间，他左手边是安娜，安娜旁边是我。我们排成一排拉起手，跟着大师走向台前，鞠躬，退后。再走向前台，鞠躬，再退后。

当我们又一次走向前台时，小泽侧过脸，探出身，越过安娜，在观众热情的掌声和呐喊声中大声跟我说“抱歉，田！我欠你一个‘Rallentando（渐慢）’！”

给歌手道歉的指挥大师全世界只有一个。

小泽让我热泪盈眶。

最后一场演出时，我给大师写了一个贺卡，告诉他我是多么珍惜这次演出机会，还写道："1979 年我在北京第一次看到您指挥，等了二十五年才有机会跟您演出，希望不用再等二十五年再合作！"

我们和他告别时，后台挤满了人，我和玛莎看着人们那么热情地围着大师，有点儿犹豫，不想过去打扰他。没想到大师远远地看到我们，一边跟周围的人打招呼说着话，一边向我们走过来。

"谢谢你的卡片，明天一路顺风，我们一定还会在一起工作，不用再等二十五年！"小泽那头标志性的蓬松长发已经开始灰白，上面都是汗水，他笑着，一边说一边拍了一下我的脸。

我不知道说什么好，对一个难忘的经历，说什么都是多余的。

"我说过我们这些中国出生的人要在一起吃个饭，可惜后来太忙了！"大师带着遗憾的表情对玛莎说。

"下次我做饭，给你做北京烤鸭！"玛莎认真地说。

玛莎认真的事儿，都能成。

两年以后在维也纳，小泽在那里指挥《漂泊的荷兰人》，我和玛莎去看演出。演出之前我们去了大师的住处。玛莎做了锅贴，还有精心准备的一只"北京烤鸭"。奥地利鸭子，玛莎的烤法。

两个中国出生的人圆满了心愿。

又过了两年，大师来到纽约，再次回到大都会歌剧院指挥，剧目是柴可夫斯基的《黑桃皇后》。他上次受邀大都会是十五年前。

在日本的时候，小泽就说过他经常会感到浑身的关节和肌肉痛，我们就告诉他纽约有一个极棒的正骨医生，如果他有机会来纽约，可以做一下推拿。小泽最喜欢做推拿，到了纽约就找我们，给他约见医生的时间。

这位医生不一般，我们不管她叫医生，叫她周阿姨。

周阿姨是老北京人，讲地道的北京话，说话声音又亮又脆，隔多远都能听到。周阿姨是祖传三代的正骨医师，后来嫁到上海，生了五个儿女，一家人都说上海话，唯独周阿姨一口京片子。再后来周阿姨来纽约了，在皇后区法拉盛的家里开了一个诊所，病人从早到晚不停地进来。周阿姨凌晨会打坐，然后一整天为病人推拿，没看过她累，说话永远是亮的，包括她的笑声，都是北京味儿。

周阿姨个子矮小，却长了一双大手，骨节粗大结实，好像她浑身的力量都长到手上。只要她把手放在你身上，没有人不大声叫痛的，那手指能像刀一样切进你的骨头缝里。也许因为我是唱歌剧的，声音比一般人大，每次周阿姨给我推拿，不管她碰我哪里，我都会痛得高声惨叫。周阿姨好像特别欣赏我的叫声，只要听我叫，她就会用北京腔“哈哈哈”地乐，“叫吧！叫吧！没人来救你！谁让你把自己的腰扭成这样？叫吧！这房子塌不了！”一边说，一边在我的骨头缝里收拾我。

不过，让她把你的骨头放回对的地方，把你的肌肉捋顺，把每一根神经摆好，不管你进来的时候是什么毛病，走的时候轻松得完全是另一个人。

周阿姨治好过我脚跟上的骨刺，解决了玛莎多少年的腰椎问题。我们不停地给她介绍病人，本地的、外地的，中国人、外国人，现在把小泽大师带来了。

周阿姨一句英语不会讲，也听不懂。她根本不用问你问题，大手把你一摸就知道了。周阿姨做了一个手势，请大师趴在按摩床上，两只手很快地在小泽身上按了几下，就跟我说："他呀，没什么毛病，累的！你就告诉他，别那么累！"

不累，就不可能成为世界大师，成为世界大师后就更累。小泽在最忙的时候，每年演出不会低于一百场。

小泽实在了不起，一个小时的推拿，他一声都没出过，没叫过痛！

周阿姨越按越纳闷，最后说了一句："这个人太厉害了，不得了！他能在我这里不叫，你就说他身上平常有多痛，心里能忍多少事吧！"

周阿姨给小泽推拿时，我能看到大师很多时候身体在剧烈抖动，还会触电般的弹起来一下，那都是疼痛，他哼都没哼一声。

大师是脸朝下趴着的，我看不见他的表情。推拿结束时，大师坐起来，满脸是汗地说："这个医生太厉害了，了不得！我差点儿叫出来了。"我说叫出来会没那么痛，他笑着摇摇头。

周阿姨听说小泽是有名的指挥大师，就指指桌上一个登记病人就诊时间的小本子，请他签个字。小泽翻了一下密密麻麻的日程表，顽皮地吐了一下舌头，找了一个能下笔的地方，用中文工整地写下：

"小泽征尔"

米开朗基罗

米开朗基罗·威特利是一个一流的歌剧指挥家，意大利裔阿根廷人，世界范围的指挥经历至少有三十五年，包括在纽约大都会歌剧院的二十五年。他精通经典意大利和法国歌剧，对剧中的每一句唱词，每个音符都能倒背如流，每一个拍子都会挥到点儿上，而且风格纯正，能保证一流的演出质量，意大利老传统的质量。歌剧院聘用这类指挥家绝对放心，叫他们“老学院指挥家”。

我很早就知道他，也许是因为他的名字“米开朗基罗”，会让人自动联想意大利那位雕刻出《大卫》和画了《创世记》的大艺术家，这名字好记。因为他是知名的“老学院指挥家”，跟这样精通传统的老派指挥家合作，这种机会在今天已经极少，所以我很期待这次跟他一起演出，应该可以学到很多东西。

可是我见到米开朗基罗的第一分钟就产生了反感。

那天早上我走到他面前，伸出手很客气地叫了一声“大师”，我还没介绍完自己就感到他的敷衍和傲慢。只见他眼皮一耷拉，眼神一斜，哼哈两句就转向别人说话。半个小时以后，我对他的感觉从反感转成厌恶。

那是早上9点钟，在加州圣地亚哥歌剧院会议室的见面会，我们第一天排练威尔第歌剧《阿依达》。

我在圣地亚哥歌剧院演过五部歌剧，隔一两年去一次。我喜欢这个城市，常年气温二十多摄氏度，气候宜人，民风悠闲。建筑的布局松散，没有拥挤的压力，浅色调，临海，眼睛看上去很舒服。连绵不断的海岸线上有很好的沙滩，周围的山不高树也不高，线条起伏。到处散布的棕榈树给人一种懒散的假日感。圣地亚哥很多年在美国评选最适合退休居住的城市中，五次居榜首。这里的交响乐团在美国排名不高，但圣地亚哥歌剧院从 20 世纪 50 年代开始，在长达五十多年中，都是美国中上等歌剧院里数得着的。

歌剧院里的人都非常友善，像个大家庭，尤其是负责接待演员的女士米歇尔，说话带德国口音，对你那份热情和照顾，让你觉得她就是这个大家庭的大姐。剧院每年演出大约四到五部歌剧，每部歌剧平均五场，演出薪酬按国际标准支付，演出制作一流。所以在歌剧院演出的节目单上，经常会看到欧美著名歌剧演员的名字。

我喜欢这个歌剧院温暖的氛围，就像这座城市。在长年奔波演出中积攒的压力，一到这里就可以得到缓解，好像在激流中挣扎得精疲力竭，忽然漂到一个平静的港湾。排练和演出都显得轻松，像度假。

这次不对了。

早上 9 点钟，对习惯晚睡晚起的歌唱家们来说，太早了，尤其是要放声唱整部歌剧！这意味着你得早上 7 点起来准备，女声们需要更早起来，梳妆打扮，还要开嗓子。睡懒觉是歌唱家生活中最重要的部分，能不起就不起，都说嗓子是睡出来的，睡得好声音就新鲜。

今天我绝对没睡够，一想到要早起就根本没睡好，而且 9 点钟就要跟指挥唱一遍完整的歌剧。《阿依达》是一部大歌剧，每一个声部都有非常戏剧性的唱段，还有大段的二重唱、三重唱和合唱。早上 9 点唱一遍《阿依达》，坦率地说，这个日程不够人道。

我什么也没敢吃，为了保持声音干净。9 点准时赶到歌剧院的会议室，跟周围认识和不认识的人简单打个招呼，在指挥那里怄了一口气，就匆忙走向排练厅，坐下来再熟悉一下谱子。我的心思都在即将到来的排练。

无论在哪个歌剧院，第一天的音乐排练对我们来说都非常重要，尤其是跟陌生指挥的第一次音乐排练。很多人都会坐在那里听，包括歌剧院的院长、剧院艺术部门的负责人、导演团队之类都会在那儿。歌唱家们都希望留下一个最佳的第一印象，这个印象很重要，会关系到你在这个歌剧院未来的合同。

有歌唱家第一次音乐排练就被解除合同的例子，不多，各国歌唱家都有过这种遭遇。主要就是因为糟糕的印象，歌剧院认为你无法胜任这部歌剧的演唱。

第一印象会显示你的歌唱水平和修养，你是否背下了这部歌剧，是否懂你在唱什么，加上你的声音、音准、节奏是否准确，等等，都会在第一次音乐排练那三个小时中显露无遗。印象一旦确立很难改变。歌剧界圈子很小，坏消息传得更快，如果你在美国一次重要的歌剧排练没唱好，第二天欧洲的歌剧院已经有人在传。

歌剧《阿依达》是威尔第的名作，世界范围的歌剧院经常上演的五十部歌剧中总会有《阿依达》。这部歌剧的角色需要六位戏剧性声音的歌唱家。男女主角的几段咏叹调和凯旋进行曲都闻名于世，尤其是凯旋进行曲中的小号齐奏，人人皆知。

《阿依达》的舞台布景通常要呈现出气势宏大的场面，很多制作会把古埃及辉煌的殿宇、狮身人面像，以及木乃伊等具有代表性的文化标志形象展现在舞台上。钱多的做实景，钱少的用投影，近年来，多媒体视觉效果的运用，在舞台上越来越流行。

《阿依达》的演员阵容动不动就两三百人。世界上不少城市曾在数万人的体育场演出该剧，演到剧中的凯旋情节时，老虎、狮子、大象和马匹都会上台。埃及歌剧院还在世界闻名的狮身人面像前，举行大型《阿依达》露天演出，至少有两三千人参演。

我在《阿依达》中演的角色，是古埃及的大祭司朗菲斯。该剧开场第一句就是朗菲斯唱的。虽然整场演出里没有咏叹调，但有和男高音拉达梅斯的二重唱和很多重要的演唱段落，从头到尾出现在全剧中，是男低音歌唱家重要的角色之一。这个角色要求演员的声音具有穿透力，有大音量和庄严的音色。当时我已经在十几个歌剧院唱过朗菲斯，非常熟悉这个角色，所以对这次在圣地亚哥的演出没有任何心理负担，一下飞机就觉得是度假来了。

度假变成噩梦。

我从来没有经历过如此尴尬的音乐排练——每一句都不对。整部歌剧的一开场就是我唱。指挥从我开口唱出的第一句，就不断地打断我的演唱，语气苛刻，似乎要摧毁我。“你这第一个字的发音不对，R 辅音要能听见。节奏，节奏！你这个音拖得太长了！你知道你唱的这句的意思吗？语感不对！”从音准到节奏，从语言到处理，不停地挑刺，好像我的演唱一无是处。他那种带着明显敌意和挑剔的语气，加上那根指挥棒不耐烦地挥来挥去，使我几乎唱不下去了。这是我多么熟悉的歌剧和角色，在很多歌剧院演过，至少几十场的演出。来圣地亚哥之前，我还在纽约跟大都会歌剧院很好的歌剧指导工作过，重新把整部歌剧复习过好几次。

我越唱越慌，指挥越来越严厉，不大的排练厅里弥漫着紧张的气氛，钢琴伴奏越弹声音越小，估计被吓着了。我开场的唱段只有大约两分钟，我一遍遍地按照指挥苛刻的要求再唱、停顿，再唱、再停顿。大约有 10 分钟，所有人都在听我一个人唱。

喉咙干得要裂，声音开始发毛。我能感到周围所有的人已经坐立不安。通常在歌剧排练和演出中，指挥有绝对的权威，永远是对的。所以大家一定认为错的是我。

我想尽一切办法让自己冷静下来，克制再克制，因为他很多要求几乎是无理的。怒火在我脑袋和胸腔里横冲直撞，我就要失控了，我的演唱绝对不会有这么多问题！

“OK，现在继续往下排，第一幕，三重唱。”指挥突然宣布，语气变得没事儿一样，指挥棒指向男女高音和女中音。

6 月，圣地亚哥天气极好，不冷不热，但我满身是汗。

我坐在那里，不停地告诉自己别发火，但是百思不得其解，为什么？是他的问题还是我的问题？是歧视吗？我在歌唱事业的发展中，的确遇到过不少次被歧视的经历，而且这次演出的歌唱家们来自好几个国家，只有我一个中国人。

当我冷静一点儿的时候，开始仔细打量指挥，想找出答案。我不想这么不愉快地度过一个月，这才是第一天！

为什么这个指挥要跟我过不去？

我他 × 招他惹他了？！

米开朗基罗长得不难看，大约五十多岁，肤色是拉丁人那种典型的小麦色。中等身材，肌肉结实地撑在剪裁精致的衣服里。脸长得更结实，脸颊紧绷绷，没有下垂的迹象。眉毛眼睛鼻子和嘴的分布有一种坚韧的凹凸感，使得他的神情显得很果断，眼神不烦人。花白的头发自然地卷曲，密集，带着波纹整齐的向后梳去。我很想找出讨厌他长相的理由，于是再仔细地琢磨他指挥的方式。

不可否认，米开朗基罗是我喜欢的那种指挥，手势非常准确，没花架子，扎扎实实，是有传统意大利歌剧底气的老范儿指挥，挥出的每一个拍子都很讲究。而且他是一个绝对懂歌唱的指挥家，会跟你一起呼吸，带着你走，会给你最舒服的气口和起音。关键的时候，他还会给你提词。在一些激动人心的乐句出现的时候，你会觉得他的眼睛和他的面部充满着激情，会感染你。

我最烦的指挥是修养三流，指挥二流，架子一流。

满屋的人只有他一个穿着西服，打着一条红色的领带，浅棕色的西服带些深色的小格子，料子极好。白衬衣烫得笔挺，非常白，是那种柔和发亮显得有厚度的纯棉布，皮鞋像是意大利手工制作的，一看就是上好的皮子加认真的缝制。他整个人显得很协调，艺术品位不错，不像是靠玩弄手段出名的人。怪了，我对他的愤怒正在消失。

“一个好指挥。”心里暗暗地想。

三个多小时的排练终于过去了，不知为什么米开朗基罗再也没有挑过我的刺儿。在我唱的时候，虽然他还是很少与我对视，但脸上最初的那种傲慢和挑剔的神情已经消失，手里的指挥棒也越来越友善。我顾不上想这是为什么，集中精力把我的唱段唱好，尤其是对唱和重唱，尽可能完美和准确地对接。排练厅里的气氛转暖，冰雪消融。

《阿依达》实在是一部伟大的歌剧，充满着美的力量。当所有人都忘我地投入到音乐中的时候，一切都不重要了，唯一的感觉就是感动。威尔第让我忘掉了三个小时前的愤怒。

大家唱完最后一个音的时候都如释重负。第一次的音乐排练效果不错。歌剧院院长显得很高兴，和大家有说有笑，似乎没有人还记得排练开始那十分钟发生过什么。

周围的人快走光了，我还坐在那里没动，低着头翻乐谱。趁着记忆还新鲜，在找几个自己并不太满意的段落，总结一下原因，这是我多年的习惯。

一双锃亮的皮鞋进入我的视线，抬起头，米开朗基罗站在面前，脸上是笑容。

“你是一个非常好的歌唱家。”他伸出手。

我赶紧站起来，握住他的手。

“谢谢，很高兴能跟您一起演出。”我认真地说，因为指挥的语气和笑容都很真诚。

不过想起他开始对我的刻薄，还是有点儿气。

他 × 的。

三个星期后《阿依达》公演了。第一幕结束的时候，米开朗基罗的助手出现在我化装间的门口，说指挥想见我，让我去他的化装间。这很少见，除非上一幕的演出中有什么大问题，需要跟演员沟通，指挥一般都要休息。我一下子有点儿紧张，也许第一幕有地方唱错了？于是我匆匆忙忙赶去他的休息室。

“你今年 12 月的日程是什么？”米开朗基罗正在用一条洁白的毛巾擦汗。

“12 月？”我赶快想了想，说“我 12 月第一个星期在华盛顿歌剧院唱一个歌剧”。

“如果你 12 月 8 日以后没事儿，我想请你去智利唱德沃夏克的《安魂曲》，三场演出。”他对着镜子整理头发，等我回答。

“当然好！可是我没唱过这个作品，不知道能不能唱好。”我稍有点儿迟疑。

“你一定可以的！”米开朗基罗迅速地看了我一眼，笑着说：“祝你第二幕唱得更好。”他坐下，打开《阿依达》的总谱。

回化装间的路上我为这个意外的邀请特别高兴，我还没有在任何一个南美的歌剧院演出过。人在高兴的状态下会有超常的发挥，《阿依达》后两幕的演出我唱得很顺，声音非常饱满，情绪高昂。

1997 年是忙碌的一年，华盛顿歌剧院的歌剧《瓜拉尼人》演出是在 12 月 7 日结束的，8 日我和玛莎就飞往智利首都圣地亚哥。

离开华盛顿的时候还是冬天，风雨交加，我们都穿着厚大衣，十个小时后到达智利时是夏天。当我们住进酒店的时候是下午 5 点左右，天气很热，我们兴致勃勃。第一次到南美，感觉周围的人都显得很友善，天空中飘荡着拉丁味道的音乐，节奏欢快，到处都是鲜花。我和玛莎决定出去走走，找个地方吃晚饭，收拾完行李，穿个衬衣就走出旅馆。

我们的旅馆就在市中心，总统府边上。看到总统府的大门，让我想起那个在军事政变中自杀的智利总统阿连德，马克思主义者，还记得他跟大家诀别时的最后一句话："劳动者万岁！"

我们去了一个集市，逛了两个小时，到处是拉美风情的小商品，很多印第安人的手工艺术品。我们随意走进一个饭店吃晚饭，西班牙风味，服务员热情似火，一切都预兆未来的十天会是愉快的经历。走回旅馆的路上，可以感到夏日晚间舒服的凉意。想想十几个小时之前，还在冰天冷雨的冬季。睡觉之前，我觉得嗓子里好像有点儿痒，发干，身上老有汗。两个小时后嗓子开始痛，然后就是咳嗽，最后发烧，第二天早上起来嗓子没声了，大伤风。

每次我生病，尤其是在排练和演出时间，最担心和倍感压力的是玛莎。我一病就会变得脆弱，觉得无法歌唱，会抱怨，会发脾气，她要忍耐和承受，还要确定我是真有病还是自己紧张吓的，帮助我从焦虑和病痛中尽快恢复。最后，也是最重要的，她要想办法保证我能够演出。

这回我是真的病了。以后的十天，我一直在跟伤风和咳嗽战斗。玛莎通过歌剧院找到圣地亚哥最好的咽喉医生，我们至少去了三次。医生很友善，但对我水肿的声带和发炎的喉咙也没有特效的手段，说只有吃药、休息和等待，最好休声。他给我开了抗生素、消炎药和止咳药。几种药吃得我直迷糊，效果缓慢。

休声就是不出声音，休息。我们一共在圣地亚哥十天，除了演出就是排练。怎么休声？

万幸的是，这次来唱的是音乐会，德沃夏克的《安魂曲》，声音负担比唱歌剧小。

德沃夏克的《安魂曲》和他的交响曲《自新大陆》与歌剧《水仙女》同为世界知名的杰作。德沃夏克的作品之所以伟大和感人，是因为他把故乡捷克民族音乐的灵魂，融进了他的音乐创作中。后来我演歌剧《水仙女》时，这种感觉更强烈。

德沃夏克《安魂曲》一共有四位领唱，男高女高女中和我，三位都是美国年轻歌唱家。合唱队和乐队来自圣地亚哥歌剧院，演出也是在歌剧院。我们有过五次排练，演出三场，第一场演完以后只休息了一天。我的喉咙在所有演出结束后都没彻底康复，一直情绪沉重，总觉得自己没有唱好。声音发闷，失去了明亮的音色，而且咳嗽不断，还发烧，最终变成气管炎。

每一场演出我都是在挣扎，希望不要台上咳出来，不要让痰卡住喉咙歌唱时发出破音。

必须感谢德沃夏克，他的音乐能让我在台上演出时，彻底忘掉自己的担忧和病痛。在这种时刻，唯一能做的就是把自己交给音乐。

我尽可能不在玛莎面前抱怨，她会坐在观众席中整晚的紧张。

最后一场演出之前，我碰到米开朗基罗，忍不住抱歉地说嗓子一直不好，没有唱好请他原谅。他停在我面前打断我的话，说：“田，你唱得非常好，你难道没有感觉到吗？好，我就要当阿根廷科隆大剧院的艺术总监了，你想在那里演个什么歌剧吗？”

科隆大剧院？！那是南美洲最重要的剧院，历史辉煌，是世界上能排前十位的歌剧院。

我想在那里演什么歌剧？我觉得指挥也就是随口一说，我也就随口一答："我想演《浮士德》的梅菲斯特。"

梅菲斯特是比才歌剧《浮士德》中的魔鬼，是一个极为重要的男低音角色，即难唱又难演，还没有任何一个重要的歌剧院给亚裔的歌唱家演过这个角色。

"好吧。"米开朗基罗简短地回答，点点头，转身走进他的休息室。我也赶快去准备开场演出，没有把我们的对话当回事儿，想必是指挥的玩笑。

三个月以后，我纽约的经纪人保罗从办公室给我打了一个电话，说："田，我很想知道这是怎么发生的？"

"什么事儿，怎么了？"我有点儿糊涂。

"阿根廷科隆歌剧院发来一份合同，请你去演梅菲斯特！"

啊，米开朗基罗大师，你是认真的！

这也是第一次，我给我的经纪人找了一份我的合同，按说我不必付给他百分之百的经纪费。

一年以后，1998 年的 10 月，在我准备去阿根廷开始排练之前，在纽约又见到米开朗基罗，那次他不是来大都会歌剧院指挥，是来开会，住在中央公园西侧 63 街的五月花旅馆。他来之前就跟我们联系，约我和玛莎跟他聚一下，于是我们就去"五月花"见他。

那是一个下午，阳光很好，"五月花"的前厅不大，但光线充足，使得这个有上百年历史的老旅馆显得很有生机。我和玛莎准时到的，等了一会儿，指挥出现，手臂挽着一个年轻的女孩。

“这是我在科隆剧院的秘书艾琳娜。”米开朗基罗讲话还是老样子，简单干脆，我们在前厅坐下。“我简直不明白大都会歌剧院怎么了，说这是我最后一个演出季！明年不会再给我合同了！”看得出来米开朗基罗极不高兴，结实的脸绷得更紧了。我们不知道说什么好，这确实是让人很遗憾的事儿。能看到指挥一边说一边摸着秘书的大腿，秘书紧紧地靠着指挥，眼睛没有离开过他。“我怎么啦，我有什么不好，不就是喜欢女人吗？！”我不知道话题怎么突然转到这里，更不知道该说什么了。我们知道指挥有一个非常贤惠的夫人，也是头发花白，穿着很有品位，脸上的表情总是很和蔼。指挥这次话多了些，说自己在大都会歌剧院二十五年，不明白怎么就不再给他合同，而且是突然告诉他，于是愤愤不平。显然，他刚刚在大都会歌剧院开了一个极不愉快的会。

指挥的手没有离开过秘书的大腿，很自然地放在那里轻轻地抚摸着。他那粗壮的手指，在秘书的大腿上显得很温柔，指挥的手背上，是秘书的手。

艾琳娜看上去是一个好人，简单，自然，表情像微醉，眼神有点儿迷茫，直直地看着米开朗基罗。她大概抽不少烟，嗓子是那种沙沙的烟嗓，样子有点儿野性，裙子很短，领子开得很低，有一种漫不经心的性感，和西服笔挺的指挥坐在一起有些不协调，不够高级也不惹人烦。我们虽然坐在那儿有点儿尴尬，但这些并没有影响见到米开朗基罗的愉快，很高兴两个月后就能在阿根廷见，我真是特别期待能跟他一起唱《浮士德》。

一个月后的一天，科隆大剧院通过我的经纪人转来一封邮件，很简短，只有两行字："我们极为痛心地宣布：艺术总监米开朗基罗 · 威特利先生因脑溢血，于昨日去世，享年五十七岁。"

再过一个月后，我和玛莎飞往阿根廷，垂直地从纽约往南飞，十个小时后，又是从冬天到夏天。到布宜诺斯艾利斯后，我们在歌剧院找到艾琳娜，请她带着我们去看米开朗基罗。玛莎精心地选了一束鲜花。

那是一个古老而精美的教堂，我们跟着艾琳娜沿着用长条石板筑成的楼梯走进教堂的地下室。这是一个用花岗岩的大石块堆砌成的地下室，不高的屋顶是拱形的，自然的暗灰色，每一块大石上都布满了凿痕，显得肃穆而年代久远。墙上是两排墓穴。每个已经安置了棺材的墓穴都有很精美的门，用铜或不锈钢制成，半米见方，有些还是镀金的，镶嵌着各种花纹图像和逝者的名字，用精致的螺丝钉固定在花岗岩上，有一种把岁月永久凝固的感觉。有几个墓穴还是空的，黑黑的深不可测。

我和玛莎给大师默默地鞠了三个躬，献上鲜花。我抚摸着米开朗基罗冰凉的名字，从心里感谢了他。

我们离开时，艾琳娜停了下来，转身跑回去，在大师墓穴闪亮的铜门上吻了下去，她的前额磕碰在什么地方，只听"嘭"的一声闷响。

一个鲜红色的唇印清晰地印在米开朗基罗的名字上。

艾琳娜眼里有泪，额头渗出一丝血。

阿根廷的《浮士德》

还有十天就要去阿根廷的时候，玛莎和我还不知道去了住哪里。

科隆大剧院的艺术部门给我们介绍了几个可能的住处，都是带厨房的酒店公寓，没有一个接受我们。原因是我们要带狗女儿妞妞，没有一个旅馆让带狗入住，全都是一口回绝。不管玛莎怎么想办法不放电话，把我们的妞妞形容成全世界最有礼貌、最讲卫生、最有教养的狗，那些旅馆还是说不通，一再重复“No, no no no, no, no”，令人绝望。

玛莎突然想到莫妮卡。

莫妮卡是一位阿根廷女士，我们就见过一面，等于不认识。那是在 1997 年我去智利的圣地亚哥歌剧院，演出音乐会时碰到的。当时她从阿根廷去智利看她妹妹维卡，正好我们跟维卡聚过几次，妹妹就带姐姐看了我的演出，演出完一起吃了个饭。当时玛莎告诉莫妮卡我要在一年后去阿根廷演歌剧《浮士德》，莫妮卡马上说：“那你们到了布宜诺斯艾利斯一定要告诉我！”一脸的热情。南美人那种热情是真的。

布宜诺斯艾利斯的科隆大剧院是南美最大的歌剧院，在全世界几百个歌剧院中，排在前十名。许多欧洲的歌剧明星还没开始在美国演出，都会先去科隆大剧院，演出成功后北上，再开始在美国的歌剧院登台，最终目标是纽约大都会歌剧院，这种“迂回”发展的方式，在20世纪的欧美歌剧界成了一个风气。阿根廷的人口比例，主要是由意大利和法国裔的移民组成，歌剧是他们祖先带过去的文化传统，建国连带建歌剧院。

科隆大剧院是一个非常传统和保守的歌剧院，聘请的主演通常都是欧美著名的歌唱家。我是第一个亚裔的男低音接到邀请出演主要角色，破了纪录。我当时的第一个反应，就是想着怎么能把妞妞带到阿根廷，因为那段时间没有人可以在纽约帮我们带狗。

玛莎给莫妮卡打电话的时候，只是想让她介绍一个可以带狗住的旅馆，希望不要离剧院太远。因为就见过莫妮卡一面，也从来没跟她联系，玛莎就特别客气地在电话里解释我们的情况。还没等玛莎讲完我们的狗多有教养，多有礼貌，就听莫妮卡非常干脆地说：“OK，就在我们家住吧，决定了，欢迎你们！”语气热情，直截了当，根本不是跟你商量。

我们怀着有点儿不安的心情，牵着妞妞，从布宜诺斯艾利斯的国际机场来到莫妮卡家的门前。这是一座在市中心地段的连体楼房，外表没有什么特别，进去一看出乎想象。这座七层楼房每一层大约二百五十平方米。莫妮卡家是一、三、四、五、六、七层，后来把二层也买了下来。每一层都有三个卧室，两个洗手间，厨房加客厅。整个四层都是给我们住的，三面是窗，非常明亮。室内装饰的风格简单精致，白色调，配着舒适的家具和睡床。散布在各处的画作和艺术品很有品位，但不觉奢侈，整个公寓给人一种平和的温暖。

妞妞快速地巡视了整个四层，带着极其满意的神色跑回来报告，它侦查过了，未来五个星期，住在这里的感觉会非常好。我们没有想到会如此幸运，妞妞更幸运。后来我们知道，这里的家规是不能养狗，它是住进这个房子的第一条狗。

接着，更多的新发现来了。一个满脸善良的中年女士轻轻敲了门走进来，介绍自己叫卡门，是莫妮卡的助手，问玛莎需要些什么，想吃点儿什么。玛莎问她最近的超市在哪里，想去买些食物。女士让玛莎只要告诉她我们需要什么就好。

我们没想到这个家庭至少有六七个全职的仆人，还有司机和专职的厨师，楼下有门房。

我们还知道了只需告诉卡门，我们想吃什么，喝什么，需要什么生活用品。任何需要，很快就会有人去采购，送到我们这一层。还有，只要我们脱下的衣服放在一旁，再回来时，就已经有人帮我们挂好衣服，该洗的拿走，第二天就会洗干净送回来，内衣内裤都会被熨得平平整整，放在我们的床头，雪白的床单被褥永远是仔细地收拾过。仆人们几乎不会出现在我们面前，偶尔会看见一个穿着浅蓝色衬衣，围着粉白色小围裙的女仆，带着微笑出现一下，客气地打个招呼，迅速地做点儿事情就消失了。

我们住进了“超五星宾馆”，一个非常可爱的家。

这是一个大家庭，男主人路易斯是阿根廷著名的律师，有自己的律师事务所，还兼任着为国家制定与修改法律事务的责任。女主人，我们的莫妮卡，是一个五个孩子的母亲，除了忙碌地照顾孩子们，她还是自己家族饮料公司的主要负责人之一。主人的五个孩子从五六岁到十五六岁，四个女孩一个男孩，都很单纯，又漂亮又有礼貌，没几天就和我们非常亲近。我们印象深刻的是：男女主人对任何人，无论是亲人、客人、工作人员或者仆人们都像家人一样，一视同仁、平等对待，这种感觉真好。妞妞成了每一个人的宠物，它学会了坐电梯上楼下楼，最熟的就是去大厨房，那里每个人都会塞给它吃的。莫妮卡五岁的小女儿每天睡觉前一定要来跟妞妞道晚安。

路易斯和莫妮卡从来不跟我们讲他们的工作，跟我们聊的都是家常事，整天要听我们的故事，尤其对我在中国青少年时期的经历特别感兴趣。路易斯是个专业的歌剧迷，说起歌剧无所不知，任何歌剧张口就能唱，无论女高音男高音，甚至我这个低音声部的咏叹调，全部倒背如流。

莫妮卡整天就想照顾我们，永远在问我们需要什么。有时我觉得莫妮卡像个中国女强人，齐肩短发，深棕色，眼眶没那么深，眼睛细长，说话干脆利落，动作敏捷，是那种能干大事又心地善良的人，像那种典型的实干家，有任何问题瞬间处理，就地解决，绝不废话。莫妮卡还有一种中国人仗义的个性，绝对可以为朋友两肋插刀。住久了，我们就知道莫妮卡的祖上是意大利姓斯宾诺拉的贵族侯爵，历史上声名显赫。后来我在意大利热那亚歌剧院演出时，发现半个城都是斯宾诺拉家族的。这个家族的一支，莫妮卡的祖上，在一百年多年前到了阿根廷，创建了这个国家最出名的饮料公司。莫妮卡很少说到她的家族，我们一直不清楚她在家族的公司到底做什么，隐约知道她负责着整个公司的采购业务，可是眼前坐在我们面前的这位女士，就像个悠闲的好朋友，帮你做事儿，陪你聊天。

玛莎问莫妮卡，布宜诺斯艾利斯有没有中国城，在海外也叫唐人街。莫妮卡迟疑了一下说不知道，但立刻打电话查问，然后告诉玛莎说有，接着就说我现在就带你们去。不容玛莎推辞，带着我们下楼，自己开车，三拐两拐，十几分钟就到了。

说是中国城，跟纽约、旧金山、伦敦这些城市的中国城可没法比。在那些城市里的中国城是一片街区，纵横好几条街，无数店铺。在这里，中国城就是一条街，有几家中国饭店，几个不大的超市，还有一些小商品店，走不多远就逛完了。

莫妮卡很兴奋，说从来没来过这里，看什么都新鲜。玛莎在任何城市，只要有中国城或者唐人街，就情绪高涨、兴致勃勃，每个店都想进去看，在店里转一圈儿就已经交了朋友。我知道玛莎一定在想买一些中国食品和佐料，做饭给莫妮卡一家吃。

这种度假式生活对我来讲，就持续了一天，第三天我们在剧院开始排练。

梅菲斯特是《浮士德》中的魔鬼，每一个男低音都想演这个角色。魔鬼的戏很重，不好演也不好唱，有难度极高的大量唱段，而且是这部歌剧的核心人物，操纵着每一个剧中人，要刻画出一个外表风度翩翩内心叵测的魔鬼。我知道这是一个巨大的挑战，绝对不敢掉以轻心。来之前，我在纽约做了充分的准备，先跟玛莎的妹妹咪咪——联合国著名的法文口译——仔细地把《浮士德》的歌词反复学习过，用法文、英文和中文逐字逐句地翻译，矫正发音，念熟。然后再跟大都会歌剧院的法文歌剧指导德尼斯·玛赛做音乐功课，至少二十次，每次两个小时。玛赛是纽约收费最贵的歌剧指导之一，同时在大都会和茱莉亚音乐学院工作，出名的苛刻和严格。跟她学习是一个痛苦的过程，因为她会把你所有的唱段仔细地撕开，一句句地撒上盐，让你先痛感自己的问题，然后一点点地帮你愈合，改正，直至完美。如果你能承受跟她恐怖的学习过程，在她手下出来的成品，在哪个歌剧院拿出来演出都会是一流的水平。

这部歌剧本来应该是科隆大剧院新任院长、著名指挥家米开朗基罗·威特利担任指挥，我的合同就是他直接给的。令人非常震惊和难过的是，威特利在《浮士德》开始排练的前两个多月，脑溢血突发去世。

威特利的秘书艾琳娜，带我和玛莎去威特利墓室献花。我们都知道艾琳娜是威特利曾经的情人，在纽约也见过她，简单痴情的一个女孩。谁都没想到大师就这样早去，才五十七岁。艾琳娜显得非常孤独，看得出来还没从失去威特利的打击下缓过来。

艾琳娜告诉我们她还是在做秘书工作，但歌剧院现在的管理乱成一团，所有的工作人员和演员已经有两三个月没发工资了。听她形容，这个剧院是有很多问题，二十年中换过十九个院长，可以想象。

我很快就觉得剧院的管理真是混乱，首先是排练日程。在任何西方的歌剧院，每天的排练通常都会在六个小时，增加时长也不会超过八个小时。我们排练《浮士德》的时候，会连续几天超过十个小时的排练，甚至有时是上午 11 点开始排练，半夜 12 点结束，整整排了十三个小时。我觉得这种大量超时的工作是演员工会的决定，加时排练就有加时费，虽然大家现在没工资，将来有钱的时候，这些超时费都会补发，所有人都愿意加时排练。尤其是合唱队员，就算排练不忙找个地方闲聊天，也绝没有怨言，不急着回家。我们这些主要演员却对这种日程都觉得苦不堪言，因为排练的具体安排和顺序混乱，让我们每天都处于疲劳的状态。很多时候还没排一会儿就宣布休息，或者几个小时持续地工作。剧院咖啡厅里的人永远比台上多，在剧院里还可以随意抽烟，到处都是吞云吐雾的人影。

饰演浮士德的男高音是个老朋友，基思，一个夏威夷人，我们已经在几个不同的歌剧院合作过，包括大都会歌剧院。基思性格非常温和，说话慢声慢气，从来不着急，人的举止就像夏威夷音乐，走路永远带着一种悠闲的步伐。基思不像一些男高音歌唱家，有骄傲和易变的个性，这也许跟他典型夏威夷人的血统有关。基思是五六个族裔的混血，记得有英国、爱尔兰、夏威夷土著，甚至中国血统。因为他有六分之一的中国血统，我从认识他的那天，就觉得跟他很亲近，我们的友谊保持了至少二十年。基思个子不高，比我大概矮半头。演梅菲斯特这个魔鬼，歌剧院通常都会找一个又高又瘦，长臂长腿的男低音。我虽然不高，但魔鬼比浮士德高半头的比例，正好。

担任瓦伦丁角色的，是加拿大当时非常知名的男中音吉诺·奎利寇。他在很多大的歌剧院，包括纽约大都会，都担任过主要角色，而且是世家，父亲奎利寇是国际知名的男中音，当年比他有名的儿子还有名。吉诺的形象很棒，跟他这个歌剧角色瓦伦丁非常般配，不用化装都可以，站在那儿就有一种帅劲儿。太帅也是他的问题，当时他的生活状态很不好，好像受到不同女士巨大的压力。他最苦恼的其实是他的歌唱状态不太好，声音非常不稳定，从排练第一天到最后一场演出，他的歌唱一直处于挣扎的状态。声音没有光彩，不集中，站不住，可以看出他在演唱中，努力地控制着声音不要破，使得他的歌唱让人很担心，总为他捏着一把汗。好在他的角色只是在歌剧的前半部，在后半场不会再出现。

扮演主角玛格丽特的女高音是阿根廷人，也是所有独唱演员中让人遗憾的一位，虽然她的演唱不像吉诺令人担心，整个演出都可以顺下来，声音有，技术有，但唱得就是不高级，缺乏光彩和味道，带不起我的激情。相比之下，我宁愿站在那里为吉诺担心，至少他还是一个能令人激动的演员。我很怕跟我演对手戏的演员，对情感的感觉是零，再加上歌声里空空如也没有内容，那这种演出的感觉绝对是一种痛苦。玛格丽特这个角色多么丰富，从始至终就是连绵起伏充满悲剧色彩的情感线条，她最美的唱段也让人为她痛苦，她的欢愉能使你热泪盈眶，直到最后玛格丽特以死亡的解脱被拯救。不是我苛刻，唱歌剧，能跟一个真正的歌唱艺术家对戏，是多么难得，多么令人向往。

取代逝去的威特利的是一个意大利指挥莫乌利诺，在欧洲有些名气，手上的活儿很不错，干净、准确，知道这部歌剧里面的意思。二十多年后我在大都会看过他指挥的《塞维利亚的理发师》，老得很精神，音乐更精炼。指挥人很随和，在阿根廷没有给我们这些歌唱家们太多的压力。也许就是因为人随和，他的指挥就差那么一点点摧毁你的力量。

当我们从排练厅转到舞台上排练时，我才有机会仔细地打量这个著名的大剧院。第一个感觉是——太旧了。我能看到的一切都需要翻修或者维护。歌剧是一个昂贵的演出形式，没有钱就没有歌剧需要的辉煌。在这里，观众席的座椅、幕布、地板、门窗、天花板、墙柱……能看到的地方都很陈旧。我是从纽约过来的，刚在大都会演出完，这个对比太强烈。这边给你的感觉是财力短缺的伤感，那边给你的感觉是资金雄厚的底气。这边是两三个月发不出工资，那边一个乐队队员的工资可以支付这边好几个乐手的酬劳。

我们的导演是一个好心的阿根廷人，叫罗伯特，大概七十多岁，经验丰富，经历也丰富，是一个典型的传统导演，我在西雅图、巴尔的摩、华盛顿等几个美国歌剧院跟他合作过，很熟。罗伯特是一个幽默的人，喜欢开玩笑，但这次从开始排练的第一天他就一脸忧虑，总跟我抱怨，说不知道最后这部歌剧能不能上演，什么都是乱糟糟的，没人负责，一半的布景不是丢了就是已经损坏，想修复没有可能。《浮士德》是科隆大剧院的保留剧目，很多年前的制作。资金短缺使得剧院没有地方保存歌剧布景和道具，到处摆放，等于丢弃，根本没人在意。

最可怕的是剧场后台。有好几年剧院里闹老鼠，铺天盖地，到处是上蹿下跳的鼠影。布景被咬得残缺破碎，鼠粪随处可见，什么老鼠药老鼠夹，统统没用。老鼠们在演出进行时也大摇大摆地在观众席出没，常常会给观众带来一阵惊恐，引起骚动。剧院最后下了决心，跟“鼠帮”宣战。

剧院最后的招数是在后台引进群猫，绝对不放猫食，还真管用，没过几个月老鼠绝迹。鼠患消失，接着来的是猫患。群猫饱暖之后开始大批繁殖，一百多只大猫小猫身手矫健地占领了后台，最可怕的是它们随地大小便，整个后台臭气熏天。尤其是猫尿，可以熏得你睁不开眼，张不开嘴，更别说唱歌剧了。

我们对臭气熏天的工作环境提出抗议，院方负责人不停地耸肩摊手，一脸的无可奈何，最后的结果就是在后台到处喷洒某种化学喷剂。于是猫尿加化学喷剂的味道，伴随着我们整个排练和演出过程。

我没有对莫妮卡和路易斯抱怨这些问题，阿根廷人都为科隆大剧院充满着骄傲，所有歌剧的爱好者可以不停地告诉你一些故事，关于这个世界闻名剧院的辉煌建筑，上演过什么伟大的歌剧，哪些巨星在这里演唱时的趣闻，引起的轰动，等等。没有人愿意跟你讨论后台猫鼠大战的问题。

玛莎也不愿意听我抱怨。她在这里的每一天都是愉快的，她最喜欢的是去看排练，约几个朋友，先去喝咖啡，再找个欧洲风格的饭店，坐在街边，面对科隆大剧院雄伟的建筑，吃个午餐。玛莎到任何地方都会带一个小本子，上面记着这次旅行每天的日程，还会把新交朋友的联系方式列上，每天都会看到她本子上朋友的名单越来越多，增长的速度非常快。她是个太喜欢交往的人，无论肤色、职业、男女老幼，瞬间就成朋友。当然，人们也喜欢她。

布宜诺斯艾利斯的法国和意大利的移民，把首都的建设综合了巴黎和米兰的味道。就像我们的主人，整个家里就是欧洲的感觉。他们楼的第七层是一个露天阳台，种了薄薄的一层草皮，剪得非常平整，整个阳台就是一个花园，永远有花在盛开，高高低低五彩斑斓。二百五十多平方米的花园阳台上随便地摆着几把藤椅和茶几，在闹市中心难得有这样一块美好的僻静之处，坐在宽阔的天空下能让你想很远的事情。

路易斯很喜欢在早上坐在顶楼的花丛边看报纸，妞妞最高兴的就是在他面前“飞来飞去”地奔跑。有时我看到它一蹲，就在草地上尿上一泡，会特别不好意思，怕它毁掉人家如此精心维护的草坪。路易斯从来都不让我“谴责”妞妞，看着他那种带笑眼神，几乎让我忘掉他们家的规矩之一就是不能养狗，也从来没养过狗。

阿根廷人好客，再准确一点，拉丁族裔的人都好客。莫妮卡家永远有客人，每天晚上有聚会，客人从几个到几十个。他们的六楼就是一个大餐厅加一个大客厅。长长的餐桌可以坐至少二十个人，桌布永远是白的，杯盘碗碟瞬间就会摆上，各种酒类随意供应，到处摆放着的烛台随时可以点燃，派对的菜单永远像主人一样热情洋溢。最迷人的是甜食，“可怕”的好吃。

因为我们的到来，开始的几天每天都有派对，莫妮卡想把我这个《浮士德》的“魔鬼”介绍给所有的朋友，我们总是主客。随着排练进入十多个小时一天，我顶不住了，连最喜欢热闹的玛莎也服了，不得不想尽借口从六楼逃回四楼。

主人家的聚会往往是晚上 10 点多开始，不间歇地喧闹到凌晨两三点。夫妇两人凌晨 3 点多能睡觉就不错了，早上不到 8 点，莫妮卡已经在照顾五个孩子吃早饭出门上学，然后他们大概上午 10 点多钟出门上班。每天四五个小时的睡眠，丝毫不影响夫妇两人的精力，也不影响他们照顾我们的热忱。

玛莎帮助我正式地跟莫妮卡请假，说我实在需要休息和睡眠，每天排练太累，睡不好觉就唱不好。于是主人们好像突然意识到歌剧演员有跟他们截然不同的生活习惯，开始减少派对，而且一定是告诫了朋友们，即便来派对也减低了喧闹的音量。再过几天，派对消失，他们一定感觉到《浮士德》首演来临，“魔鬼”需要更多的睡眠。没有了楼上的热闹，让我反而睡不好了，心里总觉得内疚。

我们的四层住进了一个客人，一个穿着简朴的瘦高男子，大概五十多岁，头发散乱地支棱着，眉毛胡子都已花白，脸上横七竖八有几道伤痕，整天穿着一件花格子的粗布衬衣，一条牛仔裤，他叫何塞，没几天就成了我“兄弟”。

南美人还有一个特点，只要说出来的，就是实话，不拐弯抹角，不习惯骗人，讲自己的事直来直去。

何塞是莫妮卡的初恋情人，出身阿根廷开国元勋，典型的“红四代”。何塞住在南部的深山老林里，住在家族的乡村度假屋，从照片上看是很大的房子，在一个高山湖边。逢年过节，家族的人和朋友们会来休假，热闹一番，常年就是他一个人住在那儿打理维护。何塞离了婚，儿子有时会去看他，其他社交就没了。何塞以做木制手工艺术品为生。度假屋在森林里，周围有各种树木，足够他就地取材。何塞的手很巧，用木头可以削刻出各种风格的镜框、刀把儿、小动物等。他每年来布宜诺斯艾利斯两次，参加城里的手工艺品交易会，卖自己做的木头玩意儿。何塞总穿着一双旧旧的电工大皮靴，腿又长，走起路来步子很大，腰里永远别着一个牛皮刀套，里面有一把巴掌长的匕首，站在那儿像一个大镖客。看样子，我“兄弟”活得很潇洒，没什么钱，也不图荣华富贵。每年来布宜诺斯艾利斯都是住在莫妮卡这里，跟这一家子相处得非常融洽，路易斯对自己夫人这个当年的初恋一点都不介意，两个人有说有笑。

何塞脸上的伤疤是一次大车祸留下来的，用他自己的话说，他整个人是“缝起来的”，身上到处都是疤。何塞还告诉我们路易斯也出过严重车祸，几乎丧命，开过十几次刀，至今右腿都不能弯，永远痛，永远肿胀，腿里面是靠一根长长的钢条支撑。我们的男主人可从来没跟我们讲过，听得我们惊讶至极。后来我注意到路易斯的右腿真的不能弯曲，但他走路尽可能地不瘸，我们走多快他也走多快。坐下的时候，他会在不引人注意的时候，用双手把僵直的腿搬进桌子下面，找个角度摆好，同时还在和我们谈笑。

只有一次，我问过他的腿。那是几年后路易斯和莫妮卡跟我们和一些朋友走了一趟丝绸之路。在新疆的边城喀什住下时，我们都很累，折腾了一天，走了很多路。路易斯第一次拄了一根可以伸缩的手杖。坐下时，他费力地想把腿摆一个舒服点儿的位置，脸上闪过一道痛苦的神情，也就一两秒。我忍不住问他腿怎么样，他看了看没有人注意我们，就轻声说腿有点儿不听使唤，拉起裤腿给我看了一眼，真把我吓着了。他的右腿几乎是深紫色，全是肿的，皮肤下面是一条条交错的黑色血管，整条腿看上去像假的一样。路易斯看着我惊恐的表情笑了起来，说："三十年都是这样，早习惯了。"我问他疼不疼，他又笑了一下，说："永远疼，那又怎么样呢？跟疼痛一起生活吧。"

莫妮卡在两个浑身伤痛的男人中间显得很自如，对哪一个都照顾得很好。何塞有个倔脾气，最不愿意在有钱人面前说废话，如果在莫妮卡家有很多人吃饭的场合，他就喜欢坐在我旁边聊天，不搭理任何衣冠楚楚的人。莫妮卡有一种本事，会让全家和客人们非常和睦地相处，包括何塞。她会楼上楼下地奔忙，让每个人都高兴。无论地位高低，贫富差距，在这里一视同仁。这一点她和玛莎很像，是一种天然的个性，装不出来的。

《浮士德》的彩排来临。布景问题解决的方式，是用一半的布景，其他用灯光和黑幕遮掩一下。我的造型是光头，那个时候我还有不少头发，也舍不得剃，不像现在是真正的光头，无所畏惧。我想留着头发，为了下一部歌剧，于是造型师给我做了几个胶皮的头套。这真是一个有传统的大歌剧院，服装和化装部门有极高的工作经验和专业质量，我的胶皮头套又舒服又逼真，套上就是平滑的光头，还留了非常隐蔽的出气口，让汗水和热气不影响头套的效果。还有他们做鞋的部门，一定是一些意大利后裔在那里工作，手工做出的演出鞋不但合脚，而且有一流的质量和形状。

梅菲斯特这个角色是从头唱到尾，在台上有很多动作，有时还要跳到桌子上，还要奔跑。他们给我做的鞋不但没给我带来任何不便，甚至使我在台上的步伐非常灵活。我离开布宜诺斯艾利斯之前，恳求剧院制鞋的部门给我做了一双高筒的黑色翻毛皮靴，又轻又跟脚又好看。后来很多年，我穿着这双靴子在很多地方演过歌剧，演出动作的灵便和顺畅，绝对跟这双“伟大”的靴子有直接的关系。

玛莎带了至少四十个人来看我的《浮士德》彩排。她总喜欢带人看我的歌剧彩排，尤其是那些学生或者经济不富裕的朋友，因为不用他们买票，还可以坐很好的位子。科隆大剧院通常只会给演员几张彩排票，玛莎就有这个本事，几张票带进去四十个人，其中有十多个是她在中国城认识的新朋友。

20 世纪 90 年代末期，中国人在阿根廷还是当地人不熟悉的一群。莫妮卡一家包括他们的朋友圈子，根本不知道有中国城的存在。跟着玛莎，莫妮卡兴致勃勃地认识了那里所有的中国餐馆和那些杂货超市，他们家厨房里的中国油盐酱醋也越来越多。玛莎不但认识中国店里的老板，也认识了那些打工的。从一些中国城的小广告中，玛莎就带回家一个会推拿的，不但给我推，也介绍给我“兄弟”何塞。还有一家是专卖冻饺子的，莫妮卡这边是一大家子，玛莎一订就是两百个。送饺子上门的是一个北方小伙子，玛莎忙着煮饭，张口就问小伙子能不能帮助把饺子煮了，于是送饺子的还兼管煮饺子，干得还很高兴。

现在，无论是开餐馆的还是杂货店的、卖饺子的还是推拿的，玛莎把他们都带到科隆大剧院，来看他们生平第一部歌剧，第一次踏上这座壮观建筑的大理石台阶。

我还在化装，外面传来乐池里乐手们练习的声音，可以听到隔壁女高音正在开嗓子。玛莎带着一阵风走进来，犹豫了两秒钟，问我可不可以化完装以后，到剧场前厅去跟那些中国朋友见个面，说几句话。我在演出前特别不愿意跟任何人打交道，就想专心地准备上台。尤其是这部歌剧，一开场梅菲斯特就上场，要让浮士德出卖他的灵魂，然后“魔鬼”和浮士德就有一段很重要的对唱。现在离开幕不到二十分钟，难道玛莎看了我无数的排练和演出，不知道我的习惯吗？我实在不想出去。

“你就出去跟他们说几句话，他们会非常高兴。”玛莎决定说服我，“你要知道这是他们第一次进歌剧院，去跟他们讲几句，他们会记一辈子的。”玛莎最后这句话让我心里一热。

当我们匆匆走到歌剧院建筑精美的前厅时，就看到十来个中国人有点儿拘束地站在那里，互相紧靠着，年轻一点的一位女士还抓着旁边人的袖子，每个人都穿上了他们最好的衣服，打扮过一番。他们是那么高兴，惊讶地看着我化了夸张效果的光头戏装，一身深红色的服装，宽大的袖口，紧身裤加黑色的高筒靴，十足的“魔鬼”样。我赶快跟他们讲了一下剧情，我的角色，还告诉他们几个主要的情节让他们注意。看着他们那种专注和感谢的表情，我心里想玛莎是对的，能带他们来这里，我也会记一辈子。

首演。

莫妮卡全家都去了，每个人都高兴地从白天就开始打扮和准备，做头发，整理衣服，化妆。在阿根廷看科隆大剧院的歌剧首演是件大事，女士们一定是落地长裙，男士们都穿晚礼服。妞妞一定觉得奇怪，东张西望地看着所有人都匆匆忙忙地走来走去，上楼下楼。何塞坐在那里看着我们说他不去歌剧院，我们都很奇怪，最后只有莫妮卡知道为什么，默默地没说话，迅速地出去了一会儿，回来时塞给何塞一身崭新的晚礼服。

我提前两个多小时到剧院化装，戴头套，穿服装。当我看到镜子中的我正在变成“魔鬼”时，心里出奇地冷静。盯着镜子，看着自己慢慢消失，“魔鬼”的表情和邪恶在一点点地融进我的身心。我太喜欢忘掉自己的那种感觉了，尽可能地在上台之前就开始进入角色。

前奏起，大幕开，老态龙钟的浮士德正在哀叹自己青春不在。我已准备好上场。

我和基思开场的二重唱正常发挥，音乐越来越激烈，浮士德出卖了灵魂再次回到英俊的青春，我则得意扬扬地完全控制了浮士德的欲望。二重唱在高潮结束，音乐停止的同时，我们从舞台冲进边幕。

剧场里一片沉寂，没有掌声。

基思和我在边幕里都愣住了。这简直不可能，在任何歌剧院，这段二重唱都很有效果，观众一定会鼓掌——哪怕是礼貌性的。

“好吧，我们能做什么呢？祝今晚快乐。”夏威夷六分之一血统的“中国同胞”对我做了一个无可奈何的手势，表情平和地柔声说道，转身去准备下一幕的演出。

第二幕有一段瓦伦丁的咏叹调，可以说是最著名的男中音咏叹调之一。是哥哥瓦伦丁要去从军，告别妹妹玛格丽特时唱的，优美、伤感、激情。虽然吉诺的歌唱状态不够好，但首演那个晚上他唱得真不错，绝对是全力以赴了。

观众席里仍然没有掌声。

我们都站在台上没动，习惯性地在等观众鼓掌，好不容易才听到稀稀拉拉不多的掌声。等待也就几秒钟，感觉像是好几年。我想吉诺一定不好受，这段咏叹调观众不鼓掌等于给这个歌唱家判了死刑。

整个晚上几乎就没怎么听到过掌声，有时听到一些，也是闷闷的没有多大动静。在演出结束时我们出去谢幕，开始听到掌声和喝彩，还是不够热烈。我出去谢幕时，倒有不少人大声喝彩，里面很多年轻的声音，我想一定是莫妮卡的五个孩子。

后台一片欢腾，玛莎和莫妮卡一家及他们的朋友，还有不少是我们许多远道而来的朋友，都拥在那里祝贺我。那个时候歌剧院后台是可以吸烟的，“兄弟”何塞递给我一根烟，我深深地吸了一口，总觉得高兴不起来，还在想整晚的观众都很冷，不知为什么。

直到第二天我才知道，昨晚的《浮士德》，是科隆大剧院今年演出季的最后一部歌剧，是极为重要的首演，全城上流社会人士都在那里，盛装出席。女士们都戴着黑色的长手套，男士们一律白色手套，整个晚上不摘。

戴着手套鼓掌，当然无声。

几个主要的报纸都有乐评，都登的是我挥舞着红斗篷的剧照。最主要的乐评说整个剧组的演员中最好的是“魔鬼”梅菲斯特，然后说不知道为什么要邀请一个亚裔的歌唱家演出这个角色。

为什么不能请一个亚裔歌唱家演出这个角色呢？

《浮士德》最后一场演出之前，莫妮卡告诉玛莎，他们决定给我们一个盛大的告别派对，让我们请谁都可以，交换条件是我们要随便他们怎么折腾。

演出结束后至少有七八十人来到莫妮卡的家，我们的几个中国朋友也来了。美食堆满大餐桌，每个人都高举酒杯，玛莎还做了几只烤鸭，整个六楼站满了人，气氛沸腾。饭还没吃完就有人开始弹琴，大家马上开始唱歌。阿根廷歌、歌剧唱段、一个人唱完大家齐唱。唱得正热闹，突然听到手风琴的声音，电梯一开，门房的老兄拉着一架手风琴和三四个朋友唱着一首节奏欢快的阿根廷歌曲走出电梯，马上，路易斯、莫妮卡和他们的朋友们全体加入欢歌。

唱完歌，莫妮卡挥着手让所有人都安静下来，说我少年的时候就会拉手风琴，今天他们就让门房老兄借了一个手风琴，明天我和玛莎就离开了，他们决定不让我睡觉，让我把所有年轻时唱过的歌都唱一遍，顿时所有人都大声叫好。

一定是玛莎给莫妮卡讲了我年轻时在北京的经历。这可是个意外，我背上手风琴，人们很快静了下来，都看着我，等待。

我太久没拉过手风琴了。是啊，我还不到十六岁进北京锅炉厂的时候就开始拉手风琴。在那遥远的 20 世纪 70 年代，在工厂的六年半，手风琴给了我多少乐趣和安慰，一路伴随着我们的青春和最真实的情感。

我已经记不起那天晚上唱了多少歌，从老的苏联歌曲唱到革命歌曲，什么《红梅花儿开》《三套车》，到《革命人永远是年轻》。玛莎和在场的中国城朋友还情不自禁地跟我合唱起《洪湖水浪打浪》《一条大河波浪宽》。《我的太阳》是每一个人都会唱的歌。还有一首，是我们年轻时唱的阿根廷歌曲，叫《多幸福》，我刚一开口，所有的阿根廷朋友马上跟我合唱，我用中文，他们用西班牙文，一遍又一遍，唱得停不下来。

派对一直持续到早上 5 点。

莫妮卡和何塞送我们和妞妞到机场，坚持要等我们上飞机才离开。两个人靠在一起点起了香烟，在淡淡的烟雾中像一对年少的恋人。

你也许知道这首歌：

《阿根廷，别为我哭泣》。

《听妈妈讲那过去的事情》

在歌剧院，别管是多大的明星，上台之前都会紧张。怎么摆脱紧张的压力？每个人有每个人的招儿。

有些人是靠吃药。

一位美国男高音，挺有名的，平时总有点儿傲慢，台上很帅，台下古怪。他演出前的习惯，是在化装间的镜子前面摆上长长一溜儿药瓶，高高矮矮，粗粗细细，有药片，有药水。我们演出前都有习惯找到同台的歌唱家，互相说一句“祝演出成功”。但我就怕在上场前去他房间，因为他一边跟你说话一边吃药。说一句，往嘴里塞个药片，再说一句，一仰脖子“咕嘟咕嘟”地灌两口什么药水，接着可能在你面前，边说话边拿起个带玻璃管的药瓶，往鼻子里“呲呲”地喷雾气。

有个明星女高音，习惯是开场前在后台走来走去，手里攥着两三个小药瓶，见谁跟谁说她的喉咙不舒服，也是边说边吃药。

还有的人就特别了。

一个也是明星的女高音，唱完自己的唱段，走出舞台进到边幕里就开始哭，她的助手要给她递纸巾，帮她整理脸上的妆，不停地低声安慰她，说她刚才在台上唱得怎么怎么好。台上的演出仍在紧张地进行。我能听到明星女高音跟助手不停地说：“不行，不行，我不能唱了，我太紧张了！”到该上场的时候，一转身，止哭，昂头挺胸地大步走出，明星架子一拉，往舞台上一站。唱完，走出舞台，再哭。

帕瓦罗蒂的习惯，是上场前要在后台找到一颗旧钉子，必须是弯的，找不到不行。很多帕瓦罗蒂的崇拜者知道大师这个习惯，从世界各地寄给他各种各样的钉子作为礼物，纯金的都有，但帕瓦罗蒂要的就是在舞台上钉布景用过的旧钉子，弯的。给他做服装的都知道，要在他演出服里面什么地方，缝一个小口袋，专放钉子。

多明戈在化装间穿演出鞋的时候，一定要先穿左脚再穿右脚，穿错了会脸色一变，马上脱了重新穿。上台之前，多明戈会在侧幕祈祷，快速地画几个十字，最后吻一下自己的手背，一抬头，上台。

祈祷是很多演员上台之前必做的，有的女演员会不管演出服是否方便，都要单膝在台侧跪下，低着头祈祷一会儿。有一个黑人男中音，快上台时，一定要找一个别人看不到的角落去祈祷，被人看见还不行，换个地方藏起来重新祷告。

还有的演员上台之前脾气暴躁，跟谁都沉着脸，说话像要吵架，演出后完全是另一个人，会和善得让人一惊。

再有的就怪了，上台前上台后都恐惧。

麦克是一个不到三十就成名的男中音，声音好听，又方便，张嘴就有。别人觉得很难的声乐技巧，他可以玩儿一样地唱出来。在美欧著名的歌剧院已经演了好几个重要的角色，人好，随和，形象也好。谁都说麦克将来会是大明星，都没想到，麦克几年以后三十多岁就不唱了，给什么角色，多少演出费都不唱，说当老师就当了老师，教声乐。麦克不承认，他是让舞台吓的，无法克制对舞台的恐惧。我相信麦克想了很多办法对付他的舞台恐惧症，他的太太玛琳达是歌剧院合唱队的女高音，每次麦克演出要上台之前，玛琳达都会在他的化装间待一会儿，给麦克说几句鼓励的话。麦克也不关化装间的门，我过来过去总看见麦克坐在玛琳达前面像个吓坏了的孩子。

麦克上台之前的紧张发展到无法控制。一次我们两人同台演出，那天我喉咙疼，人一直焦虑，怕唱不好。在后台我们两人走了个面对面。

“麦克，我今天不舒服。”我说。

“田，我今天也不舒服。”麦克紧接着说。

“我喉咙痛。”我皱着眉。

“我也喉咙痛。”麦克马上皱眉。

“我是左边喉咙痛。”我捂着喉咙左边说。

“我也是左边！”麦克立刻捂住喉咙左侧。

“我今天真是很紧张。”我希望麦克能给我点儿鼓励。

“我也是，今天紧张得不行了！”麦克睁大了眼睛，瞳孔里都是恐惧。

麦克改行以后有很多人跟他学声乐，我去听过几次课，看他教课那么快乐，我也快乐。不知他教不教学生怎么克服舞台恐惧症。

我是一种类型的演员，在台下怎么都不对，一上台就好，人马上活起来，压力完全消失。玛莎说我属于“舞台动物”（stage animal）。演出当天，如果是要唱一个非常重的歌剧，玛莎会尽量躲着我，因为从早上起来我就开始神经质，人就会变得很不耐烦，非常焦躁。特别是在化装间等待上场的时候，谁都不想理。我让自己能够放松的方式，就是在钢琴前坐下，弹几首小时候的歌儿，只要弹几分钟，整个人就会慢慢地松下来。

我会弹一弹《金瓶似的小山》《歌唱二小放牛郎》《让我们荡起双桨》。

我最喜欢弹的一首，跟着我去过很多歌剧院的化装间：

《听妈妈讲那过去的事情》。

保罗·科泰

我坐在美联航的飞机上，从丹佛飞纽约，手里捏着的一张信纸，已经看了很多遍，上面是几行非常潦草的英文字，纸已经皱皱巴巴。我在让自己看懂每一个字，并确认这些字的发音，在飞机的轰鸣声中尽可能地背诵纸上的内容，还有，这张纸对我太重要了。

那是1990年的10月初，从年初开始，我从丹佛飞纽约的第十二趟。

纸上有八个地址，八个电话号码，八个名字，都是纽约有名的歌剧经纪公司和经纪人。我是去面试，希望能被其中一个公司录取，任何一个都行，能真正地开始我的歌唱事业。

任何一个歌唱家想要发展事业，一定要有一个经纪公司给你找演出合同。想找一个经纪公司？太难了。

纽约有大小几十个演出经纪公司，小的只有几个歌唱家，大的会有一两百。每天想签约经纪公司的青年歌手成千上万，竞争极为残酷。尤其是同声部的，有你没我，有我没他，这就是现实。没有经纪人就等于没合同。

我两年前刚从丹佛大学音乐学院毕业。毕业前，我是学校“最优秀”的bass（男低音）。学校有一大把女高音，一帮唱不高的男高音，男中音最多，bass 声部只有我一个。于是在歌剧课和学校的歌剧排练时，我最忙，要在学校不同的音乐会和歌剧演出中唱那些最低的音，每天在排练厅和剧场之间来回奔波。物以稀为贵，我成了学校的宠儿。虽然我其他课程的成绩很一般，但是声乐课和歌剧表演课总会得到“A”，甚至“A+”。声乐系的老师们已经形成了一种默契，对我高抬贵手，倍加优待，每年我都会得到全额奖学金——免学费。我其实是个很努力的学生，关键是英文太差，音乐基础课在国内学习时没怎么上过，所以研究生的理论课对我来说最难。

我们系主任沃斯特尔博士，也是我的声乐教授，教一门课叫“声乐教学法”，复杂得令人恐惧。这堂课要学习大量的解剖生理学，熟记喉咙的结构，骨头、肌肉和神经的关系，口腔、喉腔、头腔、鼻腔等在发声时的动作与共鸣的关系，等等。首先，我永远记不住那些英文的专业名词，还有很多是拉丁文的，更可怕！因为那些字母的组合似乎没有规律，念了几十遍，一转头，忘了。

我是全班学生中唯一的一个，考试没有时长限制，随便我在那里坐多久，而且可以翻阅字典。同班考生们一个个地考完走出教室，最后教授也夹起公文包消失，就剩下我，在那里苦苦地翻着字典试图看懂问题，再想办法回答，一坐就是两三个小时。

玛莎那时是科罗拉多大学医学院年轻的副教授，做人类遗传学的研究，按说应该英文又棒还懂医学的理论。她闲的时候还来我们音乐学校上钢琴课。有一次我一个人坐在教室里，正痛苦地试图回答声乐教学法期末大考的考题，正好玛莎经过，我赶快求她进来帮我回答考题。玛莎皱着眉头看了半天考卷，说她也看不懂考题，帮不了我！

我三年的研究生学习，有过六次声乐教学法课的考试，没一次真正及格，教授们每次都很仁慈地给我一个“C”，让我过关。坦率地说，我总觉得这是一门医学课，最适合让医学院喜欢唱歌的学生选修，对声乐学生，像我这样的，这门课是酷刑。

毕业了走出校门，我发现校外完全是另一个世界。没有人拿着歌剧合同站在那儿等“最优秀”的声乐学生，没有人围在学校门口，鼓着掌迎接你去演出。生活好像突然失去方向，想做歌唱家无处可做，那种感觉很失落和无助。

当时我除了在科罗拉多歌剧院每个演出季有一两个配角合同，三四场演出，仍需持续打工赚钱维持生活开销。记得有一次穿着晚礼服在一个豪华晚宴上受邀歌唱，站在那里像个真的歌唱家，唱完，掌声热烈。第二天一清早就赶快爬起来，穿上工作服去给新盖的房子扫地擦窗，累了躺在地上，我在想前一天晚上的演唱是真的吗？我不在乎打工，愿意自食其力，但我需要看到前途，看到歌唱的希望。

1989 到 1990 年，我从丹佛飞到纽约二十多次，所有打工赚到的钱都买了机票，而且每次都是坐美联航。丹佛是美联航的大本营，飞多了会积攒一些飞行里程数，像一种奖励，里程达到一定的数额会有一次免费飞行。为了这一次免费飞行，你要付出很多次的付费飞行，总之，我成了美联航的“囚犯”。

那时我很喜欢坐飞机，飞机一离地人就兴奋，起飞的那一刻，我会非常着迷地看着舷窗外的景致迅速地滑向后方，烦恼会瞬间消失。飞机拉升的感觉更让我激动，一两分钟之后，飞机仿佛会突然静止在无比宽阔的天空，能让我的思路顿时无拘无束地任意飞翔。

此时此刻，窗外的景致是落基山脉。山脉是“强壮”的，像男性伸出去一条条坚实的臂膀，把纹路粗犷的肌肉和密集绷起的血脉铺满崇山峻岭。10 月，白桦树叶已经开始变黄，远远地看上去，一片一片的金黄散布在壮丽的群山中，让人一阵阵地感动。联想到这次去纽约的感觉，不但跟以往不一样，而且充满着期待。

我没有别的选择，这次必须要找到一个经纪人，理由非常简单，这一切都是为了玛莎，都是为了我们能否有一个可以在一起生活的未来，我绝对不能让她失望。那时我们刚开始热恋，都经历了失败的婚姻，都格外地珍惜彼此。我强烈地感到她希望我们能组成一个家庭。她从来没有给过我压力，但给过我暗示，她不在乎我有没有钱，她在乎的是一个幸福的新家庭。我们都在默默地等待，心照不宣，等待我来美国八年努力的结果，等待我到底能不能成为一个专业的歌唱家。我那时整天在焦虑，深知不能做一个银行里永远只有几百块美金的“歌唱家”，我是那么渴望能给她真正的幸福和保障，也知道她的渴望可能比我还要强烈。

于是，在 1989 年的第一天，我发了一个严厉的誓言，要尽一切努力，在两年中成为一个能够以歌唱为生的歌唱家，做一个可以用我的事业向玛莎求婚的男人。我告诉自己要不惜任何代价地努力，要比西方歌唱家唱得还好，那才有成功的可能。我发誓要在两年中实现我的誓言，告诫自己：去拼吧！豁出去！尽一切可能去奋争！如果我尽力了而没有成功，我会在

1990 年 12 月 31 日那一天停止歌唱，随便上天想让我做什么，永不歌唱。

誓言是 1989 年新年到来的那一刻立下的，对着丹佛市新年午夜的焰火，闭着眼睛，咬着牙，在内心深处发的誓。我没有告诉玛莎。

现在是 1990 年的 10 月，我的誓言马上就到最后期限，我仍然没有任何事业的突破，银行里还是只有几百块钱。这次纽约行对我来讲就是最后的挣扎，必须孤注一掷，“这是最后的斗争”。

我那天在飞机上的感觉很复杂，除了在振奋自己之外还有一层悲壮，因为清楚地感到最后期限已在紧逼，我只有不到两个月了。

在美国，任何想得到演出合同的青年歌手，必须在纽约才能找到真正的机会。那里有最好的歌剧院、最好的交响乐团、最好的博物馆、最好的音乐剧和话剧，还有最好的图书馆。全世界的歌剧院和交响乐团的负责人、指挥家和导演们，还有欧洲的经纪公司，每年都会来到纽约，为自己的歌剧院和音乐会选择最佳的演员。

最重要的是，所有在歌剧界有影响力的经纪公司都在纽约。当然，在米兰、柏林、伦敦、巴黎等这些歌剧重镇，都有经纪公司，但规模和数量根本无法与纽约相比，而纽约重要的经纪公司也在欧洲和南美代理歌唱家，影响力遍及全球。这些经纪公司也会不定期地试听一些年轻的歌手。

每年的秋季到第二年的春季，是试唱最多的季节。甄选演员的人到了纽约，可以观看最好的歌剧制作，听最好的音乐会，还可以和世界各地来的同行见面聚会，商谈和交换歌剧与音乐会的策划和制作。纽约的剧院也会开始听歌唱家的试唱。围绕着林肯中心的几个最出名的餐馆，在那几个月中，经常聚集着来自各国歌剧界和音乐界的重量级人物。

必须说明，试唱考试，是青年歌唱家们事业刚起步时的必经之路，成熟的歌唱家和明星们，当然是由经纪公司直接跟歌剧院签约。对于明星们，歌剧院会上门去找经纪公司谈合同，或者直接问明星想唱什么。当然，多大的明星在事业之初都有过试唱的经历。

从 1989 到 1990 年，我飞去纽约至少二十多次。会去看歌剧、听音乐会和看展览，我尽一切可能多看多听，但要根据自己有多少钱决定看多少演出。我最主要的目的还是学习，想尽办法找好的老师上课，要保证有钱能交学费。还有就是找机会参加声乐比赛和任何形式的演出，让更多歌剧圈子的人知道自己。梦想哪一天，有人站在我面前，递上一张名片，说“我是 ××× 经纪公司的，想跟你谈谈签约的事”。

一切都太难了，对我们第一代在西方闯荡的中国歌手来说，更难。歌剧界毕竟是白人的世界，是属于白人的文化和历史的表演艺术。

记得有一次我在一个纽约的国际声乐比赛中得了一个奖，在比赛后的庆典中，一个着装华丽显得很高傲的女士走到我面前，昂着头说：“我很惊奇中国还有你这样的嗓音，我以为都是你们京剧那种咿咿呀呀的嗓子！”说完还捏着嗓子学了一下京剧的唱腔，转身离去。我愣了一下，突然不由自主地追上去，拦住女士告诉她：“我们中国有很多很好的歌唱家，我绝对不算最好的。”当时我们在西方有点儿像工兵，每天在歌剧文化的雷区里摸索前行。

因为不知道希望在何方，我那时走在纽约的大街上总有一种空空荡荡的感觉，似乎这里的五光十色跟我无关。也问过自己无数遍：“我还要坚持下去吗？”

很多时候，我站在林肯中心的广场，看看左边纽约市歌剧院的大门，看看正前方大都会歌剧院的大门，渴望和绝望的感觉交替涌现，不知道怎么能走进去。

这次不同！这一次我有希望了！！我有一张纸，上面有八个纽约歌剧经纪公司的联系方式，八个希望！我等了八年才等到这些希望，总有一个会成功！一定有一个经纪人会接受我！

坐在飞机上的三个多小时里，我一直处于一种亢奋的状态，坐立不安，嘴里嘀咕不止，惹得旁边的人几次侧目。我不管！我有一张重要的纸！我得背熟纸上的地址、电话和人名，这是一张全世界最幸运的纸！每一个字都是希——望！！

这张纸是奈特给我的，奈特是科罗拉多歌剧院的院长，歌剧界最出名的导演之一。跟他的缘分，是我在丹佛考这个歌剧院的合唱队时，认识了奈特的夫人露易丝，科罗拉多歌剧院的音乐指导。他们知道我是一个交不起学费的学生，分文不取地培养了我五年。几天前在丹佛，奈特约我见面，拿出了这张纸，郑重地跟我和玛莎讲，觉得我的演唱水平已经成熟，可以唱给纽约的经纪公司听，于是给我写下这八个地址和人名。奈特告诉我去纽约以后马上跟这些经纪人联系，唱给他们听。并说这八位经纪人跟他都很熟，他们分别答应了奈特，会给我安排试唱。“他们一定会听你，你必须要好好唱！”奈特的眼神在大黑眼镜框里显得极度自信，说完还跟我挤了一下眼睛。

到达纽约的第二天，上午我就开始打电话。在电话机前坐下的时候，我等了一下，做了几个深呼吸，让自己冷静下来。那八个名字我早已念熟，摊开那张皱巴巴的纸，最后看了一遍，拿起电话。

当电话铃声响起来时，我能感到心脏“扑通”一下，一阵乱跳，因为我是打电话给完全陌生的世界，而那个世界主宰着我的生杀大权。

打完五个电话以后，我垮了，完全丧失了继续拨电话的勇气，情绪极为低落，人都有些虚脱。因为五个经纪人在电话中的语气一样冷漠，内容一样简单：

“很抱歉，我们公司目前没有招收新演员的计划，不能给你安排试唱。”

“请原谅，我的公司现在满员，将来有招收新歌唱家计划时，会再联系你。”

“好，了解了你的情况，我现在很忙，请留下你的电话号码，将来有需要时会给你电话。”

有的经纪人还没听完我的自我介绍，就打断了我。

“这些经纪人都答应我会听你，因为他们都需要我雇用他们的歌手，有求于我，所以不要担心，他们一定会听你，一定会考虑雇用你，祝你好运！”奈特把那张纸递给我时，语气非常肯定地说。

终于，第六个经纪人约了我，在曼哈顿上西城的一个教堂唱给他听。也许是因为天气变冷，他围着一个彩色的围脖，戴了一顶礼帽，围脖围到鼻子，帽檐压到眉毛，长什么样子都看不清。只见他走来走去地听了半首咏叹调，就让我停下来，说："好，可以了，我对你的演唱水平有了很清楚的印象，你回丹佛时请代问候奈特，我会跟他联系，祝你一路顺风。"说完转身离去。我站在那里愣了一会儿，他什么意思呢？要我还是不要我？

第七位经纪人倒是客气，说话声音低沉又柔和，人长得圆圆滚滚，岁数不大，表情也算诚恳，认真地坐了下来，听我唱了整首的咏叹调。然后说："这样，我给你一个建议吧。你应该去欧洲，去德国，唱给一些比较小的歌剧院听，争取做一个驻院歌唱家，跟他们签整年的合同，积累些角色，两三年后再争取到大的歌剧院试唱。"

问题是，我到德国哪里去考这些小歌剧院呢？谁会介绍我？这位圆圆的和蔼先生显然并没有帮助我的意思，说完这几句话，就柔和地跟我说再见，示意我可以走了。可以看到下一个要给他唱试唱的歌手已经站在那里。

我疲倦地走在大街上，走进中央公园，在一个长椅上坐下，人很累。我低着头坐了好一会儿，才发现离我不远的地方坐着一个流浪汉，一身很脏的衣服，在翻弄身边的一堆什么破烂东西，地上放着一杯咖啡，一份报纸。我突然想到我不也是个流浪汉吗？

没有好朋友给我吃住的地方，我绝对担负不起在纽约的食宿费用。有好几个美国歌唱家都说到过同样的经历，还没有得到任何合同和收入时，在中央公园的长椅上过夜的情景。一位后来极为著名的美国女中音，在她歌唱事业还没有任何希望，也没有钱的时候，就曾在中央公园露宿。后来她在大都会歌剧院排练有空闲时，会提上一口袋食物，走到中央公园送给无家可归的人们。

我开始想到放弃，结束这种折磨人的流浪，回丹佛吧，我顶不住了。玛莎会怪我吗？

还有不到两个月就是我的誓言结束日，我开始想我不唱歌可以做什么，除了歌唱我还有什么本事吗？数理化我不懂，想创业也没有知识和资金。又想到我发过狠誓，想到玛莎，想到她那双充满期待的眼睛，想到她一定在等我的好消息……

我告诉过自己，在两年中必须付出百分之三百的努力，因为我意识到我面对的竞争者中，还有无数渴望成功的西方歌唱家，跟他们竞争，我有多少胜算？他们就出生在歌剧文化扎根的国家里，就成长在自己的文化中。他们的西方面孔站在那里已经是歌剧角色，我却需要“西化”，从语言、歌唱、表演、表情等全面“西化”，否则一定败给我的西方竞争者。

我付出了百分之三百的努力吗？我问自己。除了在八年中的拼命学习、打工，还有在两年中不停地飞到纽约，不停地找老师上声乐课、跟歌剧指导学习，买站票看了很多很多场歌剧，也想办法参加了很多试唱寻找演出机会，参加声乐比赛，挤在朋友的家里借宿，蹭饭，没钱了就马上飞回丹佛去打工，有点儿钱再一头扎回纽约。这些算是百分之三百的努力吗？

我不抱任何希望地拨通了第八个电话，这是这张纸上最后一个电话号码。我已经不紧张了，因为没抱希望，而且订好了飞机票，准备回丹佛，玛莎不会怪我。

接电话的是一位男士，嗓音像一个低男中音，说话声音很深，很客气，爽快地跟我约了一个试听的时间，就在第二天，在上西城五十多街的一个小排练厅。

第八位经纪人走了进来。这是一个很高大的人，至少一米八五以上，肩膀宽阔，大约四十多岁，显得很干练，一进来就很认真地看了看我，眼神里不是敷衍。

我很怕给高大的人唱试唱，他们会让你觉得自己矮小，尤其是那些自以为是略带傲慢的大个子，坐在那里一歪，腿一架，让你唱得很不舒服，会失去信心，很难正常地发挥水平，试唱的结果往往是失败。

他叫保罗 · 科泰，是属于很经看，能记得住的那种人。保罗英俊挺拔，眼神锋利但有善意，两道浓眉皱得很紧，表情认真，头发一丝不乱。他穿一身漂亮的灰色西服，领带打得很精致。保罗一进来就很快拉了一把椅子坐下，似乎想减少自己的高大可能给人的压力。试听的房间不大，我们距离很近，可以闻到他带进来的香水味道。

他在我报给他的曲目中挑了威尔第歌剧《西西里的晚祷》中的咏叹调《啊，你巴勒莫》。这是我跟露易丝学习的五年中练了不知多少遍的曲目，尤其是开口第一句的长音。露易丝曾严肃地告诉我这第一句的重要性，必须严格地练习，要让听我唱试唱的人，对我的嗓音和歌唱状态马上产生兴趣。

露易丝是对的。

当我一开口唱那个长音时，就看到这位经纪人的眼睛亮了一下，注意力好像更集中，眉头皱得更紧。唱完第一首咏叹调后，他又挑了亨德尔清唱剧《伊莱加》中的一首英文咏叹调《看那火焰熊熊》。那是一首男低音们在试唱中绝对不会选的曲目，因为它是一首有很多十六分音符快速音阶的咏叹调，要求歌手要有灵活的歌唱技巧，能够清楚地唱出那些快速的音阶，保持音准，还要有连贯的线条，唱不好会暴露自己歌唱技巧的弱点儿。一般男低音的声音会比较重，灵活不起来，我却有这个能力，而且我的声音在唱这首咏叹调时还可以保持上下很通的音色。

露易丝选了这首咏叹调作为我六首试唱曲目之一，有她的道理。她认为如果用亨德尔做试听的第二首曲目，会有一个意外的效果，会让听你的人马上感到你的声音具有与众不同的特质——你可以胜任更广泛的歌剧角色，尤其是早期的意大利歌剧，如格鲁克和蒙特威尔第的作品，或者美声歌剧如罗西尼、贝里尼等人的剧作。在歌剧的试唱中，如果你唱完第一首曲目，被要求再唱一首，说明听你的人对你有一定兴趣，否则绝大多数的试唱考试就听一首，如果听半首就打断你，那是绝对没戏的象征。

先唱威尔第，再唱亨德尔，这个组合在后来几年的试唱中，是我经常获胜的秘密。有时听我的人选了别的第二首曲目，我也会大着胆子问："如果你不介意，我唱一首亨德尔的咏叹调给你好吗？"通常的回答是："好，请唱。"

"你什么时间离开纽约？"我刚唱完科泰先生就问我，我正想说第二天走，还没来得及说，"你明天上午可以来一下我的办公室吗？"他又说。

啊！！

对我来说这简直是世界上最美好的话语！我高兴得直颤抖，拼命压制自己的狂喜，忘了是怎么回答的，也忘了怎么接过他递过来的名片，这最后一个听我试唱的经纪人，成了我第一个希望!

“可以来一下我的办公室吗? ”也是我等了八年的一句话。

我查过，他的经纪公司只有十几个歌唱家，在纽约的歌唱经纪公司中，是最小的之一。但他旗下的歌唱家，很多都在纽约大都会歌剧院和美国其他一些重要的歌剧院演唱。由此推论，他的公司虽然不大，但信誉很好，因为歌唱家们都有活儿干。

我“飞”到大街上，找到一个公共电话亭，高兴至极地给在丹佛的玛莎打电话，告诉她明天有个经纪人要见我!听得出来，她比我还要高兴，我们太需要好消息!我在美国的奋斗已经八年，必须要有一个突破!一个歌剧经纪人让你去他的办公室，对任何一个青年歌手，这是多么重要的一个邀请，可能是一生中最重要的邀请!最重要的突破!

玛莎真的从来没有给过我压力，她对我似乎一直有一种信心，觉得我一定会有一个歌唱事业。后来她说，她对我的信心有几个原因，主要来自歌剧专家们对我嗓音的认可，觉得这个中国歌手有成功的潜力，最主要的信心来自奈特夫妇。世界公认的一流歌剧导演和一流的歌剧指导，都告诉玛莎我会有希望，这使她坚定了自己的看法。还有就是，她觉得这个“没有逻辑思维能力”的人除了唱歌之外什么都不会，什么本事都没有，歌唱是我唯一的出路。

玛莎是一个科学家，也许科学家总是对的。不过我敢肯定，她没有想到的是：六年后，因为我歌剧演唱事业发展得很快，尤其是在欧洲的合同越来越多，她就决定放弃她人类遗传学研究的事业，全力帮助我。跟我一起旅行，帮我制定事业计划，一起做项目，还要处理我们生活中所有的大小问题。谁说“一个成功的男人后面一定有一个伟大的女性”？我说“一个想要成功的男人前面，必须要有一个伟大的女性”。

可以说我的歌唱事业“摧毁”了她的科学事业，为此，我对她总有一种歉意。

我在大街上的电话亭给玛莎打电话的时候，当然不知道六年后会发生什么，就是高兴能给玛莎一个好消息。电话打了很久，用了很多硬币。记得那天很冷，而且那条街道不宽，有很强的穿堂风，挂上电话我完全冻疯了，不过心里是热的。

保罗的办公室就是他家，在曼哈顿中城 43 街，6 和 7 大道中间。那是一条非常安静的街道，有很高的树。我喜欢那一带的楼，不高，不过十来层，是“二战”以后认真盖起来的。红色的砖楼，很好看的大门，受英国建筑风格的影响。他家最主要的就是唱片、盒式磁带、音响设备、书籍和歌剧的海报。房间里的一切都整整齐齐，干净得让我不知道往哪儿站。满书架的书、CD 和磁带，高矮整齐地排列着，像检阅中的士兵方阵，一丝不苟地站在那里。他墙上的歌剧演出海报和照片也随着镜框大小和颜色，非常舒服地挂在最合适的地方，一看就是精心丈量过，设计过，跟窗帘非常搭配地融合在一起。他的办公桌更有条理，没有一样东西是乱放的，纸笔都放成直线，摆的几张照片也让人感到一种吸引力，那是三个可爱的男孩子的照片，都绽放着纯真的笑容。整个房间没有一丝灰尘。

保罗在家里的穿着很随意，西服上衣里面是洁白的衬衣，没打领带，穿着一条淡蓝色的牛仔裤，使这个冷峻而高大的美男子看上去多了些亲近感。我注意到他眉心中有两条竖着的皱纹，让他看上去好像总皱着眉头，笑的时候眉心皱得更紧，不过是一种很专心的笑容，浓眉里的眼睛闪着看书人特有的那种眼神，清澈。

他松弛地坐在办公桌后面，看到我显得拘束，笑了起来："放松放松！ OK，我们先试着工作起来，我会给你安排一些试唱，看看反应。我们没必要签什么合同，没有歌剧院雇用你，跟我签什么合同都没有意义。"保罗用低低的音色很直率地说。我当然只会"OK，OK"地答应，能有一个经纪人愿意跟我工作，什么条件我都会答应！

保罗对我最具体的要求，是从丹佛搬到纽约。

"各地的歌剧院来挑演员，很多时候是提前两三天才通知经纪人。你们都要随时准备去参加试唱，所以你要住在纽约或者附近什么地方，随时准备，科罗拉多太远了！"保罗说。

我当然一口答应，但脑子里一片混乱。杂乱地想着自己怎么能负担纽约昂贵的生活开支，想到可能要离开玛莎很远，想着自己的生活方式将发生什么变化，激动中夹杂着茫然和顾虑，不知道等待自己的是什么。但我决定拼下去。

半个多月以后，我从丹佛回到纽约，想先暂时住一段时间看看，还是借住在好朋友、钢琴家韦福根的家，在纽约皇后区一个很不错的区域，叫瑞戈公园。最幸运的是，朋友从来没有让我付租金，也许他知道我也没钱付。

保罗动作很快，不停地给我安排歌剧院的试唱。我经常做的是从韦福根家赶去地铁站，大约半个小时就到曼哈顿上西城的林肯表演艺术中心。几乎所有的试唱，无论是欧洲歌剧院来的，还是北美各地的歌剧院，都会在这一带找个大琴房或者排练厅，也会租用小型的剧场，然后通知各个经纪公司带自己的歌唱家来试唱考试。

歌剧经纪人带哪些歌唱家参加试听，是一门学问。譬如当时保罗手下有五个男低音歌手，剧目都差不多，那带谁去参加试唱呢？另外，来听试唱的某歌剧院院长，可能会喜欢什么样的嗓音，什么样的形象，经纪人必须有所了解，要能有一种直觉，带哪个歌手去拿到合同的机会更大。这真是一门学问，关系到这个经纪人与这个歌剧院的信誉和长期的合作关系，也关系到歌唱家和经纪人的收入。

没有后门，没有贿赂。偶尔听说过某指挥家要收钱才给歌唱家工作的传闻，还有说意大利的经纪人像黑手党，也许是。但我跟这位据说很黑的“某指挥家”在日本、欧洲和中国合作过四部歌剧，合同都是正规地拿到，从来没有被他为难过。“黑手党”？也许，不过我没有跟“黑手党”合作过的经历。

所有这些歌剧界的事情，我都是后来才逐渐知道，刚开始跟保罗工作的时候，只知道有机会参加试唱已经太幸运了！走到这一步，显示出露易丝和奈特对我五年严苛的训练有多么重要，而且到了收获的时候。

跟保罗开始工作的第一个月，他给我安排了七八个歌剧院在纽约的试唱，还有纽约市的几个音乐团体选拔演员的考试。其中有五个歌剧院听过我之后，几天内就联系保罗，给了我演出的邀请。这些歌剧院都不大，包括美国的德拉瓦州歌剧院、在佛罗里达州的萨拉索达歌剧院等，在美国属于中小型的剧院。

我得到的歌剧邀请都是主要的男低音角色，有《西蒙 · 博卡涅拉》中的费耶斯科，《弄臣》中的斯帕拉夫奇利，等等。按我的年纪，三十五岁，应该可以尝试演唱比较戏剧性的角色。但我实际的演唱水平和舞台经验，跟这些角色还有很大的差距。

记得给萨拉索达歌剧院做试唱结束后，我在大门外碰到刚听过我试唱的这位院长，他跟我挥了一下手说："明年见！"他看我完全没听懂他的意思，就补了一句："我刚才告诉保罗，我会邀请你演出《西蒙 · 博卡涅拉》。"这可是一部大歌剧！我知道里面有不止一个男低音角色，就怯生生地问是唱哪个角色，院长说："当然是费耶斯科！"说完拦下一辆出租车走了。

哇哇哇！费耶斯科！这可是低声部最重要的威尔第角色之一，我居然得到演唱这个角色的邀请，我的第一个大角色！我高兴得连跑带跳。"先生，我看你满脸喜庆，要不要我给你算算命？"我回头一看是一个坐在街边的吉卜赛女人，面前是一张小桌子，桌子上有一副扑克牌。我谢过她，继续连跑带跳地离开。我才不要算命，我的命够好的啦！

通常来讲，在西方歌剧界，年轻的歌唱家们在事业起步的时候，试唱的成功率能在百分之三十左右已经非常高。保罗没想到我参加试唱的成功率会在百分之七十以上，对我完全另眼看待。我那时不知道这都意味着什么，只是担心如果给我的角色太重，太难唱，唱不好怎么办？！合同未到已开始发愁。当然，我不能跟保罗讲我的担心，能在一个多月里得到五个歌剧院的演出邀请，对任何一个年轻的歌唱家都是不可置信的。保罗对我的兴趣越来越大，整天想着给我安排更多的试唱。

在世界范围都一样，经纪人从歌手的歌剧合同中收取百分之十的佣金，音乐会演出的合同收取百分之十五。大的经纪公司，不会收取歌唱家什么邮件费、试唱场地费、电话费等，一些小经纪公司会收取任何为你工作发生的费用，甚至他们办公室的开销也让歌唱家们分担。

经纪人一定会尽可能为你争取最高的演出费，他的收入也会增多。在歌剧界都有一个大概的演出费范围，根据你的演出经历和知名度，还有歌剧院本身的预算，演出费多少都有一个既定的数额，但仍可以谈价。不过无论是大都会歌剧院还是其他的剧院，我敢肯定剧院方不会有什么“灰色收入”和“阴阳合同”之类的商量余地。

保罗在歌剧界有很好的口碑，他最主要的声誉，是他对嗓音有一种非常特别的“特异功能”，似乎能预知谁的声音有什么样的发展潜力，谁会成为重要的歌唱家。他对他认准的青年歌手，会极为认真地推动他们的歌唱事业，有好几个最后都成为西方歌剧界非常著名的歌唱家，像女高音黛博拉·沃伊特和男高音迈克尔·西尔维斯特。

“当奈特打电话向我推荐你的时候，实际上我根本不相信你会有什么歌唱前途。”后来保罗跟我讲，“我想一个从北京来学声乐的，已经三十五岁，除了在科罗拉多歌剧院演过几个配角，没有任何重要的歌剧演唱经历的歌手，怎么可能有前途？”保罗还开了一个玩笑：“丹佛？出牛仔的地方，不会出歌唱家！”也许保罗是对的，科罗拉多州真没出过有名气的歌剧演员，直到20世纪90年代开始，科州的几个音乐学院有过四五个青年歌手，成为专业的歌剧演员，进入重要的歌剧院演出，其中有三位是中国人。

保罗直爽地告诉我："我当然要答应奈特在纽约给你安排试听，我需要跟他做生意啊，我要让我的歌手们能拿到科罗拉多歌剧院的演出合同！"我第一次认识到歌剧也是一种生意，多少有点儿伤感。

开始跟保罗工作一个月后，他打来一个电话，说一周后给我安排了两个试唱。保罗的语气好像随意，但我能感到他其实非常兴奋。星期三我要在纽约市歌剧院做试唱，星期五在大都会歌剧院。

挂了电话我就开始怀疑自己的耳朵，觉得我一定听错了。

纽约市歌剧院和大都会歌剧院都在纽约林肯表演艺术中心，是紧邻。纽约市歌剧院建院大约在20世纪40年代，大都会歌剧院则已超过百年。1966年市歌剧院与大都会歌剧院同年搬到新建的林肯中心。市歌剧院能在世界最著名的歌剧院旁边生存六十年，真难为他们了。跟大都会歌剧院争夺演员和观众，容易吗？纽约市歌剧院之所以能够存活的原因是：经常推出全新制作的经典歌剧，每年还会首演原创歌剧。经典剧目的制作尽可能创新，年轻化，大胆地起用年轻的导演和舞台设计。每年至少演出十几部歌剧，而且整个演员阵容都很年轻，平均比隔壁大都会歌剧院的歌唱家们年轻好几岁。很多年里纽约市歌剧院经营得非常有生气，院长叫鲁代奥，是个很有名的指挥家。很多歌唱家都是在纽约市歌剧院开始其演唱事业的，包括世界著名女高音歌唱家比佛利 · 希尔斯、男低音山姆 · 雷米，甚至巨星多明戈。从市歌剧院的大门到大都会歌剧院的大门，不到一百米。但对任何一个青年歌手，这一百米的距离，其实是艰难无比的"万里长征"。

考进纽约市歌剧院，很难。考进大都会歌剧院，难上加难。

每一个歌剧经纪人，每时每刻都会希望自己的歌唱家，能够在这两个歌剧院演出，虽然市歌剧院演员的演出费，可能比大都会的演员少一半。毕竟两个歌剧院的大门遥遥相望，幸运的歌手在市歌剧院出名以后，会有进入大都会歌剧院的可能。大都会歌剧院负责选演员的人，有时会悄悄到市歌剧院看演出，把看上眼的歌手“挖走”。反之，从大都会歌剧院“屈尊”到市歌剧院演出的歌唱家极少，通常会被认为是降级，或者是一种要被大都会歌剧院解聘的暗示。

此时此刻对我来说，顾不上那么多，能进到这两个歌剧院的任何一个，都会让我高兴得发疯。

星期三在纽约市歌剧院唱试唱，星期五在大都会歌剧院试唱，我歌唱生涯中最重要的两个试唱就要到来！我不知道自己是否做好了准备，但清楚地感到这次机会非同寻常，我必须全力以赴！

有时我会回想起经历过的几次最重要的试唱考试，都是彻底改变我人生的转折点，很多细节永远不会忘。我把这些经历写在了前文里。在这里再多讲一点关于保罗·科泰的故事。

保罗是同性恋，他从不掩饰这一点。保罗是一种“帅男”型的同性恋，我们有好几个这种类型的同性恋朋友。在歌剧界，同性恋很多，没什么奇怪的。只有一次，保罗情绪有点儿惆怅，跟我说他所有最好的同性恋朋友都去世了，不知为什么他还在这里。

我跟保罗工作了八年。从第一年开始，我的演出日程就是满的，每年至少有八到十部歌剧的合同，好几十场的演出。除了在大都会歌剧院的合同，还在美国和加拿大的主要歌剧院演出。往往是在一个歌剧院演完最后一场，就马上飞到另一个城市，第二天就在那里的歌剧院开始排练。跟保罗工作时，我也有过在法国尼斯、德国波恩、智利和阿根廷歌剧院的演出。这些合同几乎都是歌剧院的院长直接找的我，我就把这些演出邀请都转给保罗，照样支付他百分之十的佣金。

保罗喜欢聊天，我们可以在电话上聊一个小时，最后五分钟才谈一下歌剧院的邀请和合同。如此繁忙的演出日程，压力当然大，压力太大的时候，我会变得很神经质，会不停地吃安眠药，会发脾气，会忧郁。我的歌剧角色越来越重，难度越来越高。我常常会因为一个没有唱好的音或者唱错了节奏而焦虑，而且对声音的质量极其敏感，无数次地对玛莎抱怨我唱的哪个音不干净，哪个音不准，玛莎根本没听出来，认为是我紧张的错觉，很多次都快被我折腾得崩溃。她总是坚持一个信念——绝不给我增加心理压力，想尽一切办法为我纾解忧虑。

幸亏玛莎是个科学家，比我理智一百倍，她总是帮我分析问题，而不是跟我一起“唉声叹气”。她往往会告诉我是多么幸运，得到这么多合同，改变了多少人对中国歌唱家的看法。所有的压力和困苦都是必然的，要为这些压力高兴，有多少年轻的歌唱家求都求不来这样的压力。最后，玛莎的总结是：我从来不知道学习的方法是什么，也没有养成过学习的习惯，所以背不下来谱子，唱不好新的歌剧。有一次玛莎递给我一个小本子，给我画出很多小方格，让我把需要做的音乐功课和解决声乐技巧问题的方法，分开写进一个个的格子中，包括日程，有了计划就等于有了解决问题的方法，解决问题的方法就是一个个地去解决。

有些心理上的压力画格子也解决不了。我对在大都会歌剧院的演出、排练和合同都非常在意，知道自己是经过了“两万五千里”才走到这一步，我绝对不能失去在大都会的合同，所以在那里我对在大都会演唱的每一个音，做的每一个演出动作，剧院的反应，等等，都敏感到了极点。

没办法的时候，我就找保罗述说苦衷。我会告诉他这个歌剧我来不及学，那个歌剧我绝对唱不好。保罗总是很有耐心地听我吐完苦水，最后就说："来来，让我告诉你些好消息，你会感觉好一点！"然后他就用五分钟跟我说哪里的歌剧院又给了我一个什么邀请，什么档期，一场多少演出费，等等。有时“好消息”也无法让我高兴起来。玛莎记得最清楚，很多次都是我刚拿到一个合同，唱没唱过的角色，譬如威尔第的哪部大歌剧里的男低音主角。我会买一本谱子，几张 DVD，回到家里对着谱子看一遍录像。还没看完我就觉得自己根本唱不下来，太难唱了，脸上会涌上一层冷汗，心跳剧烈。如果玛莎那时走进房间，会马上退出去，说不想看到我那满脸的绝望。

保罗给我起了一个绰号，叫“抱怨先生”，他和玛莎的对话中我的名字已经消失，只听他们说“抱怨先生”怎么了，“抱怨先生”今天唱得怎么样之类的。

每次“抱怨先生”抱怨大发作之后，都会神清气爽，情绪会马上乐观起来，也一次又一次地拿下那些“可怕得要命”的歌剧角色，唱得还很不错。玛莎和保罗已经学会了怎么对付我的抱怨，还不时互相交换心得，怎么把我的悲观抱怨转变成乐观的心态。最主要的是他们不要受我的情绪影响，让我自动转变心态。

有一次我犯“抱怨”病，是接到在意大利热那亚演出威尔第歌剧《耶路撒冷》的邀请，剧中男低音的主要角色是罗杰，一个难唱至极的角色，我当然“恐怖”地向玛莎表示我绝对演不了这个角色，我会被这个角色“杀掉”。没人会注意到这个角色有多难，也没人会同情我的压力，而我会被这个大角色“杀掉”。玛莎看着我，等我抱怨完毕，表情轻松地讲：“好啊，那就取消这个歌剧合同，不去意大利了，别唱了！少一个合同没关系，正好休息！”

这不像玛莎，她从来都是鼓励我绝对不要放弃，尤其是特别重要的角色，对很多歌剧演员来说，能在这辈子演唱这个角色，是多大的荣誉，是多么难得的机会！她居然说“那就取消这个合同”？！还表情轻松地转身就走了！我真的要放弃这个合同吗？她居然让我放弃？！我又听了一遍录音，听完忽然觉得自己应该能唱这个角色，好像没有那么难吧？

玛莎的激将法完胜，我不但演出了这部歌剧，还得到了一个不能再好的歌剧评论。剧评被保罗兴高采烈地拿走，转发给一些歌剧院，凭这样的评论，保罗往往会很快为我拿到一些新的歌剧合同。

保罗真是一个好经纪人，但他有他的局限性。他把一个年轻的歌唱家推到一定的高度时往往就推不动了。我的合同很多，但绝大部分的演出都是在美国，他在欧洲几乎没有给我找到过合同。我在欧洲得到过的几个合同，几乎都是歌剧院跟我直接联系，我转给保罗，从某种意义上讲，等于是我在给他找工作。这并不影响我对保罗的好感和感激，没有他，就没有我的歌剧事业，我们的合作持续到了 1998 年。

歌剧界有一个自然的定律，美国的歌唱家要想在美国的一流歌剧院演出重要的角色，你就要先争取在欧洲的主要歌剧院演出主要的角色，美国的歌剧院就会考虑给你重要的合同。同样，美国的歌唱家要想在欧洲发展，就需要在美国几个大的剧院演出重要的角色，欧洲的歌剧院就会有聘用你的可能。

1998 年，我发现我在大都会歌剧院的合同有了一些微小的变化，重要的角色在减少，我感到他们对我有些“疲倦”。虽然我还与美国一些重要的歌剧院有很好的合同，但我知道他们都在注意我在大都会演出的状况。在大都会的状况好与不好，直接会影响到我在其他歌剧院的合同。

我感到必须要去欧洲了，必须要争取在欧洲重要的歌剧院演出几个大的角色。保罗也感到了我的紧迫感，一口答应在欧洲给我安排试听。

那时我在美洲歌剧院的合作已不需要试听，但欧洲对我来说，还是“新大陆”，他们也许听说过我，但并不熟悉，所以，我需要去欧洲，给这些歌剧院做试唱。

1998 年的秋天，我有一个月空档，玛莎跟保罗商量了一条路线，从纽约到意大利、法国、北欧几个国家转一圈，每个主要城市停留几天。保罗说会在每个城市的歌剧院为我安排试听。和玛莎出发的时候，我信心十足，凭这八年在歌剧舞台上的经历，我应该有机会得到很好的合同。我不在乎去试唱，认为自己的歌唱状态很好，歌唱技巧也日趋完善，试唱曲目的演唱应该比几年以前好很多。

我们一路上都在等保罗的信息，在每个城市停留的时候都会跟保罗保持密切的联系，每天都在等待试唱的安排。

一个月过去，保罗没有安排成功在任何歌剧院的试唱。他虽然在长途电话里反复抱歉，但我们非常沮丧，这一个月的旅行以“无试唱”终结。很简单，这证明保罗在欧洲的歌剧院几乎没有任何关系和影响。

我们痛苦地意识到，也许是到了更换经纪人的时候。这是一个非常艰难的决定，就像离婚，离了痛苦，不离，也痛苦。

1998 年我已经四十四岁，对任何一个歌唱家来说，这是一个非常关键的年龄段，也是演出生涯多变的阶段。歌剧演唱事业不上则下，“后浪催前浪”。

我必须换一个经纪人，必须。我需要有一个在欧洲和美国重要的歌剧院都有广泛关系的、强有力的经纪人。我的目光落到在纽约极为著名的哥伦比亚经纪公司，落在布鲁斯和艾伦身上。

布鲁斯 · 冉姆斯基和艾伦 · 格林与我年纪相仿，中等个子，精明强干，两人都反应敏锐，语速极快，跟你说话时直盯着你的眼睛，往往会给对方一种巨大的压力，是美欧歌剧界极为著名的经纪人。他们隶属哥伦比亚公司，有着自己的分公司，签约的歌唱家大约有一百多人，其中不乏当红的歌剧明星，尤其是男高音。由于他们太强势，歌剧界给他们起了个绰号叫“魔鬼双胞胎”。

布鲁斯和艾伦跟世界范围的歌剧院谈起生意来总是咄咄逼人，他们不是跟你谈一个歌唱家的合同，你要是需要他们旗下这位男高音明星来撑这部歌剧，他们马上会逼上一个条件——其他角色也必须用他们公司的歌手。“魔鬼”们谈起演出费来尤其凶狠，分毫不让，一律高价。两位都是犹太人，都对歌剧有极为全面的知识，对剧目、唱段、语言都烂熟，也可以说是酷爱。两个人对声乐技巧都有他们固执的见解，跟签约的歌唱家们经常会毫不客气地提出他们的意见，要求歌手必须在歌唱技巧上做出改进。

不知为什么，布鲁斯不是我的经纪人，却对我一向很客气。我经常在大都会歌剧院的后台碰到他，不少次演出完他会走进我的化装间，探个头，简单地说一句“祝贺，今天唱得很好”，人还没进来就已经出去了。

在大都会歌剧院每天晚上的演出，无论是什么歌剧，都会有“魔鬼双胞胎”的歌唱家在台上。只要布鲁斯和艾伦没在旅行中，他们几乎每晚都在大都会歌剧院看他们签约歌唱家的演出。当我决定离开保罗的时候，我第一个想到的经纪人就是布鲁斯。

保罗实在是个好人，是他一手帮我建立起歌剧事业。每次告诉我一个很好的新合同时，他那种高兴的眼神和语气都是那么真诚。听我这个“抱怨”先生的牢骚时总是那么有耐心，从不打断我，偶尔用好听的男低音插一句：“没你想的那么可怕。”“我和玛莎都不这么认为。”“你再听一遍 CD 再决定唱不唱这个角色好吗？”“你唱得比你想象的好。”

有一个美国重要的歌剧院，曾经有一个非常精干又霸道的院长，所有的经纪公司都怕他又要求着他，包括保罗。院长在这个歌剧院工作了至少二十年，经营得非常好，在歌剧界无人不知，所有的歌唱家都想跟他保持好的关系，都以在这个歌剧院演出过为荣。有一年，这位院长退休，几个月以后圣诞节来了，保罗打了个电话问候他节日愉快。院长在电话那边说：“保罗，你知道吗？在歌剧圈子里，你是唯一的一个在圣诞节给我打电话的人。”

保罗告诉过我，他有三个侄子，都还小，但他答应会承担将来他们上大学时的学费。所以他跟我开过玩笑：“我可要好好为你们工作，你们是我侄子们未来的学费啊！”说完皱着浓眉笑了起来。

我做出离开保罗的决定，还是因为我发现保罗最好的几个歌唱家最后都选择了离开他。有一位著名美国男高音的经历跟我极为相似，很诚恳地跟我说他也是保罗发掘的，并在十多年中给他找了很多合同，最后碰到跟我一样的问题，走到瓶颈，无法发展了，因为保罗在欧洲重要的歌剧院没有关系，签不到合同。不过，他离开保罗后一直保持来往，依旧是朋友。我忽然觉得轻松了些，如果我离开保罗，还可以和他做朋友，那该多好！

我和玛莎商量了好久，不知道该怎么跟保罗开口，陷入了非常痛苦的状态。我们从欧洲“无试唱”旅行回来后，保罗也很少见我们，能感觉到他一直有极度的内疚，躲着我们。那怎么办呢？

我突然想到是不是应该先跟布鲁斯谈谈？如果离开保罗，布鲁斯对我没兴趣，那不就尴尬了？于是我拨通了布鲁斯的电话。

“布鲁斯，我是田，你要是有时间，我们一起吃个午饭好吗？”

“谢谢，我想你还是先到我的办公室谈谈怎么合作，以后吃饭的时间有的是。”这个布鲁斯，一下子就听出我的意思！干干脆脆几句话就挂了电话。

我跟保罗约了吃个午饭，选了一个在曼哈顿中城的四川菜馆，叫“大四川”。我知道保罗喜欢吃四川风味的中国菜，特地叫了几个水煮鱼、夫妻肺片之类的辣菜，这顿饭吃了四个小时。

我们什么都聊了，聊到他第一次听我唱试听时，说我紧张得一只手一直插在裤兜里。还聊到我在阿根廷科隆大剧院首演歌剧《浮士德》的第二天，我们一起去逛了当地最美的墓地，到处都是精工雕刻的墓碑，简直就是一个大型的艺术展览馆。我跟保罗还聊到在欧洲这次旅行一个月狼狈的感觉，我说当时甚至想要找一个欧洲的经纪人。保罗当然明白我的暗示，还跟我说：“你要是真想换经纪人，除了布鲁斯和艾伦，其他都不值得。”还说他一定会特别努力地为我找欧洲的合同。我们聊到玛莎，保罗告诉我他觉得很对不起玛莎，因为是他们一起做的我们欧洲试唱旅行的计划，玛莎一定很失望……四个小时，我们什么都聊到了，甚至聊到保罗的三个侄子都长大了，他已经差不多攒够了他们上大学的费用。

直到最后一分钟，我还是没有勇气说出我已经决定离开他。

回到家里我筋疲力尽，倒在沙发上不想说话。玛莎急切地问我是不是都谈开说清楚了，我摇摇头说实在开不了口，只好求玛莎给保罗打个电话。

玛莎拨通了保罗的电话，并把电话的扩音打开让我一起听。保罗告诉玛莎中午的菜很好吃，也知道了我对他的意见。玛莎告诉保罗，说我已经决定换一个经纪人，我实在不知道该怎么说，希望保罗能理解。

“啊！他 × 的！去他 × 的！！”保罗高声大叫起来，重重地摔了电话。

我和玛莎都呆住了，很长时间我们都不知道说什么，极度不安，没想到从来都是和颜悦色的保罗会发这么大的脾气。

烦躁中，我跟玛莎建议我们带上狗开车到纽约北部的山上转转，换换情绪，玛莎马上同意。我们简单地收拾了一下，开车就上了 87 号公路，一直向北方开去。高速公路边上的树叶都已开始变色，满目秋意，纽约北部的卡茨科欧连绵不断的山峦缓缓地出现在前方。我们一边开车一边闲谈，情绪在平复中。

一个多小时后，我们离开高速公路，想加油，跟着一辆车拐进一个加油站。我们停在这辆车的后面，排队等候加油。我打开车门出去想买一瓶水，前边的车门也打开了，出来一个高大的男子，他一回头，我们都愣住了，是保罗。

只听保罗对着天大喊一声 :“见他 × 的鬼了！”一反身迅速地坐进车里，重重地关上车门，发动了车，猛地往右一打方向盘，车子飞快地离开加油站，消失在高速公路上的车流中。

那是我和玛莎最后一次见到保罗，虽然我们总会听到一些他的消息。非常奇怪，很多年他都一直住在老地方，一直做他的经纪人，旗下一直都有十几个歌唱家，也去大都会看歌剧。有大约十年，我居然没有再见过他。

三年后，玛莎做了一次大手术，保罗寄来了一张非常精致的卡片，祝玛莎早日康复。

很多年，我时不时会想到保罗，还会想起他的侄子们，他们应该都上大学了。

在意大利曾经的角斗场演出《图兰朵》，
在我面前跪下的是阿根廷著名的男高音何塞·库拉，饰演卡拉夫

维罗纳的舞台可能比正规的歌剧院舞台大四倍，演员阵容庞大，合唱队加群众演员至少上千人

在维罗纳歌剧节《图兰朵》开演之前，右起第一人是俄国导演尤拉

永远都没有变过的佛罗伦萨多好看啊

跟玛莎和妞妞在佛罗伦萨，远方是上千年的老桥

玛莎的德国女儿诺拉和她的先生意大利侯爵斯宾诺拉

1981 年在中央乐团跟贝基大师上课，没想到有一天会在他的故乡佛罗伦萨演唱

在马耳他下了飞机上轮渡，在小岛戈佐下船，没想到是来一个岛上唱歌剧

在德国波恩演出莫扎特的《唐璜》，我的角色是石面人

角斗场的《图兰朵》

维罗纳是意大利的一个城市，城市不大，名声不小，据说罗密欧与朱丽叶著名的爱情悲剧就发生在这里。虽然“据说”是不是发生在维罗纳有争论，也挡不住每年有好几百万世界各地的游客慕名而来。维罗纳人根据“据说”，在朱丽叶的故居盖出一个阳台，因为在莎士比亚的伟大戏剧《罗密欧与朱丽叶》中，有朱丽叶在阳台上倾听罗密欧深情示爱的情节。阳台周围的墙被多情的游客们用各种语言、各种笔迹写满了爱的誓言。阳台下朱丽叶铜像的右胸，也被无数的人摸得锃亮，据说会为爱情带来好运。

维罗纳出名还有一个重要的原因，是这个城市每年夏季举办世界规模最大的露天歌剧节。演出场地是有千百年历史的古老的竞技场，曾经是角斗士们相互拼杀和人兽大战的地方。这是一个完全用大石块堆砌而成的椭圆形露天建筑，巨大，能坐两万五千人。座席至少有十层楼高，上面有几十个高大的拱门，夜晚灯光打上去极为壮观，每一个拱门都能让你感受到厚重的历史。在维罗纳城里，不管你在东南西北任何方位，都可以看到这个伟大的建筑，全城的人都以维罗纳歌剧节为傲。出租车司机对正在演出的剧目绝对了如指掌，你一上车，他就会唠唠叨叨地告诉你这几天在演什么歌剧，谁指挥谁演唱，有什么花边新闻。

在这个大角斗场，歌剧演出的历史已有上百年。维罗纳以夏季歌剧节为骄傲，每年至少演出四五部歌剧，经常上演的有《蝴蝶夫人》《阿依达》《托斯卡》《图兰朵》等，一个夏天总共有几十场演出。所有歌剧的制作场面宏大，舞台的面积和观众的容量，都是世界之最。维罗纳露天歌剧节每个夏天的演出季，至少会吸引六七十万各国的观众，也吸引着世界范围的歌剧演唱家包括巨星们。能到这里参加这个歌剧节是一种荣誉。我一直就渴望能在这里演出。

2003 年的 6 月，我得到了在维罗纳演出的邀请，演出普契尼的歌剧《图兰朵》，全新的制作，一共六场演出。代价是，我必须放弃在纽约大都会的《图兰朵》，总计十一场的演出，损失不小。但能在维罗纳歌剧节首演的吸引力实在强烈，我决定放弃大都会的合同，也许人生只有一次维罗纳呢？

那年夏天是意大利几十年来最热的一个夏天。我和玛莎到维罗纳的时候，发现全城滚烫，白天城里几乎看不见人，所有人都躲进任何有冷气的地方。我们在舞台上的排练是晚上 9 点以后才开始，巨大的露天舞台被太阳烧烤了一天以后，地面烫得没法下脚。那是一种奇怪的热，皮肤已经热得快烧起来了，但是没汗，好像汗水还没有到达皮肤表面，就被蒸发了。我们只能等太阳下山以后才开始走台，太阳好像总不想走，晚上八九点钟还挂在天上，大家只好在台上戴着墨镜排些独唱重唱的场景，等着天能黑下来，最好有点风，才开始排一些大场面。

维罗纳的舞台可能比正规的歌剧院舞台大四倍，演员阵容庞大，合唱队加群众演员至少上千人，所有人全部在台上时就像一个巨大的蜂巢，满台的“嗡嗡——嗡嗡——嗡嗡”。意大利人说话的位置都在脸上，声音集中明亮，还特别喜欢说话。尤其是合唱队员，都经过专业发声训练，说起话来声音明亮又有激情，是全世界最吵的合唱队。加上乐队也大，是正规乐队编制的一倍，再加上舞蹈队、舞美团队、舞监团队、哑剧演员，所有人都参加合排的时候，台上少说也有两千人走来走去。“嗡嗡——嗡嗡——嗡嗡”。

导演是一个俄国人，不会意大利语，也不会英文，每天用俄文排练，他让我们叫他尤拉。尤拉大概是我这个年纪，是苏联时期戏剧学院训练出来的，站在那里老是一副雄赳赳的样子。尤拉非常结实，浓眉大眼，说话嗓音嘶哑，有一种不由分说的霸气。他根本不管大家用什么语言沟通，上来就一串俄文。翻译是一个脸上皱纹很多、动作却很年轻的俄国女士，经常急得满脸通红，因为尤拉说话粗声大气，不停顿，不喘气，她不知道什么时候能插进来翻译。我们总是带着一脑袋的问号在排练，弄不明白导演最想要什么。问号是各种语言的，我们演员中有美国人、韩国人、俄国人、意大利人、阿根廷人，还有我这个中国人。也许是天热，尤拉总是一身汗，满头满脸的花白毛发乱糟糟，也不梳理，全部精力在排练和舞台布景上，每天像坦克一样冲进来冲出去。

尤拉总让我联想起苏联战争电影里，一手举枪，一手握拳，带着战士们喊着“乌拉”冲锋的政委。

我们的俄国翻译很棒，可以熟练地说好几国语言，俄语、英语、意大利语随意切换，还会讲些西班牙语。幸亏有她，我们可以感觉到“政委”真正想要的东西。第二天排练时，我已经和女翻译熟了，她曾在苏联时期的外交部工作，担任过首长们的口语翻译。她说跟我在一起工作有一种亲切的感觉，我问她为什么，她说在这些演员中，大概只有我能准确地理解导演。

《图兰朵》这部歌剧我太熟了，在美国和欧洲的歌剧院演过至少十几个不同版本的制作，两百多场的演出。每次跟新的导演合作，我总是特别感兴趣会有什么新的启发。

我的角色是铁木尔，一个双目失明、颠沛流离的鞑靼老国王，丧失了家园和一切，在一个中国女奴的帮助下，历经磨难来到北京城，找寻失散的儿子卡拉夫王子。中国女奴叫柳儿，在剧中从开始就照顾我、领着我，心中暗藏着对卡拉夫王子的爱。一直到第三幕柳儿和我即使遭受严刑拷打，也拒绝说出卡拉夫的名字，柳儿最后在冰冷的图兰朵公主和卡拉夫面前悲愤自尽。演柳儿的是一个意大利年轻的女高音米凯拉，我们以前就认识，在大都会一起唱过《阿依达》。

我们在一个闷热无比的小排练厅排戏，没有冷气，四周有几台电风扇。第一幕一开场，柳儿和铁木尔在北京城遇到失散的卡拉夫，导演尤拉希望我做出戏剧性的动作。他的示范非常夸张，面部表情和手势都很大：“李尔王！李尔王！你要想象你就是莎士比亚戏剧里的李尔王，那种悲愤的表情和手势！眼睛睁大！”

第三幕，铁木尔和柳儿被卫兵押上场，冷酷的图兰朵命令拷打我们，逼着我们说出卡拉夫的名字。浑身汗迹的导演尤拉用嘶哑的嗓音先跟我们讲了一下走台的顺序，然后又叫来押送我和柳儿上场的四个演卫兵的意大利小伙子，开始排戏。

钢琴声起，我和柳儿被卫兵们押着上场，图兰朵正要命令拷打我们，只听尤拉对我和柳儿大喊："不行不行！你们这样演绝对不行！一点劲头儿都没有，你们是被押去挨打招供，你们绝不屈服，能这么演吗？不行不行不行！"我和柳儿困惑地互相看看，不知导演要我们怎么演。

只见满头花白挂满汗珠的尤拉跑过来说："你们要像共产党员一样，共产党员！被押着走向刑场！你们挣扎，英勇不屈！像一个真正的共产党员！"他停了一下，把大拳头往上一举，用嘶哑的嗓音低声说了一句："英勇就义，明白了？！"翻译翻得声情并茂，柳儿听得一头雾水，演卫兵的意大利小伙子们一脸的莫名其妙。一屋子人只有我懂尤拉，马上想起了洪常青。

于是我跟柳儿低声讲了几句，让她模仿我。我们再试一次的时候，我告诉两个抓着我胳膊的卫兵使点儿劲，因为我会做出挣扎的动作。钢琴声起，开始排戏。到我们出场的时候，我是昂首挺胸，一脸的大义凛然，想着大松树下的洪常青，一挣扎就冲了出去。

从李尔王到洪常青，自然过渡。

最高兴的是尤拉，过来就拥抱我。

第二天是在舞台上合排，从头排第一幕，我们一直等到天黑才开始。台上无数的灯光都亮了起来，把刚开始降低的温度又提升上去。台上到处是人，蚊子像雨一样在飞舞。我用目光丈量着舞台，思考着我出场的时候，怎么才能穿出合唱队，让观众能够看见。我在选择最佳演唱的几个点。

维罗纳的舞台是水泥做的，坚硬无比，由于舞台太大，走路的戏在这里要跑着演，跑慢了到不了既定位置，跑快了气喘吁吁没法歌唱，这需要你精确地计算步伐。由于我是一个经常被卫兵们按倒在地的沧桑老国王，我发现我的膝盖在这个水泥舞台上很快就磕破了。于是赶快跟舞台助理 A 讲我必须要有一副护膝，助理说“没问题，明天可以给你”。

第一幕快到结束的时候，有一个场景是图兰朵公主出现在皇宫城墙上，做一个手势，让卫兵们带没有猜出谜语的波斯王子去刑场砍头。所有人在求情，图兰朵公主不为所动。

尤拉在舞台上搭出一个巨大的中国城门，安排图兰朵公主出现在城门上，下面散布着一千多演员，什么姿势的都有，乱唱的也有，第一次排练，散漫的意大利演员们一片乱哄哄。

“停！停！停住！！”巨大的扩音器传出尤拉俄文的吼声，“停！停！停住！！”女翻译吼起意大利文，想让大家能安静下来。尤拉嘶哑的沙喉咙里传出一长串的俄文，不停顿，也不喘气。我突然听到他说了一句：“毛泽东！”

翻译的一长串意大利文中，也说出一句：“毛泽东！”

导演的意思是让大家想象在天安门见到毛泽东的感觉。可是你问这些二三十岁的意大利青年人，他们能知道多少过去几十年世界上发生过的事呢？他们了解中国吗？

过了两天还是没人给我送护膝，膝盖已经痛得不敢往地上跪。我就换个人，跟舞监助理 B 说我实在需要护膝，那个小伙子赶紧说没问题，明天一定给我。

每天排练完都是深夜，我和玛莎会在回旅馆的路上找一个冰淇淋店坐坐。一整天让人头昏脑涨的酷热，在冰淇淋里可以得到暂时的缓解，再加上意大利的冰淇淋实在是世界一流。

我总是点那种没加牛奶没有糖的“瘦”冰淇淋。也怪了，除了在意大利，任何国家都没有这种冰淇淋，意大利文是“Senza latte, senza zucchero”（无奶，无糖）。

我们的旅馆不错，古色古香，房间里还有厨房让玛莎发挥厨艺。可以想象，我们开过好几次派对了，玛莎做菜，请一堆演员来吃。意大利的菜市卖的青菜和肉都特别新鲜，而且大多是自然生长，有机蔬菜，菜有菜味儿肉有肉味儿，玛莎做饭的情绪大增。我们有很多朋友从不同的城市和国家来，也交了不少新朋友。玛莎在大街上认识了一对美国老夫妇，男士是费城大学的遗传学教授，玛莎的同行，还有不少互相都认识的科学家朋友，所以很谈得来。玛莎和这位老教授的友谊持续了很多年，一直到他去世。玛莎到费城去参加了老先生的葬礼，回来说那里一个人都不认识，也许他的家人在猜玛莎是不是教授曾经的秘密女友。

由于酷暑，所有人的房间整天开着冷气，否则根本受不了。那年夏天据说意大利热死了七百多人。可以想象旅馆的电费也惊人地贵，老板实在吃不消了。于是他会在半夜12点以后偷偷地关上冷气，以为大家睡着不用冷气了。可是在老板拉下冷气机的电闸后，用不了一分钟我就热醒，汗水马上就从胸部冒出来，根本无法入睡了。楼里会传来高声的抗议，不少人会半裸着出现在走廊，每个人都在找电闸，开动那该死的冷气机。

第五天舞台联排，仍然没有人给我护膝，我的膝盖已经肿起来，我简直愤怒了！揪住舞监助理C就大喊：“我——需——要——护膝！问过你们两个人了，我的膝盖要碎了！！”舞监助理C惊恐地赶紧道歉，连连说一定一定，明天一定会给我。第二天还是没人给我护膝。

两天以后是我们的彩排，可以开始用化装间了，我走进我的化装间，一眼看到化装台上面整齐地摆着三双护膝。

维罗纳的露天剧院有个规定，只要下雨，所有乐手和演员都可以去避雨，第二幕之前如果雨停了，所有人必须回来继续演出，如果第二幕开始雨还没停，演出就取消，演员会有酬劳，演出票不退款。我们排练的时候下过一两次小雨，哪怕天上就掉下来一滴雨，乐手们也会立刻夹着乐器站起来，头也不回地走进剧院的咖啡厅，合唱队的人也会一哄而散，去咖啡厅或什么地方躲雨。

这座有两万五千个座位的剧场，完全不用麦克风，演出绝对真唱。

每个歌唱家都希望自己的声音能在这个巨大的剧场传送出去。这是一个椭圆形的露天场地，音响效果出奇好。只要你不紧张，不被这个大场地吓住，别“撑”你的声音，别乱使劲，每一个观众都会听到你的声音。

这次维罗纳歌剧节的《图兰朵》有两组演员、两个图兰朵、两个卡拉夫、两个柳儿，我的角色铁木尔只有我，跟两组主演分别演出。A组的卡拉夫是著名的阿根廷男高音何塞·库拉，库拉声音很棒，很大非常“传”，戏也很好，人也不错，排起戏来非常认真。我的角色是他饱经风霜双目失明的老父，排戏时，库拉会非常动感情地在台上拉着我，前后照顾我，对于一个明星来说不容易。库拉是一个表演型的演员，在演出中全力以赴，会产生激动观众的效果。《今夜无人入睡》是男高音在《图兰朵》中最著名的咏叹调，高音唱到 B，而且普契尼把这段咏叹调写得充满激情，非常戏剧性，唱好不容易。库拉在整个演出中能聪明地节约声音，把全部力量最后放进“今夜无人入睡”里爆发，高音唱得又响又长。

两万五千人的鼓掌喝彩声绝对是滚雷般的震撼。库拉的《今夜无人入睡》最后一个音还没唱完，观众们已开始大声地叫好，不减弱不停顿加上跺脚，直到他把《今夜无人入睡》从头到尾再唱一遍！我在不同的剧院演过的两百多场《图兰朵》中，第一次有男高音重复演唱这首咏叹调。

B 组的卡拉夫是一个年轻的英国男高音 Z，大概三十多岁，在维罗纳的演出是他在意大利的首演。Z 只演一场，只参加过两次在小排练厅的走台，没上过大舞台，没合过乐队，直接上台演出。Z 大概有一米九，身材一流，形象一流，排起戏来也不错，但从来没有在排练中放过声，所以我们都不知道他的歌唱状态如何。Z 有点傲，没跟我讲过几句话，我也没兴趣跟一个冰冷的人讲话。偶尔我会听到他在旅馆的房间里练唱，声音还不错，是那种中规中矩的唱法。能签到合同来维罗纳歌剧节演出，应该还不错，至少是一个新秀。

跟库拉一起的演出进行得很顺利，每场演出他都会被狂热的观众要求连唱两遍《今夜无人入睡》。最后一场演出换成了英国男高音。

我非常喜欢维罗纳的化装间，这不是一般的化装间，像是从巨石上凿出来的山洞，到处是凿痕，墙壁凹凸不平，灰黑色，周围都是坚硬的花岗岩。窗户很小，上面有铁栏杆，石墙上镶着几个大铁钉，上面挂着拇指粗的铁环。后来化装师告诉我，这些花岗岩凿出的化装间，几百年前可能是角斗士们上场之前做准备的地方，也许是关猛兽的小屋。

最后一场演出。

我已经化好装，坐在那里再仔细看一下这个石头屋子，摸摸冰冷的花岗岩，想象一下这些大铁环之前到底拴过什么人或者猛兽，几百年间这里发生过什么？明天我就要离开这里，已经开始留恋这个神奇的石头屋。

忽然听见有人敲门，敲得很轻。“请进！”我大声说，进来的是英国男高音 Z。

Z 先转身把门小心地带上，回过身来的表情吓了我一跳，这完全不是我认识的骄傲男高音了。Z 已经化了的妆遮不住他苍白的脸色，眼睛里神情慌乱。

“这个剧场好唱吗？”Z 的声音显得很紧张。

“还不错，音响效果很好。”我想帮帮他。

“刚才我到舞台上站了一下，真是太大了，我在台上试了一下音响，根本听不到自己的声音，你是怎么唱的？”

我知道 Z 已经开始丧失信心。

对一个马上要上场演出又极度紧张的歌唱家，你说什么都没用，最后只有自己救自己，想办法稳定自己的情绪，找回勇气，保持正常的歌唱状态，否则演出一定失败。

我站起来走到他面前，拍了一下他的肩膀，说：“你没问题！肯定能唱好！在这个舞台上唱，你可能觉得自己声音小，但观众席上可以听得非常清楚，别担心！”

我又告诉他：“我听过你在旅馆的练唱，声音非常好，不会有任何问题！记住，在台上不要‘撑’大你的声音，正常发挥就好。”

我能感到 Z 就想听到这些，唱歌剧的，心理状态太重要了，有时一句话就能直接影响你的歌唱状态。

“谢谢！谢谢！”Z 抓着我的手说，他双手冰凉。

“你知道吗？今天我父母从伦敦飞过来了，我未婚妻也来了，还有我的经纪人，这是我第一次在意大利演出，我必须唱好！”Z 的声音已经多了一些自信。

说实话，整场演出 Z 唱得不错，正常发挥，后半场唱得比前半场还好，《今夜无人入睡》唱得也不错，也有不少人为他喝彩。但是，他的声音不够大。

谢幕。

在维罗纳舞台上谢幕是个力气活儿，你得跑，从台后到台前有好几十米，你还得快点儿跑，才能赶到台前给观众鞠躬致意。女歌唱家们更辛苦，穿着长戏服的就得拽着裙子跑，挣扎地奔到台前谢幕。

我的单独谢幕之后就是柳儿。柳儿这个角色永远受观众欢迎，不但有两首极其优美的咏叹调，而且为了对卡拉夫的爱不惜自刎身亡的情节会让人深深地感动，所以柳儿的谢幕往往会得到最热烈的掌声。柳儿向四面大声喝彩的观众鞠躬谢幕后，过来站在我旁边，我拥抱了她一下，为她高兴。这时，男高音 Z 从台后往台前跑去，毕竟年轻，步履矫健，一脸的兴奋。

突然，一阵巨大的“BOOOO !!! ”排山倒海般迎面扑来。“BOOOO”的意思全世界都一样，不喜欢你的演唱，哄你。

Z 像被钉在台上一样，突然站住不动了，眼睛茫然地环顾着四周，观众喝倒彩的声音越来越大，很多观众还跺起了脚，震耳欲聋。两万五千人齐声喝倒彩的场面我从来没经历过，那种声音简直恐怖无情，我站在那里心里非常难过，不知道能为可怜的 Z 做点儿什么。

大约有一分钟，Z 一动不动，观众的吼声也一点不减弱，我和其他演员互相看了一下，像约好了一样，一起跑上前跟 Z 站成一排，拉起手，开始向四面的观众们连连鞠躬，瞬间观众的“BOOOO”改变成巨大的喝彩声。

当我们谢完幕往后台走的时候，我过去抓住 Z 的手使劲握了一下，跟他大声地说了一句：“Bravo”（很棒）！ Z 苦笑了一下，什么也没说，推开他化装间的门，高大的身影消失在门后。

午夜，我和玛莎迎着闷热的晚风走出剧场。明天就要告别维罗纳，我们很想到哪儿去度几天假，没想好去哪里。街上已经没什么人，石板路反射着路灯的光，偶尔看见人影的晃动。射向角斗场拱门的灯光已经熄灭，一切融入夜色，那海啸般的喝彩和起哄早已化为沉寂。Z 呢？

整个维罗纳若无其事地进入梦乡。

我们在找冰淇淋。

Senza latte, senza zucchero（无奶，无糖）。

散记佛罗伦萨

我想写一些在佛罗伦萨的经历，因为去过很多次，还在佛罗伦萨歌剧院唱过两部歌剧，最长住过一两个月。记忆太杂，经历的事情很多，不知如何下笔，开了几次头都没写下去。

“我想写佛罗伦萨，怎么也写不出来，怎么办？”

我问玛莎。

“这有什么难的？从你唱《塞维利亚的理发师》写起。”玛莎一边忙着手里的事儿，一边迅速地回答，表情轻松。

嗯，主意不错。我想。

“我喜欢佛罗伦萨，太美了，永远都没变过！几百年前什么样，现在还什么样。”玛莎又补了两句，还在忙她手里的事儿。

我已经习惯了，什么事搞不定就去问玛莎，每一次，她都能干脆利落几句话就帮我做一个决定。

我突然有了动笔的感觉。

是啊，永远都没有变过的佛罗伦萨多好看啊！

几百年前佛罗伦萨的城市规划不知是谁管的，那些工匠都是谁？太伟大了。他们怎么就能想到这些住宅、教堂、广场、街道、上水下水道等等，都要传承到今天，都能永久地保持文化和艺术价值？

我喜欢这满城的墙，墙上那种舒服的自然色；喜欢街道那弯弯曲曲的线条，从马车时代到今天，没变过的宽窄和一样发亮的石板地面。我还喜欢那些优美的街灯、结构精致的门窗、一年四季的鲜花。教堂的晚钟，一定还是几百年没变过的音色。玛莎就喜欢在小街小巷逛，因为那里面的生活真实，有可爱的小店，每拐一个弯儿都会有新发现。

我们也喜欢去郊外，上山，从郊外的山丘上看这座城市，看那些房顶上红色的瓦，阳光一照，红得生气勃勃，让人感动。这就是意大利人，相信他们对美那种天生的直觉吧，这种直觉多少年都没有变。

我永远认为高楼大厦是摧毁一个古老城市的罪魁祸首，幸亏，美丽的佛罗伦萨坚强不屈地保护了自己，没有给一座高楼生存的空间。

据说这个城市有一千多座博物馆，其实，整个佛罗伦萨就是博物馆。

还有，这里是歌剧的故乡，几百年没变的还有歌剧。

好，先从《塞维利亚的理发师》写。

《塞维利亚的理发师》

我 2002 年第一次来这里演出歌剧。来之前有人警告过我，说佛罗伦萨歌剧院出名的排外，别说亚裔和黑人，就算是美国的歌唱家在这里日子也不好过。意大利人特别不喜欢那种“美国嗓音”，觉得那种嗓音是散的，不集中，缺乏明亮和浓厚的光彩，不好听。不管多有名的美国歌唱家，在意大利也有被喝倒彩的可能。佛罗伦萨是意大利语言和歌剧的发源地，这是他们排外的根源，歌剧是属于佛罗伦萨的。

我不信邪。来这里之前，我已经在意大利热那亚演过威尔第的《耶路撒冷》和《唐卡洛》，得到当地报纸很高的评价，最挑剔的歌剧院合唱队也会有人走过来，跟我说他们喜欢我的演唱。来佛罗伦萨之前，我还在纽约做了非常充分的准备，认真地学习了这部歌剧，背得烂熟。再加上，我从来没有在任何歌剧院让人失望，所以刚到佛罗伦萨时信心十足。

排练第一天的经历让我火冒三丈。整个剧组都是意大利人，只有我一个亚裔。那几个傲慢的歌剧指导，都是佛罗伦萨人，不停地挑我的错，从咬字到风格，再到我的演唱和表演，似乎全不对。我简直唱不下去了。我知道罗西尼的《塞维利亚的理发师》不好唱，是纯意大利美声歌剧时期的代表作，我不相信自己唱得有那么差，没想到他们对我如此苛刻。我拼命地忍着自己的愤怒，觉得问题不在我的演唱，是种族和文化的歧视。在场的意大利歌唱家都不说话，看着那几个歌剧指导不停地打断我的演唱，用对待学生一样的口气挑我的毛病。

走出排练厅，一个看剧场的老头，一定是听了刚才的排练，凑上来跟我哇啦哇啦地讲了半天，连瞪眼带比画还唱了几句。我的意大利文不行，也能听出来老先生是给我上声乐课呢，讲唱罗西尼歌剧的发音，兼带做示范。

回到住处，我在玛莎面前大发脾气，说明天就回纽约，我到这里不是来受气的，他们绝对是对亚裔歌唱家有种族歧视！

等我发完脾气，玛莎看着我，语气平和地说：“要是在另一个剧院，我马上就查飞机票，我们回纽约。但佛罗伦萨是你特别想来演唱的剧院，你也知道这是一个多么重要的意大利歌剧院。你不能离开，你要是离开，将来一定会后悔。”她看我在听，又说：“你说他们有种族歧视，说你唱得不好，那就证明给他们看，下功夫练，让他们知道你能唱好，改变他们对你的看法！”

很多年我都记得玛莎这些话，还记得她那种冷静又坚决的表情。

她就是这样，在关键的时刻能改变我，有时是劝，有时就替我决定。此时此刻的决定就是——留下。

从第二天排练开始，我就专找那些说我演唱有问题的歌剧指导，挨个儿跟他们说，你不是觉得我的演唱有问题吗，那排练结束后就请你加个班跟我工作，我们来改正问题。歌剧院有这个规定，歌剧指导们有责任跟歌唱家们工作。每天，我会要求在排练之外，跟不同的歌剧指导加班两三个小时，一字一句地改正。回到住处，我还会在房间里奔跑跳跃，椅子和床都成了道具，用来练动作。这些歌剧指导后来看到我都怕了，躲我，觉得我太认真，不放过任何演唱的细节。两个星期后，我的演唱和表演发生的变化，连自己都觉得意外，居然还有这么多空间可以改进，主要是多了那种佛罗伦萨的传统味道。剧院看门的老先生也开始跟我拍肩握手表示认可。

第一次钢琴伴奏全剧联排的时候，佛罗伦萨歌剧院的院长 M 来了，带着一种冷冷的神态，搬了把椅子，“啪”地放在指挥的右侧，掉过来椅背向前，两只手在椅子背上一盘，眼睛就盯着我。

我的角色是巴西里奥，一个音乐教师，在《塞维利亚的理发师》里是一个很有个性的角色，喜剧性人物。巴西里奥有一段很著名的咏叹调《造谣，诽谤》(*La Calunnia*)，意思是编造谣言就可以摧毁一个人，要连唱带演。

我是在意大利第一个演这个角色的亚裔歌唱家。在意大利和欧美歌剧院的惯例，是专门聘请意大利男低音来主演这个角色，就是因为那种罗西尼歌剧的风格。

有一天排练结束，一个对我挺友好、以演唱罗西尼歌剧出名的歌唱家布鲁诺，递给我一本当月的意大利歌剧杂志，说现在至少有两千多韩国的歌手在意大利学习歌唱，让我看看有没有任何一个韩国歌手名字在演员名单上。杂志上有二十多个意大利歌剧院的演出日程和演员阵容，除了看到我的名字，没有任何亚裔歌唱家参与演出。

如果一个意大利歌唱家在北京，在北京京剧院，想成为京剧的名角，可能吗？不可能——我想。不过，这反而激起了我一定要在佛罗伦萨唱好这个角色的决心。

院长的冷神态点燃了我的一种对抗情绪，情绪转化成动力。那天我的演唱和表演很顺，两个星期学到的东西都用上了。演唱的时候我没放过院长，盯着他的眼睛，给他唱给他演。整部歌剧还没结束，院长站了起来，把椅子一推，又看了我一眼，眼里那种冷冷的神情变成微笑，点了一下头，走出排练厅。

我在乎的，不是M院长，我要的是证明自己可以胜任最传统的意大利歌剧角色，我要的是让玛莎每天早上背着小书包，高兴地去学习意大利文时，不会为我的演唱担忧。

《塞维利亚的理发师》首演的时候，我的经纪人布鲁斯从纽约飞来看演出，我们刚刚一起工作了两年。

布鲁斯是纽约人，他的合伙人叫艾伦，两个人都非常精明能干，推销起旗下的歌唱家咄咄逼人，极为强势。歌剧界都很怵这两位，给他们起了个绰号叫“魔鬼双胞胎”。他们的经纪公司很强大，有一百多位欧美的歌唱家，不少当红的明星也在名单上，以几个非常著名的男高音为主。世界范围的歌剧院都有求于“魔鬼双胞胎”，因为需要这些明星。想得到明星，歌剧院也必须雇用布鲁斯他们公司其他的歌手。

我不是明星，但一开始跟布鲁斯工作，合同就一个个地压上来。他不是一个跟你闲聊天的人，可能会一个月不跟你联系，给他发信息也不回复，让你感到绝望。但他一回复可能就是一连串的合同。有一次他察觉到我对联系不上他很不安，就说：“我把跟你闲聊的时间都用在给你找合同上了，这就是我的工作方法。”是布鲁斯使我的演唱事业真正地进入了国际范围。这一年我要在大都会歌剧院唱四部歌剧，在欧洲有四个合同。有几部歌剧是新的，没唱过，使我在演出一部歌剧的同时还要学习另一部歌剧。这令人激动，压力也巨大。想得到就必须付出，永远是正比。

布鲁斯是带着另一个意大利的经纪人来看演出的。在歌剧中有一段大五重唱，我有一句领唱“各位晚安”，是从高音 E 拉一个强力的长音开始。我唱这一句的时候，所有其他角色都会停下来，乐队也会停下，就听我那个长音，然后所有人才加入进来演唱。

演出中，当我那句“各位晚安”在高音 E 拉长音的时候，布鲁斯旁边的意大利经纪人跳了起来："这种声音才叫歌唱！"兴奋至极。

"你那个高音实在太棒了！灌满了整个剧场！"布鲁斯在剧场休息时，跑到后台跟我说。

演出结束后，布鲁斯高兴地到处找玛莎，就为了告诉她，这个著名的意大利经纪人能这样形容一个歌唱家，是极高的评价，说明意大利对我演唱的接受度。

两天后布鲁斯从维也纳给玛莎打了个电话，说佛罗伦萨歌剧院的院长 M 给他打了电话，给了我第二年演出威尔第《弄臣》的合同。

玛莎是对的，如果第一天排练后我就回纽约的话，会后悔的。

卡米内广场

我们在佛罗伦萨住的地方是玛莎找到的。歌剧院介绍的地方都不行，最后玛莎找到了当地的一个专门从事房屋租赁的经纪人，在纽约跟她在电脑上来回接洽，最终决定了一个公寓。

佛罗伦萨城里有一条美丽的河流叫阿尔诺河，河的一边是市中心，包括歌剧院和一大片商业区与无数博物馆，是主要的游客区，每年要承接上千万的游客。河另一边是住宅区，很少有游客，相对安静很多。我们要在佛罗伦萨住六个星期，玛莎选择住在安静的一边，虽然去歌剧院要走半个多小时，还要穿过阿尔诺河上的老桥。

我们从纽约刚到这里时，住进了一个两层小楼，里面装潢得很好，家具和厨具都齐全。但我们在那里只住了一个晚上，整个公寓冰冷刺骨，冻得我们坐立不安。

那是一个年代久远的建筑，墙有一米厚，像是古代守城的堡垒改建。每一层都有很高的屋顶，所以从一楼爬到二楼有二十多个高台阶。妞妞、玛莎和我几次站在二楼望着黑洞洞深不见底的一楼就犹豫，不知是否要下去。同样，在一楼一仰起脖子往上看，就不想上去——太高了！最大的问题是冷，房间到处都冷，地板凉得连狗妞妞走路都不想下脚。当时是寒冬腊月，经纪人不知道需要开三四天暖气，整个屋子才能热起来，因为没人住，整个房子就是冰窖。我们穿着所有的衣服披着毛毯还冷，哆嗦着求经纪人给我们换一个公寓。

我们换到米卡内小广场边上的这个公寓，非常好，进去就暖和，沙发桌椅什么都很简单，但很舒服实用，像个家。还有一个可爱的小院子，正好妞妞可以自己出入办它的“公事”。

玛莎住任何地方都先看厨房。这个厨房不大，可非常好用，有一个很特别的水池，是铜质的，有水滴就会有印子，需要经常擦洗，擦洗不费劲，而且水池干净以后会发出暖暖的铜色，金黄的，满厨房都会亮起来。玛莎还喜欢这里的餐具，是那种厚厚的瓷盘子，大小都有好几套，盘子上有手工绘制的图案，蓝底的花纹，白色的花，放在面前有一股田园气息。所有的茶杯也是同一种色调，能感到这里的主人有一种热爱自然的心态。我们住了一段时间后，跟经纪人熟了，才知道她和母亲都是做房屋租赁的，美国人，因为我们换房的要求很突然，一时找不到合适的房屋，就把她们的公寓给了我们，自己搬了出去。

佛罗伦萨出名的不只是旅游业。因为处处古迹，给人感觉这里的意大利人是靠维护古迹为生，吃古董饭。很多人并不知道佛罗伦萨还是意大利科学和教育的中心，有几十个学院。不注意不会知道，这里到处是手工艺品的作坊。

每天从卡米内广场来回歌剧院，我都会走过一溜儿小作坊，至少十几个。说小真小，一个个也就二三十平方米，每个作坊里面都会有几个忙碌的身影。有做桌椅的、做乐器的，还有制陶、画瓷器、做镜框、做珠宝的。不怕你看，看见你在外面站久了还会请你进屋。我就喜欢一个作坊一个作坊地看过去。不时会看见东方人的身影，像是日本的年轻人，在那儿学手艺。

我们这个小广场有个教堂，一看就是专为这个街区当地人建的，很少见到游客。虽然这个教堂许多地方需要修缮，有点旧，但也会感到是用心维护的。路过这个教堂我会进去坐一下，喜欢那种没人打扰的宁静，也喜欢那种看到街坊邻居的感觉。

玛莎在歌剧排练期间很少跟我去剧院，她很忙，每天忙着去语言学校上意大利文课，交了一堆朋友。没过几天，不但有了干女儿，还有了“男朋友”。

“留学”佛罗伦萨

我和玛莎都在学意大利文，同一个老师。不同的是，因为我每天排练时间不固定，老师上门给我单独上课。玛莎每天背个小书包，9 点准时出门，去老师任教的语言学校上课，风雨无阻。

玛莎会先到卡米内广场边上的一个小咖啡店，站在那儿喝一小杯意大利浓咖啡，要一个牛角包，放下两欧元，跟老板说声“再见”（Ciao）就去学校。太熟了，很多时候会忘了放钱，吃完就走，老板也乐呵呵地：“再见！”钱不钱的不在乎。

语言学校里的学生哪儿来的都有，各种肤色，不同国家，从十几岁到七十几岁。

大同学

一对中国老夫妇来自旧金山，安德鲁和海伦，那时都七十多岁了，每天规规矩矩地来语言学校上课，认真记笔记，尽可能地张口用意大利语对话。我们一见如故，一认识就到今天。

安德鲁的父亲是孙中山的革命战友，是民国时期负责铁路运输的高官，母亲是民国时期上海的名媛。海伦的父亲也是国民党元老。

安德鲁是退休的整容医生，我无法想象他是否会给自己整容，因为他脸部皮肤平滑得令人不可置信，显得非常年轻。海伦是退休的旧金山大学管理人员，曾是台湾大学出名的校花。两人都酷爱欧洲，每年一半的时间就在欧洲转。安德鲁一身的民国范儿，张嘴就是京剧，眉目之间都是戏，举手投足有身段，说小时候家里经常有戏班子表演。两人没结婚，但感情好得很，在一起很多年了。有一次在聚会中，海伦看着远远正在跟人热聊的安德鲁，跟我说："他呀，风流着呢！"脸上表情复杂，有妒忌，主要是爱。

我 2016 年在旧金山歌剧院唱歌剧时跟二老重逢，和玛莎一起去他们家玩儿，一进门迎面看到挂着一幅诗。安德鲁说是父亲跟孙中山闹革命时作的诗："佳思忽来，书能下酒，侠情一往，云可赠人。"还说是父亲请一位当时极为有名的和尚抄录，最后一句原为"头可赠人"，和尚说有杀气，给改成"云可赠人"。

老夫妇在意大利托斯卡纳山上买下一个小公寓，每年都来，给我们发了无数照片，怂恿我们也去买，做他们的邻居。

小同学

玛莎的同学中还有一个德国女孩，叫诺拉，也就二十岁。小锛儿头，金发，蓝眼睛，身材姣好，典型的美少女。她不知道自己想干什么，就从德国跑到意大利学语言。不知道她在意大利是怎么生存的，居然没被满街多情的意大利小伙子们吃掉。诺拉就喜欢玛莎，每天黏着她跟前跟后，没几天就开始叫玛莎"中国妈妈"，成了她的干女儿。

干女儿非常能干，做事果断还有德国条理，后来在最有名的意大利时装杂志负责推广，再后来遇到个意大利情人，就来征求"中国妈妈"的意见，说想嫁给他。玛莎对意大利男孩的感觉是每个都"花"，不可靠，就告诉诺拉别急，再交交看。不久诺拉回信，说已经“嫁了”，让我们一定要去参加她的婚礼。我那个时候正在比利时的列日演出歌剧《唐卡洛》。玛莎买好飞机票，准备在我两场演出之间飞到意大利参加诺拉的婚礼，但是我在第一场演出时在剧场摔伤，她只得取消旅行照顾我。

最巧不过的是，诺拉的先生安德雷亚，是意大利贵族斯宾诺拉侯爵的后代，跟我们的阿根廷好朋友莫妮卡同出一个家族，在距米兰一个小时车程的乡下，有家族的葡萄园。父母年事已高，三兄弟只有安德雷亚愿意承担起重任，接过家族的造酒生意。这个小伙子人好得出奇，喜欢笑，还不到四十岁，长得精干，喜欢踢足球，不讲究外表，眼睛里都是诚实。我实在怀疑他能不能做买卖。几年前我们去他们的酒庄小住，晚上试喝他做的白葡萄酒，真是不错，得到过当地出产的白葡萄酒评比第一名。

安德雷亚给我讲了一大通做酒的程序，成本和销售，我这个不会算数的人都能给他算出，忙了一年只能做到收支平衡。我替他捏一把汗，盈利从哪里来呢？诺拉已经生了三个可爱至极的男孩，这是一大家子了。我问他公司有多少人，安德雷亚说收获季节得雇十几个人，摘葡萄加酿酒。平时呢？我问，他指指自己，说就他一个人！但安德雷亚对前途充满信心，干劲十足，不但计划着扩大葡萄园，在收获葡萄时还要每天跟工人们一起抢收干活儿，据说要从凌晨干到深夜。我当时就想能帮他什么？跟他说了秋天忙起来，我有时间就过来帮他们干活。不过认识了这个善良年轻的斯宾诺拉侯爵，“中国妈妈”玛莎对诺拉的婚姻终于放下心来。

同学情

在语言学校里，有几个日本来的年轻小同学，可能都不到二十岁。属于那种还没想过将来干什么，也不在乎前途，反正年轻，崇拜意大利文化，就在日本辞了工作，泡在意大利，学了语言再说。一个在日本开过货车的小伙子，来意大利改学厨师。精瘦，个儿不高，留了个长发，单眼皮，一笑满嘴牙，这位日本小同学绝对喜欢上了玛莎。我不太清楚他是把玛莎当成母亲，还是姐姐，还是什么，反正我有了第一个“情敌”。

2 月 9 日是玛莎的生日。我们请了所有语言学校的学生和老师来吃饭。玛莎做了两只烤鸭，包了几十个饺子，从农家集市买了最新鲜的肉和蔬菜，做了一桌足够同学们“喔喔喔”惊呼一片的饭菜。

日本同学们带来了鲜花，干女儿买了蛋糕，货车司机兴奋异常，忙前忙后地给玛莎帮忙。这家伙特别开心时，仿佛完全忘记玛莎家还有个男主人。临走留下一张生日贺卡，查出所有热情的意大利词，不管语法对不对，工整地写下，双手献给玛莎。

无论货车司机写下了什么，这是一封“赤裸裸”的情书，足以让我警惕。

老师

我是唱歌的，耳朵敏感，还学了用不同语言唱歌剧，所以对发音有一种迅速的反应能力。玛莎是做科学的，对任何新事物都有要理解透彻的习惯，用逻辑思考。我学意大利语靠听，像我们家的鹦鹉卢克一样，学舌，不停重复，然后就能胡说了。玛莎是从语法认真学起，对整个句子的结构一定要弄明白，写下来，记住，再学发音说话。

我来到意大利，没几天就可以结巴地用意大利语对话，敢讲，一离开意大利就开始忘。玛莎的意大利语的发音也许没我好，但说出来一句是一句，永远用的是正确的语法。我们是同一个老师，学法完全不同。我在家学，她去学校，老师来了跟我就是对话，教玛莎就一本正经学语法。

老师叫佛兰切斯卡，佛罗伦萨人，意大利语字正腔圆，就像我们北京人讲普通话，听着就正。

老师很年轻，三十岁出头。脸长得像四十多岁，往下垮，估计跟抽烟有关系，脸色总是有点灰暗。佛兰切斯卡的头发经常是直直的，短发，随意两边一分。不觉得她化妆，衣服领子经常扣得很紧，样式保守，没穿过什么新衣服，也看不出有什么爱好，工作起来极其认真。佛兰切斯卡个子挺高，经常要在学生面前弯着腰弓着背，指着书本上什么地方。她是那种规矩谨慎，不富裕也不穷，安静过日子的意大利人。

佛兰切斯卡是个好老师，好老师就会关心学生，关心我们学习的进度。她总觉得我不讲究语法是个遗憾，但经常被我的"胡说八道"逗得哈哈大笑，最后接受了我是个另类学生的现实，想尽办法帮助我的口语。估计她的学生中只会说，不会读写的就我一个。

我们一年后回到佛罗伦萨来唱歌剧《弄臣》，又开始跟佛兰切斯卡学习，突然发现她整个是另一个人了。又开朗，又多话，头发飞着，领子扣敞着，脸色红润，说话声音大了一倍，还特别喜欢笑。佛兰切斯卡变成一个女性十足的老师，浑身散发着一种怒放的热情，像盛开的花朵。一问，交了男朋友。

吉诺·贝基

吉诺·贝基是佛罗伦萨人，他是意大利最著名的男中音之一。从 20 世纪的 30 年代开始，贝基大师在意大利和欧洲歌剧界就是闪闪发光的人物。他不但跟当时所有的歌剧明星一起主演歌剧，还跟像玛利亚·卡拉斯这样的巨星拍过歌剧电影。佛罗伦萨歌剧院是他起家的地方，以他为荣。我很幸运，1981 年的 7 月，在北京成为他的学生。

贝基是中国政府邀请的第一位意大利歌剧大师，来中国开大师课，那时他已经七十多岁。到达后的第一天是在中央乐团公开考试，甄选学生。我那时根本不会唱歌剧咏叹调，歌剧是怎么回事都不知道，也没看过，只是一个普通的合唱队员，可就想跟他学习。考试是在中央乐团排练厅，几百人坐在那儿旁听，场面可怕。我唱了一首舒伯特的艺术歌曲《魔王》，居然被贝基选中做他的九个学生之一，那是我真正接触歌剧的开始。

大师给我的第一份作业是咏叹调《她从来没有爱过我》，威尔第歌剧《唐卡洛》里菲利普国王的唱段，是男低音最难的唱段之一，专业的歌唱家都不容易唱好。贝基说他在北京只有两个月，来不及帮我从最简单的作品上课，就从最难的开始。

我六天都没睡好觉，每分钟都在想办法学这首曲目，没有人可以真正地帮我学习，这是一首整整有十二页谱子的咏叹调。六天以后，我当着五百多全国各地来旁听的人，结巴又痛苦地为贝基演唱了《她从来没有爱过我》，唱完紧张得人也快垮了。大师盯着我说："你唱得难听极了，语言也乱七八糟，风格更不对，但我愿意帮你。"大师降低了嗓音，继续说："谁知道，也许你将来会唱这个角色呢？"

大师说着了，二十年后的2001年，在意大利的热那亚歌剧院，我第一次演唱了《唐卡洛》中的菲利普国王。当时我特别想找到贝基大师，请他来看我的首演，算算那时他是九十多岁，也许还健在？得到的消息说大师已经在两年多以前去世了。

记得贝基在北京跟我们闲聊时，说他在佛罗伦萨的房子有十八个窗户，他很喜欢自己擦那些玻璃窗，觉得非常享受。

刚到佛罗伦萨时，有时我会在巷子里张望，抬头看看哪个房子有十八扇窗户，也许就是贝基大师的家呢？

我和玛莎在佛罗伦萨逛小巷时，会看到意想不到的建筑，会出现一些可爱的小店。很多小店的主人就住在楼上，店面不大但会有非常特别的商品，可以感受到主人的性格和品位。店主看到你喜欢他们的商品会高兴得要命，跟你聊起来没完，价格再说，减价卖给你还会觉得不好意思。

有一天我们走在一条窄窄的巷子里，下过雨，石板路面光滑闪亮。一拐弯儿，我突然看到一个店铺不大的橱窗里摆着一张吉诺 · 贝基的照片，旁边是些旧唱片，一个柜子式的老唱机，还有一架手风琴。

我一阵激动，和玛莎走进小店。小店专卖旧唱片，还有一些老乐器，黑黑的店铺显得是个老铺子，不大，也就十几平方米。我们进来时店里没人，等了一会儿，一个戴着眼镜的中年男子出现，一看脸就不像个做生意的。我马上就问他怎么会摆着贝基大师的照片，并告诉他二十多年前我在北京跟大师上过十三节声乐课，他是我的歌剧启蒙老师。中年人高兴得不行，说他是贝基多少年的崇拜者，橱窗里大师的照片是不卖的，还有贝基的留声机，就为了纪念他，提醒人们永远记住，贝基大师是佛罗伦萨人。

惊喜的是，店主说跟贝基大师夫人和一家都非常熟，可以帮助我们联系他的家人，我们当然愿意。当年贝基大师访问中国的时候，他的夫人一直陪伴着他，我们三个人在长城上还有一张合影。

过了两天回信来了，大师的夫人已经九十多岁，身体不舒服，不能出门，不过大师的女儿愿意跟我们聚聚，就选在那个小店见面。

聚会很温馨，店主还摆上几个酒杯，开了一瓶香槟。大师的女儿也六十多岁了，带了一本相册，是她父母在中国时的记忆，翻了几页后，我一眼看到我和大师与夫人在长城上的照片，整整二十年了。

吉诺 · 贝基大师的访华，精彩的大师课，让当时国内声乐界关于什么是意大利美声唱法的争执，暂时平息了一段时间。也许，无论美声、民族、流行、现代与古典，美好的声音和感人的歌唱，应该是最重要的追求。

斯宾诺拉

我在佛罗伦萨演唱《塞维利亚的理发师》的第二场，又出现一位斯宾诺拉侯爵！

这个意大利著名的大家族到底有多少后代，估计没有人可以统计出来。我们在阿根廷的好朋友莫妮卡那边至少有几十个斯宾诺拉。玛莎的干女儿诺拉嫁给斯宾诺拉，那一条线也会有几十人。现在，莫妮卡又给我们介绍了一位住在意大利都灵的斯宾诺拉，叫罗德里克 · 斯宾诺拉，不知道这一支又会有多少人。

罗德里克四十多岁，个子不高，精力充沛，看样子喜欢运动，动作敏捷迅速。他说话声音不大，但热情洋溢，语速极快，有主见，不废话，很有条理，是一个可以做决定的人。罗德里克关心朋友，会认真地听你讲话，认真地帮助你。他是一些世界性的基金会和组织的理事，因为他讲得漫不经心，我们并不清楚他具体负责什么，好像其中一个国际组织专门救助流浪狗。他对我们的热情可以看出他很喜欢交朋友。据莫妮卡讲，罗德里克在阿根廷的布宜诺斯艾利斯住过，他家的派对永远是城里最有意思、最吸引人的社交场所。罗德里克对歌剧不只是熟悉，而且是热爱。听莫妮卡说我正在演出《塞维利亚的理发师》，第二天就出现在佛罗伦萨歌剧院。一场歌剧看完，开朗的斯宾诺拉侯爵跟玛莎已经无话不谈。

罗德里克人还未到，先快递给我们一个礼物。我们还没收到过这样的礼物，是包得漂亮极了的一大盘一流的蔬菜，摆得很精致，有番茄、菜花、红萝卜、芹菜、黄瓜等，打开就可以生吃。

这位斯宾诺拉开了一辆很普通的大众牌旅行轿车，开了三个多小时，从都灵过来。车里卧着一条黑色的拉布拉多犬。狗显得苍老，脸已花白，跟妞妞见面也就摇摇尾巴表示问候，无力跑动玩耍。罗德里克说这是他收留的一条流浪犬。

演出第二天，罗德里克开车带我们到佛罗伦萨郊外的托斯卡纳丘陵去散步。我来到这里后，一直就专注在《塞维利亚的理发师》的排练和演出中，还没上过山。即便是冬季，也觉得这里真美，尤其是远望佛罗伦萨，一片红色屋顶上耸立出的大教堂，还有周围漫山遍野起伏的葡萄园和橄榄树。在弥漫的雾气中，隐隐地能看见远近山峦上的城堡和农庄，童话般地时隐时现。一下子明白了为什么托斯卡纳山谷是那么迷人。

罗德里克约我们去都灵他家度个假，邀请的口气是不容拒绝的。我们说有狗不方便，“绝对没问题！”他迅速地回答。我们刚说租车开过去，“我会有个司机开车来接你们，下一场演完你们先休息好，第二天下午 3 点，司机准时到，晚上跟我父母一起吃饭。”他马上告诉我们，一切就这样定了。

第三场《塞维利亚的理发师》演完以后，第二天准时 3 点，一个司机出现了，也开着一辆大众车，接上我们和妞妞，三个多小时后到了都灵。

我们到达都灵市的郊区时，天已经开始黑了，还能看清楚我们到了一个庞大如城堡的建筑物前，穿过一个城门般的入口，进到一个宽阔的院子。第二天天亮以后我们发现，这是一个大庄园。

罗德里克一家都很低调，他自己的住处正在装修，他说是他的“公寓”，我们进去转了一圈，被镇住。“公寓”至少有几千平方米，还有自己的音乐厅和小教堂，都在装修中，很多老门窗都堆积在各处，等待修复，令人好奇他将如何让这几百年遗留下来的古迹再次重生。我们住在他母亲这边的一个卧室，发觉这就是一座城堡。据说为了防患战争，让这座建筑可以抵御任何种类的进攻，窗户都是一两尺大，开在至少一米厚的石头城墙上，说是射箭用。

罗德里克的母亲和我们吃了一顿晚饭，和颜悦色地讲了很多歌剧。后来我们知道他们家是都灵歌剧院主要的赞助者之一。他们的饭厅墙上有许多画作，我和玛莎都喜欢几张小小的画，每一幅上面都是一棵树，很细的黑笔画出每一根枝杈，密密麻麻，树的形状显得非常有个性，没有树叶，极细的笔触，每一笔都准确到极点。整个画面显得非常的安静。

2016 年，我跟国家大剧院去都灵演出《骆驼祥子》，罗德里克特别遗憾他不在意大利，去了欧洲一个国家参加环保大会。可惜了。我和玛莎特别想去看看他的“公寓”装修得怎么样了，那些老门窗还有他的音乐厅。我的专业毛病是：进一个音乐厅就会试试那里的音响，然后就想在那里开音乐会。

公爵与侯爵

我们后来回到佛罗伦萨演出歌剧《弄臣》的时候，两场演出之中有三四天的休息，罗德里克知道以后马上建议我们跟他一家去威尼斯度个假，住两三天。我们都没去过威尼斯，当然答应。没想到跟着斯宾诺拉侯爵去威尼斯，是住在一个公爵家里。

意大利公爵其实就是国王的意思。在意大利共和国成立之前，这个国家是由不同的大公国组成的，我们去的这个家族，就是过去某大公国的公爵。

去过威尼斯的人都知道，那些河道和海湾的边上都是四五层楼高的连体建筑。在外面看不见，这些建筑的后面是一个个巨大的庭院，很多就是过去的宫殿。我们就在公爵的宫殿之一住了三个晚上。公爵府的建筑高大但很旧，里面的大厅、走廊和卧室都是几百年前建筑的风格，不少地方墙皮剥落，露出黑色的砖石，需要重修，但辉煌的痕迹到处可见。大理石的门廊和墙柱仍旧威严，墙上的巨幅油画都镶着雕刻精美的框架，即便年代久远，画框需要修复，油画大都色彩变深，还依然给人一种贵族世代庄严的历史感。周围走动着的仆人都穿着黑色礼服，可以看出礼服并不新却熨得笔挺，每人都戴着洁白的手套。睡房里床上的被单和枕头雪白得耀眼。

晚上，我们被一艘游船接到海湾对面的一座临水的楼房里去吃晚饭。船上坐着威尼斯歌剧院的院长，年轻的公爵和侯爵们，还有他们的夫人。游船行进的时候，有一位男士侧过头来，说听说我是歌剧演员，我说是的，他又注意地看了我一眼，问我真的是中国人吗？我说当然，我就是中国人。“纯中国人？”他又问。“纯的。”我回答。

意大利的贵族们很好奇他们的歌剧与中国的关系。

游船直接开进一座建筑，下船就是另一个公爵家的饭厅。窗外是美丽的威尼斯夜景，灯火和海水一起起伏，波纹上是一望无边的彩色星点。晚饭一道道上来，餐具和杯盘上都有家族标志。送菜上桌的白手套仆人们，动作流畅地穿梭在每一位客人、酒杯、蜡烛与鲜花中间。

年轻的公爵和侯爵们每个人都保养得很好，皮肤晒得黝黑，动作彬彬有礼，穿着裁剪合体的西服。他们都在美国或欧洲的名校毕业，博学广闻，经历又丰富，话题广泛，唯独对中国几乎一无所知，所以对我们的经历和中国的事情都听得非常专注。他们中唯一去过中国的就是罗德里克。玛莎讲香港，我讲北京。当然，我对意大利历史的了解基本来自意大利歌剧和小说，那已经比他们对中国的了解多很多。每逢类似的时刻，我就在想什么是最好的方式去了解对方呢？也许就是歌剧。

我在意大利已经演出过两部中国歌剧，《骆驼祥子》和《马可 · 波罗》。每一场演出都是满座，能感觉到意大利的观众看中国歌剧时，认真地看进去了。

普契尼歌剧《图兰朵》里面有中国的传说，还有中国民谣《茉莉花》的旋律，也许是意大利人对中国的第一印象。

贵族们总喜欢听歌剧院的故事，威尼斯歌剧院院长跟坐在他旁边的玛莎和大家说到某一年威尼斯发大水，水位线涨高了几米，淹到歌剧院座椅的高度，演出照常进行。所有观众的两条腿都泡在水里看戏。那个水位的标志，至今还刻画在歌剧院的墙上。

这座大公爵府在第二次世界大战的时候，曾经被德国纳粹军队占据，作为他们在意大利的司令部。德国战败投降后撤出时，一个军官临行前举枪对一个人形雕像连开两枪，主人指着雕像脸上两个清晰的弹孔给我们讲故事。这个建筑里一共有两座巨大的雕像，每一座都有两层楼高，应该是意大利最著名的雕塑家贝尼尼的作品。当年是花了两个月从意大利南方运到威尼斯，把这座楼的楼层都拆了才安置进来的。雕像用整块白色大理石雕成，一男一女。

我们从威尼斯的贵族生活回归到佛罗伦萨的“平民”时，我一下子觉得轻松很多。“物以类聚，人以群分”，我还是在歌剧里扮演公爵和侯爵就好了。

“各位晚安”

《塞维利亚的理发师》演出结束后的第二天早上，我和玛莎带着妞妞沿着阿尔诺河散步。走进街边的一个小店，玛莎一眼看到她最喜欢的意大利手工棉制品，那些精致的围裙、小毛巾、桌布和餐巾之类，都是用最好的意大利棉布做的，马上想到可以买几件带回纽约送朋友。

店主先生看上去就是好脾气，个子矮胖，圆滚滚，六十多岁，头上没剩几根头发，脸颊鼻头红通通。他脖子上挂着一根布尺，肩膀上搭着一条毛巾，挽着袖子，快乐地搬出各种手工棉制品让玛莎挑。店铺朝南，不大的屋子里满满的阳光。

靠门的光亮中坐了五六个意大利老妈妈，一看就是街坊，穿着朴素整洁，进来坐坐，闲聊着。她们很感兴趣地看玛莎在买什么，会忍不住插话帮老先生介绍商品。当她们知道我是歌剧演员时，马上都“啊啊”地发出惊奇的声音，玛莎又告诉她们昨天晚上我刚在歌剧院演完《塞维利亚的理发师》，惊奇变成惊叫，老妈妈们马上集体要求我唱几句，“请唱歌，请唱歌吧！”

当我一张口唱出巴西里奥那著名的高音E“各位晚安”时，全屋的老妈妈们马上异口同声地跟我一起歌唱，唱得兴高采烈，屋子里的阳光都晃了起来。每个人都知道歌词的每一个字，每个人的发声都是佛罗伦萨的味道——美声唱法。

采购完毕，告别了美声老妈妈们，我们回到阿尔诺河边，继续闲逛，向老桥方向走去。

老桥依旧

“轰——轰——轰——”身后远远地传来重型摩托车的声音，越来越近。河边的人行道不宽，我有意识地挡在玛莎旁边，让摩托车开过去。

重型摩托越过我们后，摩托手一偏头看见我们，踩下刹车停住，慢慢地倒了回来。

摩托车手穿一身黑色的皮衣，戴一个黑色的头盔，头盔上有一个黑色玻璃面罩，把他整个脸全都罩住，看上去是一个强壮的家伙。我拉着玛莎站住，盯着摩托车手，只见他把摩托车慢慢地退到我旁边，在机车低沉的轰鸣中，“啪”地把黑面罩往上一推，眼睛在浓眉的缝隙中盯着我们。这是一个满脸胡茬子的意大利糙汉，有点像个黑道人物。

我的脑子迅速地转着，在想这个家伙是要找茬挑衅还是要拦路抢劫？我心一横，要打架就打架吧！

“你就是昨天晚上在歌剧里唱巴西里奥那个歌手吗？”糙汉的声音也糙。“轰——轰——轰”摩托车低沉地吼着。

“是，怎么着？”我不想示弱，声音并不友好。

糙汉顿了一下，眯缝起眼睛看着我。

“唱得太好啦！！”糙汉糙声地说，然后把黑面罩往下一拉，拧了几下车把，重型摩托车“轰——”地震耳一吼，脱缰似的向前冲去，很快就消失在远方。

我们继续往前走，远方就是老桥。老桥比歌剧还老，有将近上千年的历史，没变过。

这就是佛罗伦萨。

美声老味道

在意大利的佛罗伦萨歌剧院演出《塞维利亚的理发师》时，我认识了一个中国小伙子 C。C 个子不高，肩膀头和小腿肚子的肌肉都鼓鼓囊囊的，很结实，在佛罗伦萨自费学唱歌，是个本钱不错的男中音。他不是一般地痴迷歌唱，是酷爱。C 是哈尔滨人，去俄罗斯上了几年学，讲一口流利的俄文。后来移民到加拿大，在多伦多上音乐学院学声乐，又能讲一口流利的英文，兼做些中英意翻译之类的工作。后来娶了一个加拿大姑娘，是学唱歌的同学。因为他就想唱歌剧，折腾了一大圈儿，放下一切，跑到佛罗伦萨学唱歌，然后就出现在我的化装间，认识了我。

小伙子住在佛罗伦萨城外的山上，不知怎么住到一个意大利大学农业教授的家里。老房子老窗加老门，整个房子够大，自己住一头，像个独门独院儿。周围是橄榄树，还能看见远近的葡萄园，环境很美。教授有一辆很旧的小车，成了 C 的交通工具，经常拉着我满城飞，熟门熟路，多窄的小街小巷都能不带减速地出入自如。小伙子虽然没什么钱，但活得富裕。

C 的声音真的不错，浓浓的音色，音量不小，歌唱语感也好。但他的声音总有点僵，喉咙那里使的劲儿不对，让他的歌唱显得吃力，影响到高音，男中音没有好的高音不行。已经学了很多年唱歌，缺一个突破，自己也苦恼。他三十几岁，不小了，而且已经成家，太太读了唱歌的学位，觉得两个人都在歌唱上挣扎不行，又开始读一个地质学的学位，想着将来找工作能继续支持中国先生的歌唱事业。C是个乐观的小伙子，但也着急，急一阵子又回到乐观。看见漂亮女孩子更乐观，眯着眼睛放光，是个多情的种。嘴形长得不错，说话时向前撅出，估计是个接吻老手。

C总想唱给我听，给他些建议。我有时在歌剧院排练之后找个琴房，跟他工作一下。我还挺喜欢跟他工作的，一个是发现这个小伙子修养不错，是看书的人，而且用脑子。还有就是我发现他的歌唱中有一种非常特别的味道，很吸引我，是一种好听的、用文字无法形容的声音，不俗。最让我注意的，是他的歌唱中能有那种咬字很连贯的句子，能拉住人的感觉，这不容易。我以为这是因为他能讲流利的意大利语，后来发现跟他的意大利声乐老师有关。通过C，我认识了他的老师法兰克·帕里亚奇。

法兰克是佛罗伦萨人，原来是个男中音，后来改唱男高音，比我大十岁左右。他在佛罗伦萨歌剧院唱过几个男高音角色，不多，后来就开始在家里教唱歌。跟他学习的几乎都是亚洲人，全是二十来岁，日本女孩为主，很多是还没有什么声音的初学者，都带着一种对意大利的朝圣心理，不远万里来到佛罗伦萨学唱歌。因为这里是意大利歌剧的故乡，一说是在佛罗伦萨学唱歌剧，那会令人非常羡慕。

我去听过几次C的声乐课，后来就开始跟法兰克上课，成了 C 的“师哥”。

我那时就想学一些最传统的意大利发声方法，那种我们叫“意大利老私塾”的歌唱技巧。按说我已经唱了很多年的歌剧，在纽约大都会和欧洲不少剧院唱过很多角色，是个成熟的歌剧演员。很多歌手合同多了，都不会再找声乐老师上课。首先是没时间，还有就是觉得自己的声乐技巧已经成熟，不再需要老师。我认为歌唱技巧必须要随着年龄的增长、生理的变化、曲目的变化，而持续地改进。

我在纽约大都会歌剧院演唱的二十年中，一直都有声乐老师，只要在纽约，我就会坚持上声乐课。老师的耳朵对歌唱家很重要，能听出你的问题，帮你解决。我在大都会演出时，老师会去听，第二天就跟我讨论演唱中的问题。

当我对意大利美声的老唱法越来越关注的时候，法兰克出现了，他那双佛罗伦萨的耳朵正是我需要的。

跟法兰克上课，我特别感兴趣的，是他教的那种非常自然，线条平稳，又明亮又集中的声音。喉咙是完全打开，没有挤压，声音永远坐在呼吸上。

这，就是我要找的意大利美声唱法的“老味儿”。

说美声唱法的“老味儿”，除了发声的技巧，非常重要的还有怎么咬字，怎么分句，怎么把字与字、音与音唱得连贯。Legato（连贯），是美声唱法灵魂性的成分之一。还有，怎么运用滑音，一个乐句怎么起音怎么结尾，在什么音上给一点什么样的语气，所有这些都可以说是美声唱法的学问。有书吗？有，但是靠看书学习最传统的美声“老味道”？没戏！

有一个招数可以分享：感受最传统的意大利美声，可以听六七十年前的老唱片，意大利歌剧大师们的演出实况，录音和录像。仔细听，一句一句地听，如果可以模仿一二，有点像，有点感觉，就好。顺着学下去，会有收获。这些录音也是老师。

如果遇到一个好的老师，学费收得合理，那就要多上课，粘着老师学。不需要为老师端茶倒水打扫庭院，但需要时刻地揣摩。秘诀不只在发声，还在语言中，在观察中，在感觉中发现老味道。这种味道也跟老电影、老文学、老画、老雕塑等息息相关。佛罗伦萨就是老味道。

我是法兰克的学生中唯一的一个专业歌剧演员，又在佛罗伦萨歌剧院中担任主要演员，对法兰克来说，这让他感觉很骄傲，给我上课时特别认真，还总延长上课的时间。有时我都不好意思，因为下一个上课的学生已经进来很久，尤其是那些客气到了躲躲闪闪的日本女孩，在那里站也不是坐也不是地等着。

法兰克教课时用的语言非常简单，没有任何大道理，不用任何复杂的名词。他最常用的一个词就是“自然”（Naturale）。

他经常使用的动作，是一听你发声的呼吸有问题，就拽过你的手，放在他的大肚子上，大声地示范演唱，让你感觉他是怎么呼吸的。也许是由于他的肚子不但很大而且结实，他的吸气方式并不能明显地从触摸上感觉，但可以从声音上听出。他呼吸方式给我最实际的启发，就是“自然”。歌唱时的吸气其实很重要，不能多也不能少，吸到就够了，自然地吸气就不会堵在胸部，不会挤到喉部，也不会撑到肚子。坐在呼吸上的声音应该就是平稳的，不会摇，不会抖，自然地流动。

跟法兰克上课，我最要听的是他的示范，尽可能地努力模仿，那是真正的意大利美声传统的声音，声音里有一种金属般的泛音，穿在又浓又圆的音色里，在面罩（Mask）中的高位置，向前传送。坦率地说，那种美声唱法传统的味道，现在已快失传。

有意思的是，跟法兰克上课，会让我想起十六岁时在北京锅炉厂学徒的经历。我的师傅活儿干得极棒，大字不识，说话没几个字，怎么抡大锤也不教你，跟着他抡就是。什么电焊、切割、剪板机，师傅从来没讲出过道理，就跟着他模仿。学唱歌就是模仿，悟性从模仿开始。

我的每一节声乐课，C 几乎都在。他听课的劲头比我还认真。我听不懂的时候他是翻译，我和法兰克对一个作品或者一个发音位置需要交换意见的时候，他不但两边翻译，还会参加讨论，有时忍不住就唱起来，一堂课三个人上。而且他总要求做我的司机，开着他随时会抛锚的车，接送我上课。

有一段时间，我发现小伙子唱歌的时候声音变厚了，说话也变得低沉，唱得很重时高音开始偏低。最后找到原因——C 在模仿我歌唱和说话的声音，他说要找我歌唱的感觉。我是男低音，说话的位置当然比他低沉，歌唱的音色也比他的厚。我不断地提醒他，禁止他对我说话和歌唱音色的模仿。为了帮助他改正这个新的“坏习惯”，跟他说话，我还有意把说话位置提高，差点影响了我的歌唱状态。

模仿不能乱模仿。

法兰克的学费收得不高，五十欧元，属于低的。也许跟他不是歌剧院的声乐指导，也不是音乐学院的教师有关，学费收不高。我没看到过有意大利人跟他学习，还发现意大利人学声乐的越来越少，外国学生越来越多。没过几年，意大利音乐学院里的中国声乐学生急剧增多，已经超过韩国和日本的学生。

法兰克的家在佛罗伦萨市区的一座战后建的楼里，有两个卧室，一个客厅，不大。家里没有贵重的家具和古董，但一眼看过去很实在，窗帘、墙纸、实用的摆设，都是意大利传统家具和装饰的老味道。干干净净，整整齐齐。可以感到主人对自己的生活状况很满足。墙上有法兰克早年的演出剧照，英俊挺拔，站在那里的姿势都老范儿，很“自然”。

有时我会感觉到，法兰克在教一些根本不可能有希望的亚裔学生时，表情多少会有些无奈。那么美声唱法传承的未来到底在哪里呢?

《塞维利亚的理发师》公演的时候，法兰克和夫人去看了我的演出。演出结束谢幕后，他们来到我的化装间。法兰克穿着很整齐的一身西装，理了头发，脸刮得特别干净。可以感到他很激动，也显得有点失落，人有点拘束。这毕竟是他演出过的剧院，我的化装间十年以前里面坐的也许就是他。法兰克是男中音的时候合同还是不少，改唱男高音以后，事业就开始下滑，一步走错，想必他心里会有一种永久的遗憾。来到这个见证了他歌唱事业兴衰的剧院，感觉一定很复杂。

佛罗伦萨歌剧院又给了我一年以后唱威尔第《弄臣》的合同，我和玛莎都很高兴，能回到可爱的佛罗伦萨，还能继续跟法兰克学习。

回到纽约，我找出跟法兰克上课的录音，能听出我的声音的确有了一种变化，歌唱的方法和语音的运用，都明显地多了意大利美声时代的味道。

当时我正在准备录制一个歌剧咏叹调的CD，曲目中主要是威尔第、贝里尼、罗西尼的作品。我感到必须要在传统的美声唱法方面再下一层功夫。发现自己的日程有两个星期的空，就跟玛莎商量回佛罗伦萨去跟法兰克上课，面对面地学习。

玛莎给我找到特价机票，便宜得让人吃惊，纽约—佛罗伦萨来回才四百多美金，是平常票价一半的价格。节约的钱可以跟法兰克上十节声乐课。

三天后我告别玛莎，重归意大利。

C开着老爷车兴高采烈地来接我，穿过已经蒙上一层金黄暮色的佛罗伦萨城区，上了很窄的盘山道，沿着一路的橄榄树和葡萄园，弯弯曲曲地来到了他住的农舍。这两个星期我会住在这里。C给了我最好的房间，在楼上。这是一个至少上百年的乡间农舍，非常可爱。墙是老砖垒的，地是石头拼的，屋顶很高，木头横梁粗壮质朴地撑着天花板。我放下行李箱，走到漆成深绿色的木头百叶窗前，一推，佛罗伦萨带着斑斑点点的灯火和山野间的晚风一起迎面而来。

橄榄树在晚风中发出轻轻的声响，可以听到虫鸣和鸟儿朦胧的低语，遥远的什么地方传来几声晚钟，有金属般的泛音，穿在又浓又圆的音色里，非常轻，非常“传”。

上午11点，我准时到了法兰克的门外，听到里面正在上课。法兰克大声地做着发声的示范，一个细声细气的女声在努力模仿，声音发直，听上去耳熟。虽然已到我上课的时间，但我不想打断屋里的课，能想象那个瘦弱的日本女孩子一定想多唱几句；回来的第一课，又不想迟到，正犹豫时，门开了，法兰克高兴地站在那里。

“请进！欢迎回到佛罗伦萨！”法兰克大声地说，声音圆润，有金属般的泛音。

美声老味道。

石灰岩上的歌剧院

序幕

“田先生，早上好先生！田！”

有人叫我？我看看四周，挺长的一条街，阳光下没人，阴凉里也没人。

“田先生！我在这里！这儿！”

左前方一座楼房的二层阳台上，有人向我招手，指了几下楼下。

“嗨，你好！”我也挥挥手，打个招呼，那个人看来想跟我说话，我就向那个楼走去。

在大门口迎接我的人不认识，像个生意人，中年发福的身材，头发梳得一丝不乱，西服革履打着领带，很客气。我抬头看到大门上方的招牌是一家银行，但这个四层小楼的外表实在就像个住家。

陌生人自我介绍是约瑟夫，客气地问我有没有时间聊几句，我说当然可以，就被请进银行的会客室。我心想不是找我投资吧？那他可找错人了。

这位先生说话也干脆，几句话我就听明白他是怎么回事了。

戈佐的《麦克白》

我们来之前以为是在马耳他首都的歌剧院演出，也查过，知道马耳他是岛国，五十多万人，在地中海中心，靠近意大利。

我喜欢去没去过的地方唱歌剧。没想到在马耳他下了飞机又上了轮渡，在海上行走半小时后，我和玛莎被放在一个叫戈佐的小岛上，花了些时间才从接我们的人那里弄清楚——我们是在戈佐岛演歌剧。

我还从来没有在一个岛上演过歌剧。这真是个小岛，只有十几平方公里，人口两万多。岛上倒是有几条公路，才两个红绿灯。最神的是，就这么个小岛，却有两个正经规模的歌剧院，都是一千多的座位，都有创立几十年的历史，专门演出意大利和法国的大歌剧。两个歌剧院斜对门，在同一条街上，每年挤在一起演歌剧。你演完我演，我演完你演，比着演，看谁的制作好，谁的演员阵容厉害，歌剧成了岛上的大事。观众分两大阵营，来自两大家族，每一边都有几千狂热的支持者。其他观众哪儿来的都有，马耳他首都的人会来，意大利人会从西西里飞过来，还有欧洲的游客。大家来看歌剧，也是来看歌剧“龙虎斗”的。

我们是来戈佐岛演威尔第的《麦克白》，主要角色的演员都认识，以前在美国就合作过。演麦克白的是我的黑人哥们儿男中音迈克·拉科，女主角是帕梅拉。帕梅拉在纽约曼哈顿住，导演巴歇塔也住曼哈顿，我们在不同的歌剧院一起演出过几部歌剧了。剧组的人一熟，排练和演出的压力就少一半。这次每场演出的酬劳很少，我和玛莎还是想来。有档期，没压力，喜欢《麦克白》。而且我在这里结束就去以色列演出，离这里不远。再有就是想换换环境，来一个一辈子可能都不会再来的地方。

我们这组人很快就引起了整个岛的注意。歌剧演员在这里地位不一般，想认识我们的人越来越多。我们是在戈佐岛的阿斯特拉歌剧院演出，所有认识的人都跟这个剧院有关。不是在这个剧院里工作的，就是这个剧院的支持者，或者是跟这个剧院有关的家族的成员。

没几天我们就发现这条街上还有一个歌剧院，叫奥罗拉歌剧院，每天排练都会经过。那里也有一大帮人。同样，这些人不是在那个剧院工作的，就是那个剧院的支持者，或者就是跟那个剧院有关系的家族的成员。

两个歌剧院马耳他政府都支持，都给钱，觉得促进了歌剧文化的发展，又吸引了游客，都是好事。再加上戈佐岛的人极其善良。剧院如此对立，彼此却从不对骂，不会打架，不会说对方的坏话，也绝不来往。

戈佐的两大家族各有自己的俱乐部和鼓号队，逢年过节两边都会游行庆贺，各自的队伍都是鼓乐齐鸣，彩旗飘飘，又唱又跳的，热闹至极。最后发现能把对方镇住的方式还得是歌剧，大歌剧。于是两边都盖了歌剧院，模仿意大利的建筑风格和装饰，像模像样，就开始比着演歌剧。

这边演威尔第《茶花女》，那边就演比才《卡门》。这边刚宣布演《纳布科》，那边马上宣布演出《奥赛罗》。两个剧院都争着请欧美的演员，尤其是在著名歌剧院演出的歌唱家。纽约大都会歌剧院是个大招牌，宣传起来能把对方镇住，我们就被万里迢迢地请来，为阿斯特拉歌剧院助阵演出《麦克白》。

这两个歌剧院运作方式一样。从院长到钉布景的、做服装的、办公室的、合唱队、舞蹈队，所有人都是兼职，各行各业都有，医院的、幼儿园的、做装修的、家庭妇女等等。大家都是下了班就跑来歌剧院无偿地干活儿。不管是白领的蓝领的男女老少，每个人都努力地帮助自己的剧院，一定要做得比马路对面的好。阿斯特拉歌剧院院长朱瑟夫是一个大胖子，平时是律师，歌剧院有任何跟法务有关的事就是他的义务，不收费。

邀请我们的歌剧院知道我们的演出酬劳不多，就想尽办法照顾我们。院长朱瑟夫用律师的三寸不烂之舌，说服了岛上最好的度假村酒店做赞助。我们签到住进这个酒店时，发现这是一个非常舒适的五星级酒店，简直像来度假。所有的房间都是独立的，平层，有自己的小花园和游泳池，到处栽种着鲜花，不远处就是大海，蓝的不能再蓝的大海。

住在岛上，我就总想，这么个小岛淡水从哪里来呢？排污往哪里排呢？两万人用水一定很厉害。后来发现这里有很科学的储水装置，会有效地收集雨水，转化成生活用淡水。排污是经过严格处理过才会排进大海。有一次有人在海岸的悬崖上指给我们，能看见在海面下，有一排巨大的管道口，说这就是岛上部分排污管道。

我们在戈佐连排练带两场演出一共待了二十天。我和玛莎越来越喜欢这里，甚至说了几次将来退休搬到戈佐来。

整个岛上的建筑几乎都是石灰岩造的，就在本地取材。到处是自然色的石灰岩：教堂是、住宅是、墙是、柱子是、楼梯是、地板是、厕所也是。很多工艺品、室内的装潢也都会用石灰岩。周围的一切都是那种令人非常舒服的淡米色。这种颜色既不刺眼，又跟绿树和鲜花是绝配，太阳升太阳落都好看。还有就是让大海的湛蓝一衬，美得让你根本挪不开眼睛。

戈佐岛上的人太好了，具有一种跟世界完全无关的善良，我们那时觉得这里是地球上最后一个纯洁的地方。

首先，戈佐岛上是零犯罪率，请注意，是零！还有，我们到处看见钥匙插在汽车的门上，没人。到处看见钥匙插在住家门上，也没人。还有还有，路上遇到人，无论男女老少、认识不认识，一定是先跟你笑然后问你好。

歌剧院就像是一个大家庭，热闹至极。排演一部歌剧好像在一起准备大聚会。就算是要跟马路对面的歌剧院对着干，每个人也都高兴得像是要过节，准备工作有条不紊。在小排练厅排了大约一个星期后，我们马上就要进剧场在舞台上排练，整个舞台制作团队的人动作都快了一倍，到处是迅速的敲打声。主要的舞美制作负责师傅是戈佐岛政府文化部部长，那边办完公就马上奔过来干活儿，最忙的地方准能看见他。只见他胡子茬上都是灰，穿着破工作服，锯木头钉钉子，不停地刷油漆。他要保证我们进剧场排练时能用上布景。

一切都要就绪，突然，我们的男主角麦克白，我兄弟男中音迈克不干了。

“我不进去，这个剧场到处发霉，你们闻闻这霉味儿，我嗓子受不了，过敏！”迈克和他妻子赛迪，坐在剧院大门外的台阶上，一脸的不高兴，拒绝进剧院。

我非常同情迈克，但不知道怎么帮助他，因为我没有闻到霉味儿。

剧院的管理人赶快打开所有的窗户，甚至搬出风扇吹，迈克还是摇着头坐着不动。我们都站在周围，看看剧场看看迈克，他是第一主角，没他我们无法排练。

迈克跟我以“兄弟”互称，他个子不高，很壮，属于很黑的黑人。迈克永远穿黑色的衣服，无论春夏秋冬，毛衣、夹克、大衣或是短袖T恤衫，都是黑色。迈克告诉过我们他是生在芝加哥最穷的黑人区，知道什么是最底层的生活。我和玛莎都感到他是一个极度敏感的人，尤其对任何有关肤色和种族的事儿，都会有很强烈的反应。迈克能成为合同很多的歌唱家，是因为他的声音很有力量，虽然不是那么好听，却是一个可以唱非常戏剧性角色的男中音，这种歌唱家很难找。迈克从来不缺活儿，美国唱得多，欧洲少。他在大都会歌剧院第一次演出是《阿依达》，扮演阿依达的父亲、埃塞俄比亚王阿姆纳斯特罗。这是一个很重要的深色皮肤角色，白人演员演，就要涂黑一些，黑人演员能演这个角色的不多。迈克在大都会首演时，我的角色是埃及国王，也多少画得黑一些。

演出前化好装，我去迈克的房间预祝他首演一定成功。他谢谢我之后马上补一句：“我猜因为我是黑人才拿到这个角色。”

我们在戈佐得到过很多热情的邀请，只要晚上没有排练总会有人请客。有一个英国人的家我和玛莎都喜欢，那是一个巨大的用石灰岩造的房子，里外淡淡的米色。房顶很高，从墙上可以看到大块的石灰岩交错叠起的纹路，朝海的一面墙是落地窗，可以完全打开。地中海的风景在戈佐岛的衬托下，像一幅巨大的宽银幕，壮丽地在你面前展开。主人在客厅中间放置了一个很大的圆形沙发，上面可以横躺竖卧七八个人，整个房间任意铺放着一些色彩鲜艳的阿拉伯和意大利毛毯。很多舒适的沙发随便你坐，到处都摆着食物、酒和蜡烛。大家都很放松，聊着各种话题，每当这种时候，我总觉得我兄弟迈克不能完全放松，坐在那里老带着一点戒备的神态，好像时刻准备反击任何可能对他的歧视。我对种族问题也很敏感，但没他那么尖锐和沉重。聚会快结束的时候，我和迈克站在屋子外面，面对着迷人的地中海闲聊，就听他突然说了一句："告诉你，我永远不相信会有种族平等这回事。"

迈克的妻子赛迪是一个再好不过的人，肤色比迈克白，南美人。她是一个极好的歌剧指导，弹一手好钢琴。她永远贴着迈克站着，即便坐下，也是挨着迈克坐。我总觉得赛迪对他太重要了，她总是在鼓励他，照顾他，为他跑前跑后。我有一种感觉，如果有危险出现，迈克还没看见，赛迪就一定扑了上去保护他。

那天在剧院门口"霉"危机的解决方式，还是靠他们自己。迈克旅行总带着一个大黑手提包，里面有各式工具、插头、接线、变压器和各种医疗设备。跟他们在一起的时候，玛莎所有关于电脑和任何有关电路的问题都是问迈克。只要他打开那个黑色的"百宝"手提包，一切都会解决。这次"霉"危机的解决，是迈克在自己的黑提包里找到一个小型喷雾器，带小马达，接着一个有喷嘴的、白色的塑料瓶，灌上水可以在周围喷出一米左右雾状的水汽。迈克兄最后是举着喷雾器，喷着雾气进剧场的。

给我们伴奏的是一个"拼"起来的意大利乐队，大部分是来自西西里某乐团的乐手，还有一些哪来的就不知道了，反正有人组织张罗，排练起来的声音还不错。

首演前一天是最后彩排，也是第一次合乐队。第一幕一切都好，进行顺利。中场休息时，乐队突然发难，要求剧院马上付全部工资，现金，否则罢演。院长朱瑟夫一头大汗地跑进跑出，紧急协调，跟乐队组织人指手画脚地争执。合唱队还在喝咖啡，舞台团队从容不迫，该抽烟抽烟，该说笑说笑，一点不急。我们这几位演员看傻了，从来没见过这种戏剧性的“劳资纠纷”。

现金，最后是现金解决问题。几个剧院的人一张张地点纸币，点给所有的乐手。纸币点完，排练继续，乐手们从容演奏，似乎什么事也没发生过，声音效果比上半场还好。

首演惊人地隆重，居然马耳他共和国的总统、总理，还有很多部长都来了。另外还有美国、德国、爱尔兰、法国等十几个国家的大使也来了。

我在《麦克白》里扮演的角色是将军班柯，在歌剧进行一半的时候，被麦克白设计杀害，然后变成鬼魂。我的唱段只在上半场，下半场没有我。首演时导演决定，让我在上半场结束时跟大家一起谢幕，歌剧最后演完时就不用再谢幕了。

没想到观众不干了。

由于最后谢幕我没出现，演出一完，观众就开始四处打听，猜我出了什么意外。病了？不高兴了？后台有什么事故？连第二天当地报纸的乐评都在猜，为什么这个演班柯的歌唱家神秘消失，谢幕都没出来。于是我成了戈佐岛当天的一个话题。院长朱瑟夫和导演赶快决定第二天的演出我必须在中场和演出结束时两次出去谢幕，平息大家的猜测。这里的人实在太纯了，第二天我在演出结束最后出去谢幕时，观众掌声突然极其热烈，还可以听到很多人“啊”地松了一口大气，如释重负。

尾声

叫约瑟夫的那个陌生人把我带进银行的会客室，自我介绍是这家银行的行长，很有礼貌地问我昨天《麦克白》演出怎么样，我说很好。

“听说你唱得特别好，祝贺！”他说。

“非常感谢！”我说。

“我是奥罗拉歌剧院的院长。”他又说。

“……啊！”我噎住了一下。

“很高兴认识你！”我说。

“你有回戈佐演出的计划吗？”

“我很喜欢这里，有邀请当然想回来。”

“我可以邀请你来这里跟我们演出《埃尔南尼》。”

“好啊！我太喜欢这部歌剧了。”

“不过我有个要求。”

“请说。”

“你要回来跟我们演出，就不能再接受对面阿斯特拉剧院的任何邀请。”

很多年过去了，我和玛莎还是会聊到戈佐岛。

我真是很喜欢石灰岩。你要仔细看那种米色的石头，会看到石头上隐约地有小昆虫和植物的化石痕迹。这种两三百万年形成的石灰岩，似乎不是那么坚硬，使点劲，用指甲都可以划出一条线。

但是，石灰岩承得住两座歌剧院。

《山楂树》

我第二次回到德国波恩歌剧院演出是冬天，从11月一直到次年2月。这次演三部歌剧，莫扎特的《唐璜》、普契尼的《西部女郎》和再次演出戈梅兹的《瓜拉尼人》。五个月前首演《瓜拉尼人》的时候，巨星多明戈饰演第一男主角，又是世界首演，吸引了好几千各国来的观众。小城有两个星期热闹得像过节，聚集了很多多明戈的崇拜者。这次我再回来演第二轮，没有大明星的阵容，演出效果估计会冷清很多。我这三部歌剧排练和演出的日程交错，三个月不能回纽约。

德国冬天的天气真不好，老下雨，下那种不大不小的雨，像裹着雨丝的雾。打雨伞？雨雾如毛，都下不直，飘散着不值得撑伞。不打伞？一会儿衣服上就会有一层细小的水汽，阴湿。

我住在一个四层的连体楼里，大概是一百多年前的建筑，很厚实的墙，没有复杂的墙饰，浅黄色，大门也很厚实，深棕色，好木头做的，重，推门关门都得使点劲儿。这家德国人住在一层和二层，三层四层出租，我住第四层。每一层楼都有挺高的屋顶，我需要爬很多台阶的楼梯。四层是顶层，房间不大、天花板也不高，有客厅、睡房和厨房。房间的布置和颜色跟主人的性格一样，干净、整洁、有条有理、实实在在。

我的厨房里所有的电器都是德国产品，一看就经久耐用，的确，特别是洗碗机。这个洗碗机不大，但上面的按钮非常多，启动洗碗后有好几个大小红灯闪烁，然后是长达一个小时以上的洗碗过程：左转右转、上冲下喷，至少经过两三道洗碗液，再加上反复地烘干。第一次用洗碗机时，我基本上被这个严肃而一丝不苟的家伙折腾晕了。

据说我之前的租客是一位德国画家，在这里住过两年，现在搬到阳光灿烂的西班牙海边去了。公寓里挂了他七八幅水彩风景画，不大，每张一尺见方。看得出来，一半是在西班牙画的，色彩亮丽，远山近树鲜花大海。另几张一看就是波恩，冬天，街巷暗淡，行人举伞弓腰，大衣下摆飘起。

接连三个星期都没有阳光，让我第一次感到没有阳光的生活有多可怕。我客厅只有一扇不大的窗户，也就一米宽，一米五高。窗外的风景就是波恩小城，看见的都是三四层相连的小楼，楼顶大部分都是灰色或者黑色的，被雨水冲刷得很干净，反射着阴郁的天空。

我不能在这扇窗户前面站太久，会头痛，远近都是乌云。这里的乌云看着很重，一层层地裹着，一动不动。正确地说，你要是站在窗户前，那乌云就压在你眉毛上，不动。

日子过得很慢，排练的速度也很慢，日程定得干干净净，极为细致，一点一滴的情节都会排到，就是慢。很多场景重复地排，几个小时地磨，力求精确。剧院的乐队、合唱队、舞台工作人员，还有绝大部分独唱演员，都是剧院固定聘用的艺术家，工作有保障，每月定期领工资，政府每年拨资金，感觉不到压力和危机。德国人排练起来倒是极为认真，只是很难交上朋友。他们看着你的时候眼神清澈，直视，几乎不眨眼，很有礼貌加客气，没有玩笑。排练一结束，都加快脚步走出剧院门口四散离去，消失得无影无踪。

有一段时间我很好奇，真不明白德国人晚上干什么。这个小城所有的商店晚上 6 点全部打烊，你要是关门时间到了还在店里，店员会走到大门边，礼貌地站住，看着你。你得走，否则他不眨眼。

寂静。

波恩的极度寂静总让我怀疑自己的耳朵是不是出了毛病。一到晚上，城里没人也没车，偶尔一辆车开过去，好像不好意思打破宁静似的，赶快就消失在黑暗中。我注视着那些亮灯的窗口，非常想听到生活的声音在哪里，所有的窗户都无声无息。

这次在波恩演的第一部歌剧是《唐璜》，我的角色是石面人，唱段并不是很多，让我多了时间休息，也多了沉闷——不知道能干什么。带的几本书很快看完了，玛莎在纽约上班，不能来，只能打电话，从德国打长途电话那时候还极贵。我不是一个看电视的人，又没有朋友，每天进入夜晚就开始忧郁。

一天排练完，走出剧院大门，外面依旧下着冰冷的细毛雨，我站在剧院门口，左右张望，不想抬头，知道天上压的是乌云。看看表 6 点多了，周围已无人迹，街灯还没亮，一排排三四层的小楼都站在雨中沉默不语，没有亮灯的窗户像一片紧闭的眼睛，雨迹如一缕缕湿发贴着墙垂下。

去哪里吃饭呢？晚上干什么？我正犹豫着，感到忧郁开始在全身蔓延。突然听到不远的地方传来一阵音乐的声音，曲调很熟，熟得那么意外，我马上被吸引，开始精神起来。于是我沿着湿漉漉的石板地，把大衣裹紧，顺着乐声走进剧院前面那条小街。只见一家商店的屋檐下有三个中年的男乐手在演奏，一个站着，弹奏着像贝斯提琴似的三角形大木琴，一个坐着拉巴扬手风琴，一个拨奏着像曼陀林似的乐器，他们正在演奏苏联时代的歌曲《山楂树》。

山楂树啊山楂树……多么熟悉的旋律！手风琴的声音一下子把我带去了遥远的地方，心被揪起，记忆从深处缓缓地涌上来——“歌声轻轻荡漾在黄昏的水面上，暮色中的工厂已发出闪光。列车飞快地奔驰，车窗里灯火辉煌，山楂树下两青年在把我盼望。啊，茂密的山楂树，白花满树开放，啊山楂树啊，你为何要悲伤……”这几句旋律和歌词，我们这一代无人不知，持续了几十年的感动。

小街上回荡的《山楂树》只有我一个听众。

三个演奏者专心地弹奏着，手风琴手是主要领奏者，旋律都出自于这个小小的巴扬。他半闭着眼睛，完全沉浸在演奏中，似乎在巴扬键盘上下移动的手指都与他无关。

乐手们开始感觉到我的存在，他们一定觉得这个听众有点儿特别，要不然不会不打雨伞，站在细雨中一动不动。三个音乐家的演奏变得兴奋起来，一首接一首忘情地演奏着，用心地演奏。所有的曲子我都知道，天哪！都是我们十几岁时唱的歌。

接着《山楂树》的是《小路》《喀秋莎》《莫斯科郊外的晚上》《灯光》《三套车》《去动荡的远方》……

不知过了多久，我还站在那里没动，浑身的血都涌进了头，激动得几乎失控。所有的歌词我都记得，如果不是拼命抑制自己，不想打扰他们，我会跟着唱出声，会热泪盈眶。

多么熟悉的歌啊，它们在 20 世纪 70 年代陪伴着我从少年走入青年，它们和我一起度过了六年半在北京工厂的生活，见证了我的成长，我的初恋，给过我多少安慰，让我交了多少朋友，直接影响着我走上专业的歌唱之路。当他们弹奏起《海港之夜》的时候，我的眼眶一热，乐手们变得模糊起来。

《海港之夜》是一首深沉的歌，据说是苏联水兵在卫国战争时期，唱着这首歌，驾驶舰艇去冲击纳粹海军的封锁线，十有八九是牺牲，但这首歌鼓舞着水兵们视死如归。“当天刚发亮，亲人的蓝头巾，在船尾上飘荡，再见吧可爱的城市，明天我们要到海上去航行……亲爱的老船长，让我们一起去远航……”这首歌让我想起苏小明，我们大院儿一个像清风一样的女孩儿。

那时我们多么喜欢在一起唱二重唱，她唱高声部，我唱低声部，轮着拉手风琴，弹吉他，唱那些“革命”和“不革命”的歌。后来小明唱进了海军，一首《军港之夜》让她一夜成名家喻户晓。成名不会抹去记忆，二十多年没见，见面就刹不住地唱《海港之夜》，当然还有《山楂树》。

“啊，茂密的山楂树，白花满树开放，啊你山楂树啊，你为何要悲伤……”

三个有棕黑色卷发的乐手显然都是俄罗斯人，上唇都留着胡须，年纪与我相仿，似乎有过与我类似的经历，也许都有像我和小明一样的兄弟姐妹，否则不可能如此投入地演奏。他们穿着一种粗麻布的俄罗斯民族服装，灰白色，领子和袖口有些暗红的绣花，在冬季的寒雨中显得有些单薄。他们演奏得非常默契，一首接一首，没有停顿，也没人提示商量，手风琴拉出第一个音，两个弹拨乐手自然就合奏进入。这些歌都美得有些伤感，旋律显得那么久远，似乎能把你带到俄罗斯的原野，能看到大片的白桦林，能听到第聂伯河的水流，在讲那些简单又感人的爱情故事。

天早就黑了，街上空无一人，乐手们身后的餐具店也已关门。老板好心，没有关店门外屋檐下的灯，给低头演奏者和湿透的听众留下几缕温暖的光。

在波恩的日子里，总会经过那条小街。

有时我会在那个德国餐具店的橱窗外站一站，看看那些闪亮的餐具。我会想起那三个乐手，他们再也没出现过，跟着《山楂树》一起消失了。

我们在波恩演出的《瓜拉尼人》观众越来越少，明星不在加上天气恶劣，我想都是原因。有一场《瓜拉尼人》的第一幕，大幕一开，我们在台上一边唱一边大吃一惊，观众席是空的，我暗数一下，才十二个观众，台上演员加乐队和舞美至少有一百五十人。我意识到该回家了。

当我演完所有三部歌剧，准备回纽约的时候，我又走去那条小街，在那个餐具店买了一整套不锈钢的刀叉，八刀八叉八勺。餐具的设计师是帕洛玛·毕加索，大师毕加索的女儿。设计风格中规中矩，餐具质量不错，透着德国人那种认真的工艺，实用，而且不贵。我很高兴买了这套刀叉，一定会用很久很久，会让我记住这条小街，还有《山楂树》。

我知道不能把这套餐具放进行李箱，于是手提着，随时准备在机场应付检查。在德国的机场被检查过，在纽约的机场也被要求打开查看。美国海关的一位大胡子官员拿出刀叉仔细看了一番，让我出示购物发票，我找不到，就告诉大胡子，这套餐具的价格不贵，没有超过一个人六百美元的礼品免税规定。没想到这位大胡子官员很不高兴，说我要是找不到发票，就去交两百五十美元超过免税金额的罚款。我觉得很委屈，明明这套刀叉的价格没有超过免税金额，于是一再解释。大胡子一下子生气了，向我逼近一步，指着付款的窗口说："你这套刀叉绝对不便宜！你选择，去那个窗口付两百五十美金，或者我扣下你这套餐具。"然后又压低嗓子补了一句：

"你以为我不知道毕加索是谁吗？！"

2006 年 12 月，多明戈在大都会歌剧院主演了谭盾作曲、张艺谋导演的歌剧《秦始皇》

1995 年、2015 年，我分别在纽约和北京两度与多明戈合作歌剧《西蒙 · 博卡涅拉》

1991 年 10 月 10 日，多明戈在大都会歌剧院新制作的《西部女郎》中出演第一男主角，该场也是我在这个剧院的首次演出

我在《西部女郎》中出演一个印第安人

2016年，我和多明戈在北京国家大剧院一起演出《麦克白》

由詹姆斯 · 莱文指挥威尔第的《路易莎 · 米勒》，那是我在大都会歌剧院跟他演出的第七部歌剧

上图：在大都会歌剧院演出《阿依达》，中间是美国前总统克林顿、詹姆斯·莱文和帕瓦罗蒂，我是前排第三人
下图：在大都会歌剧院演出《假面舞会》后的谢幕，中间为詹姆斯·莱文和帕瓦罗蒂，我是左起第一人

在《蝴蝶夫人》中饰演暴怒的僧人邦赛，男低音最短的角色，只出场一分二十秒

卢克是一只会唱歌剧的鹦鹉

普拉西多·多明戈

《西蒙·博卡涅拉》·北京

2015年8月20日晚上6点。

两个小时以后，威尔第的歌剧《西蒙·博卡涅拉》将在北京的国家大剧院开幕公演，主演多明戈。

化装间不大，挤满了人，都是因为大师多明戈。有拍摄录像的、剧院的工作人员、多明戈家人，还有一些腼腆的年轻人就想进来看看多明戈。不少人拿出手机迅速偷拍，一个陌生女孩干脆搬了个椅子，坐在正化装的多明戈旁边，找碴儿搭讪。直到剧院有人意识到化装间里人太杂，会影响大师休息，于是请闲人出去，房间里才开始安静下来。

多明戈情绪不错，看来对他的妆挺满意。“我真不知道为什么，”多明戈的脸朝我侧了一下，眼睛看着他面前的镜子说，“你说我为什么还站在舞台上？”他一边说，一边用手整理耳边的头发。多明戈的化装师刚在他头发上涂了些深棕带点灰的颜色，使他看上去年轻了十几岁。

“因为这是你想做的。”我回答他。

说完这句话我马上后悔了。我发现多明戈不是问我，他在自言自语。我的回答像没话找话。

我在面前的镜子里显得有点尴尬。化装师正努力把我画得更老一点，我的角色要比多明戈的大至少二十岁—— 一个七十多岁的意大利贵族。正好，满脸皱纹和沧桑的假发，加上灰白的胡须，遮住了我的不安。

“In bocca al lupo！”多明戈站起来，对着镜子左右看看，谢了他的化装师，伸出手在我的肩膀一按，说了一句在西方歌剧圈子预祝演出成功的意大利话，这是行规，意思是“进狼嘴里”。

“Crepi il lupo！”我回答谢谢他，也是行规，用意大利语，意思是“狼死了”。“Anche tu！”（“你也是!”）我又补了一句，祝他演出成功。

多明戈两天前才到北京，只参加了两次排练，今晚就首演。可完全看不出他有时差反应，眼神有力，声音一碰就响，丝毫不显疲劳。大师已经七十四岁，唱《西蒙 · 博卡涅拉》这部歌剧不是闹着玩儿的。饰演第一男主角，三个多小时从头唱到尾，还要全力投入情感和动作。虽然我跟多明戈一起演过很多歌剧，熟悉他的工作风格，但还是会经常被他的精力震惊。

我是真需要多明戈的祝福。费耶斯科是威尔第歌剧中最知名、最难唱的男低音角色之一，这是我第一次唱这个角色，所以必须得“进狼嘴里”。著名的男低音咏叹调《破碎的心》就来自这部歌剧。

在国家大剧院排练期间，我已经跟韩国著名指挥家郑明勋反复磨合过费耶斯科的所有唱段，知道了他的要求，熟悉了他的指挥手势。而且跟剧组所有的歌唱家，尤其是女高音主角和慧，排戏都很顺利，按说我已经很熟悉费耶斯科这个角色。但这个角色还是没有真正唱进我的喉咙，还没有唱进我的血液里。就要首演，总觉得生疏。并且，跟大师多明戈同台，你会时刻感到他站在你旁边那种全方位的压力，逼着你最专注地投入，必须唱好。

在《西蒙 · 博卡涅拉》里，我跟多明戈有很多对手戏，二重唱就有两首，尤其是最后一幕，在西蒙临死之前我们那段生死对唱《哭吧，因为我的话》，是非常重要的唱段，等于给这部歌剧画上句号。虽然在排练时我已经被他感染得眼泪都上来了，但多明戈毕竟刚到两天，我们才排过一次戏，心中实在没数。这个演出会拍摄实况录像，出版高清 DVD，而且是在故乡北京首演。

不知为什么，我算是久经歌剧沙场，“出生入死”歌剧舞台三十多年，但每次在北京演出，总觉得压力巨大，也不知道在怕什么，近乡情怯？

1995 年我在纽约大都会歌剧院时，就跟多明戈演过这部歌剧，还出版了 DVD。当时他演的是男高音主角阿多尔诺，我是配角市民皮耶特罗。这次在北京演出完全不一样，多明戈已经改唱男中音，饰演第一主角西蒙 · 博卡涅拉，我是第一次扮演男低音主角费耶斯科。真没想到，世界就是这样，永远会有意料之外。

的确是意料之外。试想一个巨星男高音，敢在四十年的辉煌之后，年近七十还改唱男中音？！在北京演《西蒙·博卡涅拉》时，多明戈以七十四岁之龄改唱男中音已六年，演唱日程还密集得令人不可置信，全部在世界最著名的歌剧院演唱最主要的男中音角色，虽然很多男中音角色他还没唱过，全得从头学。

“你说我为什么还站在舞台上？”

谁能回答大师这个问题？

唯有多明戈。

帕瓦罗蒂 · 多明戈

人们总喜欢拿巨星帕瓦罗蒂和巨星多明戈做比较。大部分人都是比较两人的高音谁唱得好，比较两位谁的声音大，其实并不公平。天才就是天才，怎么比？每一个伟大的歌唱家都有自己天才的特点，全面地认识他们的特点才是公平，嗓音只是一部分。要能虚下心来，全面地琢磨和分析他们的歌唱，才能让自己长悟性。

帕瓦罗蒂的声音是从天上下来的，而多明戈的声音是平地冲上天。也许跟多明戈年轻时从男中音改唱男高音有关，他的高音是练出来的，半个音半个音地磨，铁杵磨成针，每一个高音出来都像锃亮的铁针，都有多明戈式的“狠”劲儿，别模仿，学不来，会欣赏即可。不像帕瓦罗蒂的声音，仿佛雨后飞流直下的彩虹，美得让你无语。

如果说帕瓦罗蒂是我崇敬的神，那么多明戈是我崇拜的人。

神远，人近。

神和人都唱歌剧，跟神在一起，会敬畏，可以成为朋友的，是人。

我跟多明戈比跟帕瓦罗蒂熟，和帕瓦罗蒂一起演过三部歌剧，但和多明戈演过十二部，加起来近百场。虽然熟，但总觉得多明戈对我有个意见，像一个解不开的结，在很多年里，至少有四五次，他总是很严肃地追问我一件事。

有一次美国的公共广播电台（NPR）采访我，我讲了我从北京到纽约的第一天，1983 年 12 月 17 日，在大都会歌剧院看了人生第一部歌剧，主演是巨星帕瓦罗蒂。十年后的同一天，1993 年 12 月 17 日，我在大都会第一次跟帕瓦罗蒂同台演出，找机会跟他讲了我的经历，最令我意外和感动的，是演出结束时，帕瓦罗蒂拽着我跟他一起谢幕，还让观众们给我鼓掌。节目录制时，主持人让我讲了这段经历。他当然不知道，这是我在大都会歌剧院首演三年后发生的事，所以，很多人就以为我在大都会的第一场演出，就是跟帕瓦罗蒂同台。

“我明明记得你在大都会第一次演出是跟我一起吧？”多明戈每次问我都是这句话，而且会追着问：“那为什么你在电台采访里，说你在大都会的首演是跟帕瓦罗蒂呢？”我每次都非常窘地跟多明戈说这是个误会，采访时我解释过，是主持人记错了。但多明戈每隔几年都会再问我一次同样的问题，“我记得你在大都会第一次演出……？”每次的表情都很严肃，很在意，每次都把我窘住，心里一片阴影，仿佛自己真做了对不起多明戈的事。

《西部女郎》· 纽约

多明戈说得对，我在大都会歌剧院第一部歌剧是跟他一起演的。那是在 1991 年的 10 月 10 日，演的是普契尼的歌剧

《西部女郎》。

普契尼是我最喜欢的作曲大师之一，虽然他所有的歌剧中没有一个主要角色是男低音，没给男低音写过一首有分量的咏叹调，唯一在《波西米亚人》给男低音科林写了一段咏叹调《旧大衣之歌》，还是全世界歌剧咏叹调中最短的一首。当然，我们可以聊很多这首咏叹调的特点，不过这是另一个话题。虽然没有人能研究出为什么普契尼的歌剧都没有男低音主角，但我们必须承认，普契尼的每一部歌剧，都有让人不得不五体投地的独特风格。《蝴蝶夫人》《图兰朵》《波西米亚人》《托斯卡》等伟大作品都有根本不同的音乐个性，充满着异国情调的音乐色彩和不同的文化元素。每一个乐句都生气勃勃，有血有肉，每一部歌剧都是不朽的经典。中国观众最熟悉的应该是《图兰朵》，因为剧本的素材源自关于中国的传说，剧中的音乐主线是中国民歌《茉莉花》。不过，《西部女郎》对我来说更有特别意义。

《西部女郎》讲的是美国加州淘金时代的故事，主角分别是酒吧女主人明妮、绿林好汉约翰逊和警长兰斯，剧情围绕着三人之间的爱恨情仇。整部歌剧的味道就是美国西部，就是适者生存，一言不合就拔枪的原始开发时代。从开场普契尼就没放过你，他的音乐就像纵身跳起来的生命，呐喊着，充满着热血和野性，牢牢地把你按在美国西部荒蛮的土地上，让你尽情地享受干草和马粪混合的香味儿。三幕歌剧一气呵成。

在过去的很多年中，西方歌剧界的重心在作曲家和指挥。但从 20 世纪五六十年代起，歌剧重心已从指挥转移到歌唱家。多好的歌剧，没有明星主演不行，这个现象持续了四十多年。那时的明星是真正的明星，是在舞台上顶天立地的歌剧演唱艺术家，是真唱出来的。无论声音和唱功，舞台的风范，都令人赞叹无比。那时在歌剧院，你可以闭上眼睛听歌剧，现在你得睁开眼睛看歌剧，因为歌剧重心已经从歌唱家转移到导演和舞台设计师。

1991 年大都会歌剧院全新制作《西部女郎》的男高音主角是多明戈，男中音主角是米尔恩斯，女高音主要角色是芭芭拉 · 丹纽，指挥是斯拉特肯，再加上导演强卡洛 · 莫纳科，这是当年一个典型的最佳明星阵容。

多明戈那时刚过五十岁，是他最迷人的时候。高大健壮，长方形的脸雕刻般的精致，既有男性的刚毅帅气，又潇洒从容、举止优雅。而且多明戈的演唱可以说已入无人之境，无人可挡。声音世界一流，演出动作无懈可击，浑身弥漫着一种男性明星不可抗拒的诱惑，往台上一站就是气场，已成为世界歌剧界公认的超级巨星。

在《西部女郎》中，多明戈扮演约翰逊，一个意外成为“匪首”的好汉。这个角色好像就是给他写的，他站在那儿就英气逼人，挺拔彪悍，还不失性感和“匪气”。

我们开始在舞台上试装排练时，多明戈首次着演出服出现在舞台上。只见他穿着典型的美国西部牛仔的灰色土布服装，披一件浸透着沧桑皱纹的黑色长风衣，粗糙的皮腰带上别着一支左轮枪，戴着一顶压在眉毛上的黑色牛仔帽，穿一双做旧的牛仔靴，眼神炯炯，快步走到台中央，一亮相，满台的人都禁不住发出一声“哇——”的轻声赞叹，包括我。因为他实在太帅了。看得出来，在场合唱队的女士们都立马眼神散乱，瞬间爱上多明戈。

跟多明戈演对手戏的米尔恩斯，是当时世界著名的美国男中音，大约一米九的个子，身材正好，长臂大手，一副硬汉的劲头。他那眼眶里深陷的眼睛总眯缝着一丝嘲讽，眉毛霸道压下，鼻梁傲慢挺起，脸颊和下巴长得有一种紧绷绷的力量，一脸的自信。不用化装，就是歌剧《奥泰罗》里最恶的亚戈和《托斯卡》中可恨的斯卡尔皮亚，他能把邪恶用最优雅的方式呈现。这次在《西部女郎》中扮演警长兰斯，活生生地就是他的戏。米尔恩斯比多明戈大几岁，是大都会歌剧院长达四十多年的当家男中音，同时在世界上很多歌剧院演出，饰演过所有威尔第歌剧的男中音主角，绝对的明星。奇怪的是，他演过这么多意大利歌剧，录过极多的 DVD 和 CD，很多都是经典，却罕见他在歌剧的诞生地意大利演出。年轻的男中音们很多都喜欢听他的录音，模仿他的演唱。米尔恩斯的歌唱极具乐感，尤其是他在唱长线条的句子时，那种连贯和起伏，听得你会醉。他的台风举止老派，人帅动作也帅。我从北京出国留学时，随身带的箱子里只有一盒六十分钟的 TDK 盒式磁带，A 面是多明戈的咏叹调，B 面是米尔恩斯的。我在台上饰演角色时总是不自觉地模仿米尔恩斯的动作和手势，多少年已经成了习惯。

我是 1989 年在丹佛市认识米尔恩斯的，当时他去科罗拉多歌剧院演出《茶花女》，担任男中音主角亚芒。那个时候我刚从丹佛大学音乐学院毕业，正愁歌唱事业苦无出路，每年只是在科罗拉多歌剧院演一两个配角。当时我也在《茶花女》剧组，饰演医生格兰维欧。

玛莎请米尔恩斯来家里吃饭，他欣然前来。一进门往周围一看，只有玛莎实验室里一个小伙子助手在帮忙，他第一句话就问：“怎么没请些女孩子来吃饭啊？”我们顿时为大师的“直率”愣住。米尔恩斯是属于在哪儿演出，都会引起女士们骚动的那种性感明星，他可能期望我们这儿也会有他的女粉丝。晚饭后我们送他，米尔恩斯上车前转过身来，想了想，拍了我一下，意外地用中文说出：“毛泽东。”他是我这么多年所有的西方朋友，说“毛泽东”这三个字发音最标准的一个。

多明戈和米尔恩斯一起录过很多歌剧唱片，有一张是两个人在 1970 年录制出版的，里面都是歌剧中最著名的男声二重唱选段。当时多明戈还不到三十岁，唱片中有一段极其有名的二重唱，选自比才的歌剧《采珠人》“在神殿的深处”，好听到要命。

真没想到，我在大都会歌剧院演的第一部歌剧，是和这两位大明星同台。我在这部歌剧中演的是美国印第安土著比利，唱段不多，东一句西一句，抱着个酒瓶子醉醺醺的。等穿好服装化上妆，头发上抹一把发胶，镜子里一看还真像个印第安人。谁知道呢？拿到大都会的第一个合同是演出《西部女郎》，也许就因为我的样子像比利。都说美国印第安土著的祖先是中国人，也许这就是我的缘分，比利“返祖归宗”。

我完全不在乎在这里演出的角色是大是小，能进到大都会歌剧院演出，让我无限珍惜这个机会，我和玛莎能在一起，跟大都会歌剧院有直接的关系。

1991 年 9 月，我在纽约开始排练《西部女郎》。每天我都是兴奋不已，迫不及待地走进排练厅，没排练我也去，去看多明戈和米尔恩斯排对手戏，实在太过瘾了。两个人配合默契的那种大师范儿，让我如醉如痴。尤其是第一幕结尾时，警长兰斯在酒吧女主人明妮的住处，抓住了受伤的土匪约翰逊，把他从阁楼上揪出来，暴力地按在地上，用枪指着他脸的情景。唱得震撼无比，演得惊心动魄，看得我们所有在场的人都情不自禁地鼓起掌来。这只是在排练，他们已经排出这种效果，实况演出一定还会加倍激发。

幸亏我在大都会歌剧院是从最小的角色演起，让我有无穷的空间和时间，可以吸取大师们毕生的演出经验。

有一次我们在歌剧院地下五层的乐队排练厅排戏，那天是穿服装排练。休息的时候，我突然听到有人弹钢琴，弹的是肖邦的《波罗乃兹》，虽然弹漏了几个音，但味道很棒，弹得也很好，走过去一看吃了一惊，弹琴的是多明戈。只见他穿着一身牛仔“土匪装”，歪戴牛仔帽，眼神顽皮，弹得专注。再仔细一看，原来他居然是戴着一双翻皮的牛仔手套在弹琴！肖邦这曲子可不好弹，速度又快，能弹出多明戈这水平可不容易，谁要是不服，戴上皮手套弹弹看？

多明戈不一般的音乐修养，是他后来开始做指挥的主因，看乐队总谱排歌剧的歌唱家只有他一个。

一言难尽强卡洛

《西部女郎》在大都会歌剧院成功上演，跟导演强卡洛有关系。强卡洛的父亲是意大利最著名的男高音之一马里奥·莫纳科。这可不是个一般的男高音，他的声音具有极强的音量，音质明亮，有箭一样的穿透性。他个子不高但非常结实，专门演出戏剧性的男高音角色，有“金色的小号”之称。

意大利观众把马里奥 · 莫纳科当英雄崇拜，演完歌剧，他会被疯狂的观众举起来在夜幕中欢呼游行，直接把他举进酒店狂欢。作为这样一个英雄的儿子，小强卡洛长得跟他爸一模一样，面目坚毅，英俊，从小在意大利歌剧圈子长大，无人不识，关系遍地。强卡洛性格强悍如黑手党，行事风格霸道专横，但实在是一个天生的歌剧导演。他导的每一部歌剧都饱含他蛮横的个性，透着蛮力但大气，美得震人。你可以讨厌他，但你一定喜欢他的戏。

《西部女郎》是强卡洛在大都会歌剧院导的第一部歌剧，所以他铆足了劲儿要导一部好戏。整个剧的舞台设计完全与普契尼音乐的写实风格相配，很传统但不拘泥于传统。第一幕在明妮的酒馆，舞台设计是放大的圆木结构小屋，扩展角度巧妙又不失想象的空间。木柜木桌木椅木墙木窗木柱，满台粗糙有力的大圆木四处伸展得特别舒服，散布在各处的大小摆设透着一股温情，几盏油灯摇晃出的光亮正正好，西部牛仔镇小酒馆的视觉感真是绝了，每场演出一开幕观众就为舞台设计鼓掌，而且是那种瞬间就爆发的掌声。

1991 年大都会歌剧院已开始禁止抽烟，抽烟的人得走出剧院站在后门外抽。可强卡洛一定要在他的合同中注明他可以在剧院里自由抽烟。当时没有任何一个指挥、导演和演员有这种特权合同，所以导致我们很多时候是在他雪茄的烟雾中排练。刺鼻的烟雾并没有妨碍强卡洛用这部歌剧完美地演绎了他的天才。

《西部女郎》于 1991 年 10 月 10 日首演，立刻成为歌剧界公认的杰作，至今还在上演。成功的原因：第一是明星阵容，有多明戈和米尔恩斯。第二，强卡洛的舞台呈现和普契尼音乐中浓浓的牛仔味儿完美结合，严丝合缝，把普契尼这部歌剧该有的光彩全部激发出来了。

有一次舞台排练改了日程，多明戈不知道，没有出现。那是一场揪心的二重唱，在明妮的小木屋外，她紧紧地抱着受了枪伤的土匪约翰逊，两人如泣如诉地拥抱着互倾爱恋。当时舞台上的场景是深夜，大雪纷飞，音乐铺天盖地，但多明戈不见踪影。舞台工作人员四处奔跑也找不着他，明妮站在那里焦急万分，等待多明戈出现，马上就要唱那段撕心裂肺的二重唱了。音乐正在进行，还是找不到多明戈。正在这万分紧张的时刻，只见强卡洛冲上舞台，一把抱住明妮，激昂地唱出多明戈的唱段，声音一流，完全像他爸，一个字不错，活脱脱一个“金色的小号”！他望着天，捧着明妮的脸，在乐队的烘托下，浑身爆发着歌唱的力量。那是怎样的一刻！我完全不能自已，激动得发抖。

强卡洛就有这种本事——用意大利歌剧的辉煌，让你浑身发抖。

首演前后

在《西部女郎》里，我的唱段只有三处，都很短，在第二幕，我跟多明戈只有不到三十秒钟的对手戏：他骑着马来到台上，我走过去拉住马的缰绳，他从马上一跃而下，我拉着马走下台。

就这么不到一分钟的戏，我都没演好。

我们在排练厅时没马，排练时就比画一下。在台上进入彩排，马来了。多明戈很会骑马，当他骑着马快步从台侧上台时，简直就是一个帅牛仔，一身皱巴巴的黑风衣，牛仔帽斜在眉毛上，等他一拉缰绳停住马，我应该马上拉住马脸上的套索，让多明戈跳下马。不知为什么我这么怕这匹马。这是一匹高大的黑马，毛发锃亮，前胸宽阔，肌肉一块块地隆起，四只大蹄子威风凛凛地翻上翻下，两眼圆睁，大鼻孔响亮地喷着粗气，跑上台时地板都在震动。第一次排这段戏，马儿好像立刻感到我怕它。我刚要伸手去拉缰绳，它两条强壮的前腿一下子腾空而起，交错地踏上踏下，左右挣扎着避开我，这让多明戈一时很紧张，没有办法下马。我越慌，马越不安，再试一次，还是不行，我躲马、马闪我，多明戈完全有可能被甩下马。于是导演立刻决定换人拉马，请了马房的主人穿上跟我一样的服装，背对着观众，演我。我很久都非常沮丧，左思右想：怎么这么点戏我都演不好？！这可是我在大都会歌剧院的首次演出，会不会影响我在这里的前途？

首演那天，第一幕开始不久，我正准备出场唱我的唱段，紧张地站在侧幕，等待舞台监督让我上台的手势。周围一片黑暗。我就要第一次正式走上大都会的舞台，不停地告诉自己无论如何不能演砸，我能感到心脏跳得顶到了喉咙。

“你有一个非常好的声音。”我突然听到有人在我背后轻声地说，一回头，看到多明戈。那是我们第一次讲话。

我有理由紧张，因为我得了严重的气管炎。

歌唱家们很多都极为敏感，容易生病。有些是真病，有些是“假病”——觉得自己病了。喉咙不舒服是我们的职业病，大多数是幻觉，心理紧张所致，演出完当场就好。不过，我在大都会歌剧院首演时是真病，病的还很凶。

我的气管炎始于大伤风，然后就是凶猛的咳嗽，持续了两周，越咳越深，大咳起来连气都喘不上来，最后喉咙整个肿起来，满气管浓痰。

我没有请过一天病假，不敢，也舍不得。我刚开始在大都会歌剧院工作还不到一个月，每天的经历都是我多少年梦里都梦不到的，让我无限珍惜。所以我在最后一周的排练中拼命隐藏我的病情，憋得满脸通红也不愿意在别人面前咳出来。我的顾虑还包括不想给人一个印象——唱配角还唱不好。奇怪的是，我严重的咳嗽居然没影响到我的歌唱，声音一直还不错。

首演那天，我还发烧。走进化装间，我觉得要说实话，就抱歉地跟同化装间的美国男中音约瑟夫说——我病了，很厉害的气管炎，我会咳嗽。只见约瑟夫立刻站起，惊慌地看看我，喃喃了几个什么字，抱起他的服装就说：“OK，OK，我再去找一个化装间。”然后快步走了出去。

强卡洛进来打招呼，我也说了实话——我病了。他“嗤嗤”地抽了几下鼻子，说：“如果你他 × 得了气管炎还能唱这么好，别治，就留着这他 × 的气管炎！”临出门，他又跟我说了一句：“今天大都会又给了我四个歌剧合同，怎么样，让那些想毁掉我的人他 × 的去死吧！”强卡洛一脸得意，根本没注意我站在那儿不知该祝贺还是感谢，一拉门，“嗤嗤”地抽着鼻子，走了。

不喜欢强卡洛的人，说他是因为吸毒，所以会抽鼻子。有他这种性格的人，一定会招闲话。二十多年以后，在国家大剧院我碰到在那里导戏的强卡洛，他一边说到我们在大都会的《西部女郎》，一边还在“嗤嗤”抽鼻。

我不知道别人第一次在大都会歌剧院舞台上演出是什么感觉，我是坐立不安又无法集中思路，等着上台的每一秒钟都像是煎熬，既渴望又紧张。化装间门开门关，进来的化装师把我画成印第安土著，服装师来帮我穿戏服，要确认我穿的每一件服装都是对的，要拿的道具和帽子就在眼前。一个拉着冷脸、眼白比瞳孔大的人送来一瓶香槟，一个字没说转身出去了。我看了一下香槟上的小卡片，歌剧院艺术总监莱文给的，这是剧院的传统，每个演出季你的第一场演出，都会收到他送的一瓶香槟。

玛莎一阵风似的走了进来，穿着一件刚做好的深蓝色丝绒长裙，好漂亮，洋溢着她特有的一种令人振奋的神采，立刻，我生病的沮丧一扫而空。玛莎高兴起来人是亮的，笑的时候眼睛大睁，眉毛扬起，你根本无法躲避她乐观的感染。玛莎是一个天生的心理学家，她可以写一本专著，教你如何对付歌唱家的脆弱。她根本不问我一句咳不咳了，喉咙怎么样，只是笑着在镜子前迅速补一下妆，一边告诉我在前天彩排时唱得非常好，声音没任何问题，今晚的首演一定好。于是我完全忘了自己刚才还在厕所里大咳，情绪顿时明亮。

再敲门的可是个大意外，我在丹佛大学音乐学院的声乐教授沃斯特奥突然出现，站在化装间门外热泪盈眶。他是下午坐飞机从丹佛飞来的，专程来看我的首演，没告诉我，玛莎安排的，给我一个惊喜。

还有十分钟就要开幕，化装间的墙上有一个小扩音箱，可以听到台上装台和乐手们练习的声音，还有舞台监督不断提醒后台的演员做准备的声音。在他念的一长串演员名字里，最后听到我的名字“Haojiang Tian”。舞台监督半小时前进过我的房间，专门来问我名字的正确发音，真够敬业的。他出门前在我的化装台上放下一个信封，我打开一看是一张支票，当晚的演出费。

我干脆大开房门，随便谁都可以进我的化装间，也释放一下房间里不断聚集的紧张感。《西部女郎》有大约二十个角色，加上工作人员，后台熙熙攘攘的有三四十人，很热闹。饰演各个角色的歌唱家们化过装，就像一帮脏了吧唧荷枪实弹的牛仔，喧闹着在十几个化装间穿行，不少人进来祝我在大都会歌剧院的首场演出顺利。似乎每个人都情绪高涨，对今晚《西部女郎》首演的成功信心十足。远处传来多明戈练声的声音，我专注地听着，暂时忘却了咳嗽。

多明戈演出前会用大约十五分钟开嗓子，通常只用“i”母音，只练习快速地上行音阶，九度，半个音半个音上行，一直到大约高音 B，然后再半个音半个音地下行，还是九度的快速音阶。都是一个音量，放声。可以感觉到，他要确认自己的声音一直是上下统一，靠前，高位置，用“i”母音保持声音的集中和明亮。他的声音有一种金属般的泛音，非常穿透，虽然他关着门，练声时，整个化装区域的每个房间都听得到。

普契尼《西部女郎》的音乐中没有给观众鼓掌的地方，甚至多明戈一段著名的咏叹调《她以为我远走高飞了》，唱完之后音乐仍然没有停顿，继续进行。观众憋了一晚上，演出进行中没地方鼓掌，所以当歌剧最后一个音还没完全停住，掌声就像重磅炸弹一样炸响了。不知道为什么，这部歌剧里任何独唱唱段结束后，音乐都不停顿，也许普契尼就想让一百八十分钟的音乐一气呵成。

没有意外的演出不是成功的演出，《西部女郎》也如此。

有一段戏是我在看排练时最喜欢的，在演出中出事了。

当警长兰斯发现了受伤的土匪约翰逊，从小屋的阁楼把他拽下来，按住，用枪指着他的脸。在歌唱和音乐都震撼进行时，两个人太入戏了。当米尔恩斯暴力地按住倒在地上的多明戈，警长手里的左轮枪一下子捅进了土匪的嘴——没人想到这里会出事。当大幕在震撼的音乐中急速落下，外面的观众开始喊叫鼓掌的时候，多明戈用手捂着嘴一下子跳起来大声喊着："我的牙！我的牙！！"一边喊一边转圈儿。我们旁边的人都傻了。米尔恩斯沮丧地把两只长胳膊一摊，冲上去连说抱歉，如果多明戈的门牙没了，抱歉有什么用？米尔恩斯的太太南希当时也站在侧幕看演出，跟在老公后面一脸焦虑，压低了嗓音不停地说："你知道吗？他可以告你要两百万美金的赔偿！你知道吗？！"米尔恩斯懊恼到了极点："是我太激动，演过头了，你让我说什么？！你要我怎么办？！"后台乱成一团，没人想到谢幕。

幸好，多明戈的门牙只是裂了，演出继续进行。至于两位明星是不是有过法律争执？不知道，可以确定的是，多明戈没有失去门牙。

演出结束后有一个好几百人的大宴会，就在大都会歌剧院前厅的二楼，张灯结彩，摆了至少五十桌，每桌十个人。多明戈那桌坐的都是歌剧院最重要的赞助者，这些人的赞助每年都是上千万美元，各人的表情和装束也都显示出家财万贯。女士们满身亮晶晶的珠宝，每一件可能都是天价。很多亿万富翁都有一种特别的表情——冷礼貌。有时大都会的节目单上会出现“匿名赞助者”的字样，后面的赞助数目也庞大惊人，但他们一“匿名”，倒让我添了几分好感。这些私人的赞助，是大都会歌剧院最重要的资金来源。

当然，演出结束跟巨星坐在同一张餐桌上庆贺，对很多赞助者非常重要，也是上层社会重要的社交时刻。我和玛莎跟她的妹妹咪咪，以及我的声乐教授一桌，也有几个赞助者坐我们的桌子，他们对我的兴趣似乎只集中在我在中国的经历，尤其是我怎么度过“文革”时代。

我看着远处忙于周旋的多明戈，觉得这一切对我来说似乎都不是真的，我不知道这种梦一样的感觉会维持多久，会不会有梦醒的时刻，真实的世界到底会是什么样子？我也根本没有想到在以后的二十多年中，我的歌唱生涯会跟多明戈持续有关。

超人多明戈

真正的超级巨星多明戈是一个什么样的人？首先，他是个超人，超人都有超凡的记忆力。

多明戈是世界上唯一的一个歌剧巨星，演出的角色横跨戏剧性和抒情性，悲剧喜剧都驾驭自如。无论最传统的经典剧目还是最现代的歌剧，都在他的剧目单上。难得的是，他演的每一个角色都能在台上立住，很多都能成为经典，包括他演的歌剧电影《茶花女》，还有他演的《奥赛罗》，都是经典中的经典，永远没人可以超越。

有一位我认识的美国音乐评论家告诉我，他问过多明戈，如果让他两天后就上台演出，有多少部歌剧他可以熟悉一下就马上上台？多明戈想了一会儿说："五十部。"然后他又想了一下，说："五十三部。"

帕瓦罗蒂一生演过的剧目大约有二十五部，大多数世界知名的歌唱家的演出剧目表上最多也就二三十部，个别的可能会达到四五十部，多明戈演出过的男高音剧目却多达一百三十多部！而且，当他成为男中音以后，据说他全部演出过的剧目达到一百四十八部！

能唱一百四十八部歌剧，且不论演过多少场，只有超人。

有一次多明戈过生日，朋友们送给他一个非常特别的礼物。他们精心做了一棵树，树上系着一百多张小卡片，上面是所有多明戈演过的角色名字和剧名，首演地的国家、剧场和日期。可以想象这是倾注了多少心血和爱的礼物！多明戈兴奋地围着树转，仔细地翻看着每一张小卡片，上面记录着他几十年的辉煌。

"你们太了不起了！都对了！只有这张卡片，上面写的剧院错了，另外这张的演出月份不对，你再查一下，应该是早一个月。"

2000 年底的一天，我正走出大都会歌剧院的后门，多明戈刚进来，我们打了个招呼，就要擦肩而过。"田！"他忽然停下叫住我，说："我真是非常抱歉你哥哥去世了，希望你不要太悲伤。”多明戈带着同情的表情跟我握握手。我感谢了他，但极为惊讶。我哥是一年以前在北京去世的，剧院里几乎没人知道，而且，我也从来没有跟多明戈讲过我哥的事。

《瓜拉尼人》· 波恩

导演强卡洛和多明戈是多年的好友，《西部女郎》并不是第一次合作，你来我往一起做过不少歌剧。大的合作包括巴西作曲家卡洛 · 戈梅兹的歌剧《瓜拉尼人》。

戈梅兹 1836 年出生，是南美最重要的作曲家，早年在意大利学习，比威尔第年轻，比普契尼老，所以有人说他的歌剧作品填补了从威尔第到普契尼中间的空隙。

《瓜拉尼人》1870 年在米兰斯卡拉歌剧院首演，然后大约有一百二十多年没演过。在歌剧史上只留下一张黑胶木七十八转的唱片，实况演出，好像是欧洲哪个歌剧院一百年前录的，声音模模糊糊，单声道，质量虽然很差，但格外珍贵，尤其对我而言。

1992 年，强卡洛成为德国波恩歌剧院的院长。波恩是“二战”结束后西德的首都，城市不大，整个绕一圈儿三四个小时就走完了，但所有的西德政府部门当时都在波恩。作为一个首都，波恩似乎小了点，但名声可不小。首先，德国伟大的作曲家贝多芬就生在波恩，他出生的房子是全世界音乐爱好者们朝拜的圣地。

20 世纪 90 年代，有好几年，波恩歌剧院成了欧洲引人注目的剧院。因为强卡洛动用了他在世界范围内歌剧界的所有关系，在波恩歌剧院推出了许多著名的歌剧制作，自己导，也请著名导演去导，在这方面他并不自私和妒才。强卡洛知道明星的重要，所以花重金请了许多当时最著名的歌唱家去波恩演出，包括大明星多明戈。直到波恩歌剧院被强卡洛折腾得花了太多的钱，严重超支，无法维持，才不得不让他在 1997 年离开。

波恩歌剧院高峰期最辉煌的制作，就是戈梅兹的《瓜拉尼人》，那是多明戈的建议和全力推动的结果。在很多年中，多明戈都大力帮助西班牙语系的作曲家和歌唱家，给他们创造演出的机会。虽然这位巴西作曲家的歌剧已经一百多年没有任何剧院演过，多明戈仍然决心给予戈梅兹的《瓜拉尼人》重生的机会。强卡洛慨然答应在波恩歌剧院首演这部歌剧，多明戈答应出演《瓜拉尼人》的第一男高音主角佩利。这个新闻立刻开始在世界范围的歌剧界传播。

《瓜拉尼人》的制作团队绝对一流，导演是著名的德国电影导演赫尔佐格和他组建的舞台制作团队，索尼公司决定出版《瓜拉尼人》实况演出的 CD，制作人是指挥大师卡拉扬所有最著名唱片的御用制作人米舍尔 · 戈劳兹。赫尔佐格还决定把这部歌剧整个制作过程拍成纪录片。《瓜拉尼人》决定于 1994 年 10 月在波恩歌剧院举行世界首演。

1993 年，当强卡洛还在纽约大都会歌剧院准备他在那里的第三部歌剧《命运之力》时，就在纽约开始进行一系列的试听，为《瓜拉尼人》的首演甄选演员。我在大都会一个小排练厅参加了强卡洛主持的试唱，大约有十几个大都会的歌唱家参加。小排练厅很小，强卡洛坐在他的烟雾里，我们在令人窒息的雪茄味道中轮着唱了一两首咏叹调。试唱的过程拉得很长，强卡洛不一会儿就说要出去办事，不知道去干什么，出去就无影无踪。我们一等就十几、二十分钟，每个人都筋疲力尽，怨声载道。我根本就没抱任何希望，觉得强卡洛漫不经心，对歌唱家们又不尊重，态度“匪里匪气”，这一切就像一个大玩笑。

几天以后，在大都会歌剧院的咖啡厅，强卡洛坐在靠近门口的一张圆桌子旁，手里夹着一根雪茄，不时地喷着难闻的青烟。他嘴里在跟两个助手说着什么，眼睛却盯着进出的人追着看。

“田！”他看到我走进咖啡厅，用雪茄指指我，叫我过去。

“你想不想到我那里去唱歌剧？”

“想啊，什么时候？”我随口回他，根本没觉得他是认真的。

“明年 10 月。”他说。

“什么歌剧呢？”我问，觉得他这回好像不是玩笑。

“戈梅兹的《瓜拉尼人》。”

我根本没听懂强卡洛说的是什么歌剧，也没听说过这个作曲家，不过我当然想去德国演出。

强卡洛有一个特点，你越不把他当回事儿，他越跟你来真的。几个月后我还真收到了波恩歌剧院的合同。

我其实并不想要这个合同，纽约的经纪人保罗也感觉到我的犹豫。因为我还不知道 1994 年大都会歌剧院是否跟我续约，非常怕失去在大都会的演出机会。经纪人有他的眼光，没费多少劲就说服了我。他告诉我是多明戈主演，赫尔佐格导演，索尼要录唱片，还会录制纪录片，等等，并说这是一个多么重要的机会，他说服我最主要的一句话是：“你要想在大都会歌剧院演出重要的角色，必须要先在欧洲的歌剧院演出重要角色。”

波恩歌剧院给我的合同很特别，估计给我写合同的人也不知道这个歌剧。歌剧院列了两个男低音的角色让我选择，这在我所有的歌剧合同里是第一次。

保罗好不容易找到一张《瓜拉尼人》的老唱片，反复叮嘱我千万别弄坏了，因为基本上是绝版。他只给了我两天时间，让我听唱片，马上告诉他我要演哪个角色，并且说我要不尽快决定，波恩就自己决定了。

老唱片已经有点变形，声音出来哆哆嗦嗦，唱腔和乐队的音准都不稳定，我反复听了两遍这部歌剧。写得好的地方就像威尔第，不太好的地方，听得出来是作曲家想自己发展一下写作手法，于是就像火车要出轨，和声和旋律马上变得让你揪心。不过这个作品还是大歌剧的写法，听得出来是个重要的作品。波恩歌剧院用传真发来的谱子根本看不清楚，估计是用上百年的旧谱子复印的，所有的音符和歌词都模模糊糊，很多字体七扭八歪，断断续续，像是外星人发来的信息，想看明白？靠猜。

我选的角色是南美殖民地的葡萄牙贵族唐·安东尼奥，另一个男低音角色是当地印第安部落首领卡奇可。故事主要讲贵族安东尼奥的女儿切奇丽亚爱上了另一个印第安部落的首领佩利，还有一个男中音贵族冈查雷斯，为了“我”的女儿和多明戈演的佩利誓不两立，最后，佩利带着“我”女儿走向远方，为了女儿的幸福，“我”和坏人男中音冈查雷斯在大爆炸中同归于尽。

这不是我在歌剧中第一次被杀死。在来波恩之前，我在大都会歌剧院跟多明戈演出了威尔第的《命运之力》，也演了一个贵族，在开场不到十五分钟，就被爱上“我”女儿的多明戈演的的角色因手枪走火误杀了。

我在《瓜拉尼人》中选择演出葡萄牙贵族安东尼奥，主要是因为我刚在《西部女郎》里演了一个印第安土著，我不能老“返祖归宗”啊！

事实证明我是对的，安东尼奥的戏份和唱段都比印第安土著卡奇可重要，虽然没有咏叹调，但也有大段的唱段，还有跟多明戈的二重唱，以及跟女儿的二重唱，都很戏剧性，可以在演唱中发挥自己的声音，还有很多情感冲突的场面可以表演，我喜欢这种对自己的挑战。

我们在波恩第一天排练，多明戈走进排练厅，一见到我就大声说：“田！上次你在《西部女郎》演印第安人，这次我演印第安人，哈！在《命运之力》你刚被我杀掉，我要抱歉，这次你又要因为我被杀掉啦！”

至此，我在不同的歌剧演出中一共死过四次，死因都跟多明戈有关。

我们在波恩排《瓜拉尼人》大约有一个月，多明戈因为日程太忙，一共就来参加了四次排练，然后直接进入彩排。我们没有一个人唱过这部歌剧，包括多明戈。这部歌剧大约三小时长，很多唱段很难唱。每个人来波恩之前都学会了全剧，能背，但还是生疏。我们为了不唱错，在进入排戏之前，至少跟指挥排了一个星期的音乐，就坐在那里一遍一遍地唱，大家才逐渐熟悉了整部歌剧和自己的唱段。多明戈实在是太忙，跟不同的歌剧院有密集的排练和演出日程。他抽空飞到波恩跟我们排练一天，然后马上飞去什么地方演出，过几天又飞回来再排一天。

虽然我们已经基本把歌剧排熟，但大师一来，又全乱了，因为——大师不熟。多明戈超级有乐感，记忆力又强，每次来到波恩，等于指挥、导演和我们都围绕着他的记忆排练。他熟的唱段，我们就排戏，他不熟的音乐，我们就坐唱。多明戈非常感谢大家的“照顾”，很努力，又友好，我们也愿意配合他，谁会抱怨一个和善的大明星呢？他在的时候，哪怕只有一天，他也会不休止地练习和排练，只要他能背下音乐，他的戏排一两遍就近乎完美，这就是天才吧。

我跟多明戈有一段二重唱，讲的是我这个贵族爸爸终于同意了一个印第安首领和女儿的恋情，让“多明戈”发誓永远爱她。在首演之前，因为大师的日程，我们也就排过四五次，而且大师不熟，我们的二重唱没有一次是全部唱对的，这使我的紧张变成神经质。多明戈唱错，我会觉得是我错，他唱对了，我也不知道谁对了。二重唱需要两个人每个音每一拍都对在一起，任何一人错，全乱。巴西指挥纳士林在首演之前来到我的化装间对我说：“田，你们那段二重唱，你记住，别听大师的拍子，你就看我的手势，跟着我，多明戈会自己校正的，你别紧张。”

首演之夜还真出了奇迹，我们这段二重唱只能用完美来形容，音乐严丝合缝，对戏恰到好处。我从来没意识到，这段二重唱是如此好听和感人。这就是多明戈，关键时刻，他一定闪出光芒。

女儿维罗妮卡

《瓜拉尼人》的女主角维罗妮卡是一个智利女高音。意大利著名女高音斯各特在智利讲课时发现了她，帮助她来到纽约茱莉亚音乐学院学习，毕业以后开始在欧美的歌剧院演出。遇到多明戈，也许是维罗妮卡歌唱事业真正的起飞。不过，我觉得她成功的原因，首先是维罗妮卡的声音本钱非常好，有一种很高贵的音色，声音中有一种意大利美声传统的圆润和明亮，还有轻而易举的技巧天分，加上很自然的感染力。维罗妮卡天生会演戏，很能感人，在台上有观众缘。其次，她实在漂亮，眼角上扬，眉毛飞起，鼻子小巧但自信地挺起，嘴唇丰满而且性感。

演员性感很重要，在舞台上，具有天生的美貌和无邪的性感，无论男女，都是受到更多关注的原因之一。漂亮又性感，音色一流，是维罗妮卡的特点，这造就了她的歌唱事业，更重要的是，她人好。

维罗妮卡在《瓜拉尼人》中饰演我的女儿切奇丽亚，她大概比我小十几岁，身材丰满，热情洋溢。她的眼睛总在笑，像会说话，遇到英俊的男士，维罗妮卡的眼睛和嘴唇立刻就有反应，会瞬间迸发出拉丁女孩那种火热的诱惑。对待朋友，维罗妮卡可以把心掏给你，远远地在大街上遇到，她会叫着你的名字跑过来跟你拥抱。她是我认识的歌唱家成名以后对家人最好的一个。演出有收入了，她就给远在家乡的父母买房子，帮助姐妹们的学业，把有潜力的妹妹带到纽约学声乐，支付一切费用。好朋友没工作，维罗妮卡就给她薪水，做自己并不那么需要的演出经理，交的男朋友仿佛个个都没钱，她就会把他们连吃带住都包了。可以想象，当她退出歌剧舞台时已经倾其所有，两手空空。于是维罗妮卡回到有大批粉丝的祖国智利，勇敢地开始新的人生。我和玛莎都非常喜欢她。从在波恩演我女儿开始，维罗妮卡就叫我 Padre（父亲），至今二十多年，我和玛莎仍然是她的田爸爸田妈妈。

多明戈对维罗妮卡有一种特别的感情，不单单因为她是西班牙语系的歌唱家，他们就是合得来。他带着维罗妮卡演过很多歌剧，开过很多音乐会。维罗妮卡是一个很独特的歌唱家，具有成为国际明星的所有条件，也有超过二十年令人赞叹的歌唱生涯。唯一的问题是她的优点也是她的缺点，她天赋的才能太自然，太容易，所以她一直在消耗她的天才，在演唱难度极高的歌剧中，仍然只是依靠自然的才能，就差再吃点儿苦，在歌唱技巧和修养上下点儿狠功夫，所以总会在最关键的句子和音高上差那么一点点，留下遗憾。可惜了，否则维罗妮卡可以在歌剧史上留下重重的一笔。

指挥 · 导演 · 索尼

临近《瓜拉尼人》正式公演时，指挥纳士林越来越紧张，因为是新歌剧，排练时总会有各种问题，你会看到他的眼睛紧盯着我们。谁的歌唱要是出点错，他会在刹那间狠狠地射出刀一样的目光，下巴往下一拉，上唇一抬，露出满嘴的牙，像要咬你。纳士林唯独对多明戈客气，迁就他在歌唱中的任何变化和处理。我们其实都不想唱错，但毕竟这是个非常生僻的歌剧，错的地方太多的时候，指挥就跟我们开会，讨论原因，拿着厚厚总谱，按着上面无数的标记，跟我们讲需要改正的地方。会总是开得很长。

排练紧张的时候，我们都不想开会，累。

有一天指挥在上午 10 点又叫大家开会，看得出来，每个人都没精打采，都没睡够。指挥托着他的总谱，一页一页地翻，一个音一个音地讲，大家都两眼无神，勉强地应付指挥。多明戈的眼睛一直看着别的地方，我以为他对这个会完全没兴趣。我们是在旅馆大堂开会，大堂有一个巨大的转门，人进人出，厚重的大门不停地转动。我顺着多明戈的目光看去，只见一个大约一岁的卷发男孩，咬着自己的手站在转门旁。突然多明戈从沙发上一跃而起，几个箭步冲向转门，用脚伸进正在转动的大门，两手抄起就要卡进转门的小男孩。这个被大明星救了的男孩子，在多明戈的臂弯里“咯咯咯”地笑了起来，完全不知道发生了什么。转门仍在旋转。一对年轻的父母跑过来，认出多明戈，左谢右谢。

我看着多明戈笑着把孩子递给那个父亲，心里一阵感动。其实我也一直在想怎么感谢大师。《瓜拉尼人》主要角色的选拔，多明戈的意见非常重要，我能被选上担任男低音主角，实在意外，因为我还没有跟多明戈演过一个重要的角色，他怎么就认为我可以胜任呢？

参加演出《瓜拉尼人》对一个年轻歌手的事业有极为重要的影响。首先，留下了一张索尼公司录制出版的 CD。CD 封面上有三个主要演员的名字：多明戈，维罗妮卡，还有西班牙男中音卡洛斯 · 阿瓦雷斯（饰演贵族冈查雷斯）。封底是所有参加演出的歌唱家，按出场顺序的名字排列。虽然我的名字排在第一个，我纽约经纪人保罗还是不干了。他认为我的角色属于主要男低音，有很多唱段，名字应该出现在封面上，列在主演的第四位。于是他给索尼公司写去一封严肃的信。最后结果是不了了之，我的名字仍然不属于封面。Haojiang Tian 这个名字不会帮助索尼公司推销这盘 CD。保罗希望的是把我的重要性推高一些，这样可以帮助他为我在歌剧界争取更好的合同。可我当时真的并不在意，我能参与到这个重要的演出和歌剧事件中，已经乐得不行了。

赫尔佐格是德国大师级电影导演，我很喜欢他的电影《陆上行舟》，一个非常奇特的故事。电影讲的是南美秘鲁的一个歌剧疯子，萌生出要在雨林中的一个小镇修建一座大歌剧院的疯狂念头。为了筹款，他要把一条三百多吨重的大船，让上千的印第安土人抬过一座大山，去运橡胶。看过影片很多年，我都没有忘记那个神经质的主演和那大船过大山的惊险镜头，就像赫尔佐格，他似乎有一种非常奇怪的力量，使人难以挣脱。那是一种冷力量，来自他的眼睛。

“没有任何东西可以逃过我的眼睛。”赫尔佐格笔直地向我走过来，说：“我看得见这里每个人任何细节。”他停在我面前，说：“为什么你跟昨天演的不一样？”赫尔佐格的眼睛好像结冰了似的，一动不动地盯着我。我有点慌乱，实在没想起来忘记了什么，最后发现是我没拿好手中的手杖。“手杖不是拐棍儿，也不是刀剑，尤其是在你挥舞手杖的时候，要知道什么是贵族的动作。”导演严肃地说，然后目不转睛地盯着我改正拿手杖的动作。

我还是更喜欢他的电影。

“我希望将来能在你的电影里演个角色。”有一天我斗胆跟赫尔佐格讲。

“好啊，如果我拍电影需要一个日本武士，一定找你。”

难道我只能演个日本武士吗？！心中立刻涌出一阵不满，并开始有了心理障碍，老觉得手里的手杖是武士刀。

艾琳

我们在波恩歌剧院的首演，吸引了无数多明戈的崇拜者前去观看，崇拜者们大部分都是女性，在全世界追随着这位迷人的巨星。我和玛莎认识其中一些最忠实的“多粉”。她们看过无数多明戈的演出，演出结束后都会聚集在后台，穿得漂漂亮亮，精心做过头发化过妆，等待多明戈的出现。多明戈是一个少见的明星，愿意把他的热情和关注，分给每一个“粉丝”，他会拥抱和亲吻她们，再加一句温暖的问候。多明戈需要她们，她们也需要多明戈。其中有一位叫艾琳。

艾琳是一个瑞士的女护士，追随多明戈的演出至少有三十年。我跟多明戈演过的一些歌剧，首演结束后，在歌剧院的后台都会看到艾琳。她总是一个人，永远短发，淡妆，个子瘦高，安安静静地站在后台并不显眼的地方，看着拥挤的人们，等候她的英雄。艾琳多少年都是自己搭配出一束非常漂亮的鲜花，等见到多明戈，递给他，跟他拥抱，轻吻，在他耳边说一声：“祝贺演出成功！”三十年过去，艾琳的背开始驼了，仍然喜欢站在后台不显眼的地方，只要多明戈走近，她又会挺直身躯，又成了瘦高的艾琳，递上一束精美的鲜花，抱住偶像。跟她熟了，艾琳也会来我的化装间，快步地进来，快速地祝贺几句，又快步地走出。她来过我们纽约的家吃饭，话题没有离开过她看过的多明戈演出。艾琳就是一个普通的瑞士医务工作者，你从来不觉得她的穿着多么豪华，首饰多么贵重，我们也不知道她怎么负担所有这些旅行的费用，还有那些看歌剧的开支？

也许，有一种爱就是扎一束花，默默地跟随，无论何时何地。

波恩首演 · 世界纪录

1995 年的 10 月，《瓜拉尼人》在波恩歌剧院的首演，让我经历了这辈子最长的谢幕。

当歌剧结束后，穿了一身印第安土著酋长服饰的多明戈，首先走出大幕向观众致意，掌声和鲜花蜂拥而至。多明戈很喜欢观众扔上台的花朵，他会尽可能地捡起每一束，甚至每一朵花，有小卡片的，他还会迅速地看一眼卡片，然后举起鲜花，向不知何处的献花者致意。

在德国演出，剧院有一个不成文的规矩。只要观众不停止鼓掌，演员们就要不停地走出大幕，向观众们谢幕。

《瓜拉尼人》首演之夜，我们完全记不住出去谢了多少次幕。开始大家都精神抖擞，在多明戈的带领下走出大幕鞠躬、鞠躬、再鞠躬。集体出去，然后每个人轮流出去，再集体出去，再每个人轮流出去。观众们全体站立，鼓掌加欢呼，不停不息。于是我们又集体出去，再个人出去，再集体出去，再个人出去……最后，我们所有十来个演员都筋疲力尽。个人出去谢幕时，幕后的我们会坐在地上短暂地休息一下，轮到自己再挣扎起来走出大幕。再后来所有的人都累瘫了，最精神的是多明戈。每次走出大幕，观众的欢呼声会马上放大两倍。他永远都是精神百倍地向观众挥手鞠躬微笑，丝毫没有倦意。

五十二分钟！我们的谢幕持续了五十二分钟！直到多明戈最后一个人走出大幕，做出了好几个需要睡觉的姿势，观众的掌声才在笑声中渐渐平息。

据说这个五十二分钟打破了世界纪录。有一点可以肯定，演三个多小时歌剧，再加五十二分钟谢幕，绝对需要多明戈式的体力。

土耳其庆功宴

通常，西方歌剧院公演一个有大明星主演的全新歌剧，结束以后一定会有宴会。譬如在大都会歌剧院，首演的庆贺晚宴，至少都有几百人参加，所有的演员和他们的配偶都会受邀。可是我们在波恩歌剧院这么折腾的大演出，《瓜拉尼人》首演完了以后没有任何宴会的迹象。当多明戈、维罗妮卡、男中音卡洛斯和我几个人最终卸完妆走出剧院时，已过午夜。剧院外空无一人，街上没有一辆车，整个城市寂静无声，剧院后面的莱茵河似乎也进入了梦乡。

一向喜欢热闹的多明戈似乎有些失望，我们都累坏了，而且很饿。剧院对面马路边有一个小小的土耳其餐馆，隐约还有灯光，于是我们带着一丝期望走过去。

波恩这个小城，晚上 6 点以后所有的商店全部关门，饭店到了 9 点多基本都会打烊，这似乎是一个没有夜生活的城市，连卖成人情趣用品的商店都在 6 点关门。

土耳其小餐馆早已休息，老板正在收拾，准备回家。玛莎带头进去表示希望能吃一点东西，也许土耳其老板认出来我们之中的一位是大师多明戈，欣然答应给我们做点食物，一边伸手开了几盏灯。

我们拉开椅子坐下，要了些小吃，开了酒，说笑着开始“庆功宴”。玛莎直接就占领了厨房，成了主人，要确认土耳其老板给我们拿出最好吃的食物。老板跟在玛莎后面跑出跑入，一盘盘地往外端食物。总之，他端出什么我们都一扫而空，多明戈还点上了一支长长的雪茄。

早上 4 点，大家依然情绪高昂，不停地说笑。多明戈看看手表，熄灭了雪茄，一脸抱歉地说：“很对不起，我得回旅馆收拾一下行李箱，6 点半要去机场，飞蒙特卡洛，10 点有排练。”什么？ 6 个小时以后他要在蒙特卡洛排练？！我们都觉得听错了。“晚上我们在蒙特卡洛有三大男高音音乐会。”多明戈再解释了一下。

帕瓦罗蒂、多明戈和卡雷拉斯的音乐会，是在蒙特卡洛一个大型的运动场开，现场据说有五万多人，而且会全球转播。我直到现在都无法想象，在这么重要的三大男高音音乐会开场前的十五个小时，多明戈还在另一个国家，跟我们坐在一个黑暗的土耳其小餐馆，抽雪茄，喝葡萄酒，刚唱完一场大歌剧。

多明戈的秘密

全世界没有任何一个歌唱家有类似多明戈的日程，也没人可以想象他的日程。他可以不睡觉，全球飞，可以连续地排练、演出、开会、录唱片、指挥，可以保持无穷的精力和绝不会疲倦的钢铁声音。

多明戈的夫人也叫玛莎。有一次我的玛莎问多明戈的玛莎，多明戈大师怎么会有这种超人的精力，他到底怎么应付他的日程？大师的玛莎马上用双手把耳朵盖住，使劲摇着头说："别问我，别问我！别问我！！"

多明戈不但有极为密集的演唱合同，还在世界范围的交响乐团和歌剧院指挥交响乐和歌剧，还曾同时担任美国华盛顿歌剧院和洛杉矶歌剧院的院长，他还创办了"多明戈国际声乐比赛"，三个国际性的青年歌唱家训练项目。而且，他还帮助他的孩子们开过十一家"多明戈餐馆"。

唯一的多明戈。

我曾试图找出大师的"秘密"，实在是太好奇了。我总想知道他是不是吃了什么"祖传偏方""大力丸"之类。很多歌唱家演出前或者演出中，会吃一些自认会对嗓子好的东西，很多人都是吃药，祛痰的、止痛药（放松用）、抗忧郁药、胃药之类，或者水果，大多数人喝很多水。多明戈的化装台上永远撒着一把润喉糖，很多时候会有一串葡萄。他觉得声音有些不干净的时候，会马上扔一颗润喉糖进嘴里，"咔吧咔吧"地嚼碎咽下。

如果说点"机密"，大师在穿演出鞋时，永远先穿左脚的再穿右脚的，如果不小心先穿了右脚的鞋，会不高兴，马上脱了重穿，这是大都会歌剧院的服装师告诉我的。

榜样的力量是无穷的，在我很多年的歌剧演出中，我都一直是先穿左脚再穿右脚的鞋，模仿我的大师。直到最近，跟多明戈在北京的国家大剧院演出威尔第的《麦克白》，首演时，我一不小心先穿了右脚的鞋上场，发现时已在台上，顿时惊出一身汗。但那天演出非常好，声音发挥得比哪一天都好。从那天起，我再也没注意过先穿哪只脚的鞋。不过有很长一段时间，总觉得自己像个“叛徒”。

多明戈的“秘密”还包括他的天才、意志力和强壮的体魄。

他优美的嗓音，他自然的乐感，对乐句的流动和连贯的本能，还有歌唱咬字的才能，都具有极高的天分，从小就出众。他坚强的意志力让他绝不放弃任何他想做的事，坚决执行到底，而且他根本不想坐下休息——怕生锈。他强壮的体魄来自从小就喜欢的踢球运动。在《瓜拉尼人》演出的最后一幕，他可以轻而易举地双手平托起体重绝对不轻的维罗妮卡，走上舞台的斜坡，一步步迈向最高处。

他还有一个重要的“秘密”，就是他的家庭。他的夫人和儿孙满堂的大家庭永远支撑着他的事业。他的儿媳妇中有一个有中国血统，生的孩子会讲一点中文，有一次在庆祝多明戈七十大寿的宴会上，这个孩子还为祖父创作了一首歌，第一句上来就用中文叫多明戈“公公”。

我们在纽约的家离大都会歌剧院隔一条街，多明戈的三儿子阿瓦罗一家也住在我们楼。阿瓦罗夫妇有两个可爱的儿子，都在十岁左右。多明戈是一个不能再好的祖父，只要他在大都会排练或演出，有一点时间，他都会过来看看孙子们，跟他们一起度过哪怕短暂的时光。这是一个非常温暖的大家庭，无论多明戈的生活和事业有任何起伏和动荡，每一个家族成员都会全力地支持他。

客座歌唱家

多明戈是 1968 年在大都会歌剧院首次登台的。当时年仅二十七岁的西班牙男高音多明戈，担任著名的意大利明星男高音科莱利的替补，不料科莱利生病，多明戈在演出当天接到紧急通知当晚上台演出，结果一夜成名。从那时到 2019 年，多明戈在大都会歌剧院连续演出了五十一年。从“替补”到超级巨星。

在欧美的歌剧院，最主要的独唱演员是没有“终身制”的，都是按歌剧剧目签订合同，演出来剧院，演完就再见。在大都会歌剧院每年有两百多位来自各国的独唱演员参加演出季，其中只有十来个歌唱家有类似“驻院歌唱家”整个演出季的合同，专门演出配角，而且每年都要重新续约，视当年演出的表现决定是否续签。绝大部分独唱演员都是“客座歌唱家”，包括明星们如帕瓦罗蒂、多明戈等。我还从来没听说过哪个歌剧院的主要演员是“终身歌唱家”。德国和一些欧洲的歌剧院有“驻院歌唱家”，但也绝对不是终身的合同。你要是嗓子坏了，仍然会一辈子给你演出酬劳？

“客座歌唱家”多明戈在大都会歌剧院演出过七百零六场歌剧，指挥过一百六十九场。

我在 1991 年得到大都会的第一个合同，是“驻院歌唱家”，一共四十个星期，包括排练和演出，五部歌剧，还有五个星期的带薪假期和健康保险。从第二年开始，在我经纪人保罗的强烈建议下，我就成为“客座歌唱家”，有了一定的演出“自由”，还可以跟大都会歌剧院商议演出剧目和日程的可能。所以从1992年起，我就开始幸运地同时在不同的歌剧院和大都会演唱。在大都会，“大客座歌唱家”们一签就是未来几年的演出合同，我们“小客座歌唱家”通常每年一签，很简单，如果这个演出季没唱好，你不可能拿到下个演出季的合同，也许就是跟大都会歌剧院的永别。

《瓜拉尼人》是我在欧洲演的第二部歌剧。我经纪人的“战略方针”是对的，《瓜拉尼人》之后，我开始在大都会歌剧院演出主要的男低音角色，也就是有咏叹调的角色，使我的歌唱事业有了质的变化，也和多明戈有了更多的合作。

能和大师合作演出，最幸运的，是可以跟你崇拜的偶像学习，而且总有新的东西可以学。一个演员需要有自己的崇拜对象，否则可能会开始崇拜自己，那将是悲剧的开始。

大师直率

2000年4月，我们在大都会歌剧院排练普契尼的《波西米亚人》，多明戈指挥，我的角色是哲学家科林，那是我第一次跟“指挥家”多明戈合作。

排练休息的时候，多明戈跟我们讲起在20世纪70年代，大都会歌剧院还在进行每年夏季在美国的全国巡演。当时巡演的剧目之一就是《波西米亚人》。帕瓦罗蒂演第一组的男高音主角鲁道夫，多明戈演第二组的同一角色，指挥是艺术总监莱文。鲁道夫最著名的咏叹调是《冰凉的小手》，最高音到高音C。由于两位当红男高音有不一样的高音，于是乐队在演奏这段咏叹调时，给帕瓦罗蒂的伴奏是原调，到高音C，给多明戈伴奏降了半个音，到高音B。大师莱文和乐队都很熟悉这个安排：到多明戈演出那天，乐队的谱务就会给乐手和指挥换上多明戈的降调谱。可谁想得到，一个差错差点让多明戈败走麦城，毁了一世英名。差错出得其实再小不过：轮到多明戈演出那场，乐队谱务忘了换谱子。当多明戈在台上张口开唱咏叹调时，马上意识到乐队高了半个音，大吃一惊，是帕瓦罗蒂的调！高半个音，对男高音歌唱家来说，会要命的。因为在演唱完全习惯的调性时，突然高半个音，喉咙的肌肉反应不过来，歌唱家的声音控制会马上失调，高音可能会破，这段咏叹调的演唱将是一场灾难，会让人们长久地记住那个破音。

“我完全不知道自己是怎么唱下来的！”多明戈用双手揪起自己的头发说，“我觉得我的头发都立起来了，太可怕了！尤其是最后那个高音C！”多明戈边说边摇头。“演出完我马上去问莱文大师为什么没换谱子，莱文看着我，根本不知道我在说什么，我说乐队用的是帕瓦罗蒂的调！我差点被杀掉！”多明戈说着，自己也笑了起来，大师莱文的反应是：“你不是唱下来了吗？很棒啊！以后要不要换到帕瓦罗蒂的调？”

全世界，只有一个伟大的男高音歌唱家，可以如此坦率地笑谈自己的高音。

唯一的多明戈！

“渐慢”和纽扣

多明戈酷爱指挥，而且是第一个在大都会歌剧院同时担任“客座歌唱家”和“客座指挥家”的歌唱家。能指挥交响乐的大歌唱家，也只有多明戈。

大多数指挥都是“独裁”，有不容置疑的权威习惯，有的甚至会“很凶”，习惯乐手们和歌唱家们绝对地服从。但多明戈不同。

2000 年我在大都会演出《波西米亚人》，饰演哲学家科林，那是我第一次跟指挥家多明戈合作，第一次在他的指挥棒下演唱。

当我们在排练《波西米亚人》的时候，多明戈会非常耐心和友好地问所有的主要演员，在什么地方，在哪一句，我们会想要什么样的音乐处理，需要什么样的节奏。

在《波西米亚人》中，我有一段咏叹调，普契尼唯一写给男低音的咏叹调《旧大衣之歌》，很短，很伤感，不高不低但非常难唱。在咏叹调的后半部有一句“我对你说再见……”，普契尼标注了一个意大利文的音乐表情记号“rall”(rallentando)，意思是“渐慢”。我们排练的时候，多明戈就问我想怎么唱这个记号，我说：“延长这两个十六分音符的时候，我会跟着你的手势，决定这个音的长短。”这个咏叹调我跟好几个指挥演出过，没有任何一位问过这个问题，我只是服从指挥的手势，但容易产生误解，这两个十六分音符会唱得很紧张。跟多明戈的演出中，就是因为我们交流过，每次唱到这个地方，我和多明戈会默契地对一下眼神儿，默契地互相配合，默契地完成普契尼这个用“rall”标注的音乐要求。

不可思议的是，几年后我在日本跟大师小泽征尔演出《波西米亚人》的时候，有过类似的经历。

至于一个伟大的歌唱家能不能成为一个伟大的指挥家？这是人们一直争论的话题。有歌唱家试过，没有成功的。而伟大的钢琴家和器乐演奏家却有不少成为大指挥家。

有一点必须要说的是，多明戈指挥过的乐团，乐手们都很喜欢他，因为他可亲、迷人，还很幽默，不会给乐手们难堪。当然，更喜欢他的是女乐手们，这不奇怪，就像他在歌剧院的粉丝绝大部分都是女性。加拿大某乐团就有一位女中提琴手毫不掩饰她对多明戈狂热的好感，当多明戈走上指挥台开始排练柴可夫斯基的《第五交响曲》时，坐在他对面那位漂亮的加拿大女中提琴家，会情不自禁地多解开两个纽扣，把衬衣拉开三寸。不知道是不是因为这两颗纽扣，多明戈指挥的那场音乐会效果并不如意。

这不该怪大师吧？

《熙德》· 华盛顿

1999 年 6 月的一天，在华盛顿歌剧院不大的院长办公室，多明戈让我坐下，说：“乌戈让我开除你，马上换人，我在尽量让他冷静下来。”大师开门见山，目光和语气都很严肃。我马上感到问题严重，只说了声“谢谢”就说不下去了，也不知道该怎么解释。“我告诉乌戈，我跟你合作过好几部歌剧，你是一个很好的歌唱家，一定会唱好。我本来不想告诉你，怕你有压力，但希望你能跟乌戈好好合作。”多明戈说。他对我从来没有这么严肃过。

情况的确很不好。

当时我正在华盛顿歌剧院排练马斯涅的歌剧《熙德》。两个星期我才参加了四次排练，还有两个星期就要首演。这是一个非常重要的全新制作，华盛顿歌剧院这个演出季最重要的歌剧，美国首演。《熙德》的导演是阿根廷著名导演乌戈。

多明戈是《熙德》的第一主角罗德里格，还是华盛顿歌剧院院长，掌有生杀大权，可以决定任何歌唱家的录用，也有开除权。《熙德》的公演事关重大，已经做了大量的宣传，七场演出票已经售尽，不但要录制和出版 DVD，还要在美国 PBS 公共电视台实况播出。多明戈这位西班牙歌剧大师出演西班牙民族英雄，足以引起歌剧界的广泛期待。

排练正在全面展开，华盛顿歌剧院的合唱队、舞蹈队、乐队、舞台制作团队和乌戈的导演团队，都开始进入紧张的合成阶段，一切似乎进展顺利，只有我一个人总不能出现参加排练，当然会让导演乌戈暴怒。

多明戈告诉我，乌戈几乎每天都要给他压力，要把我开除掉，让我的替补——一个澳大利亚的男低音，换上来演唱我的角色。不知道从哪天开始，乌戈完全不跟我讲话了。

我快崩溃了，压力太大，我根本解释不清为什么我在两个星期内只参加了四次排练。

这一切不能怪我，只能怪我的经纪人保罗。

在我跟华盛顿歌剧院签订《熙德》演出合约的同时，我已经跟大都会歌剧院签了合约，演出多尼采蒂的歌剧《拉美莫尔的露琪亚》，出演神父雷蒙多，男低音主要角色，有两段咏叹调和不少重唱，所以我对在大都会演唱这部歌剧绝对不敢掉以轻心。

我的日程有可怕的冲突，演出《露琪亚》的日期和排练《熙德》的日期，有两个星期的重叠。保罗没跟我商量就签了合同，他认为华盛顿距离纽约只需坐三个小时的火车，或者一个小时的飞机，我应该可以同时在大都会演出，在华盛顿排练，耽误几天《熙德》的排练不会有太大的问题。

怎么会没有问题？！演唱《露琪亚》和排练《熙德》都极为重要，我怎么两边兼顾？在纽约演出，在华盛顿排练，两边奔波，我完全不知道自己能否撑下来，而且《熙德》的很多排练我都去不了。

科学家玛莎帮我列了一个详细的时间表，清清楚楚地标出我兼顾两地最佳的日程可能。她准确地计算出我要坐的火车和飞机，安排好在两个城市之间最科学的旅行。玛莎密密麻麻地写出在华盛顿几点排练完，赶几点的飞机，几点到纽约，几点去大都会化装，参加当天晚上几点钟的《露琪亚》演出。第二天，我要几点起床，坐几点的快车到华盛顿参加几点的排练，等等。我严格地按照玛莎给我制定的时间表，在两个城市之间飞奔了两个星期。有些时候是前一天晚上在纽约演出《露琪亚》，第二天早上 6 点出门去机场，赶到华盛顿参加上午 11 点的《熙德》排练。

我在《熙德》里的角色非常重，每一幕、每一场都有我，有很多唱段，包括两段咏叹调。我不能来排练，会影响到所有人的戏。最后，本来就脾气暴躁的导演乌戈，一看到我没出现就大发脾气，估计想杀我的心都有了。

据说有一次乌戈对着多明戈大吼："谁能保证这个中国人可以把这个角色唱好？！他从来没唱过这个角色，也不来排练，这个演出还要出 DVD！谁负责？谁负责？！"

多明戈坚持着没有开除我，但把乌戈这几句话转告给了我。就是"这个中国人"把我激怒了，抱歉的内疚感一扫而空。"这个中国人"就要给你看看，他可以唱得比你想象的还要好！于是我拼了。

人一愤怒会爆发出巨大的力量，当我最后结束了在大都会歌剧院《露琪亚》的演出，可以在华盛顿参加所有的排练时，我像疯子一样地投入工作。

我在纽约已经花了两个月的时间学习《熙德》，早已背得烂熟，但我决定把我所有的唱段再从头学习一遍，让自己对演唱建立百分之二百的信心。

《熙德》是用法语演唱，我们的指挥是个年轻的法国人——曼纽维欧 · 维拉莫，首次在美国指挥。我们还有一个大都会歌剧院来的极棒的法语歌剧指导德妮思 · 玛赛，我就是跟她学的整部歌剧。现在我再次从头跟她学起，每天加班。同时请求跟指挥曼纽维欧找时间排音乐。那时，舞台上已经开始放上全部布景排练，我会在合排之前早到剧场两个小时，在舞台上琢磨我的动作和站位，合排之后，我再加两个小时的班，在布景中间熟悉刚排过的一切走位和动作。玛莎是我的专业摄影师，端着一个录像机从各种角度帮我把动作和走位录下来，让我回旅馆复习。所有这些自我安排的排练，我都有求于乌戈的助手，一个腼腆的南美小伙子何塞。他非常耐心地告诉我，在我没来的时候，乌戈是怎么要求我的替补做的。因为乌戈排练时见到我就一扭头，不想看我，也完全不跟我讲话。腼腆助手真不错，有求必应，跟我一起加班。不过在合排中，小伙子的处境太难了。

在我们排大场面的场景时，台上会有至少两三百人，合唱队、舞蹈队和群众演员。乌戈会对着腼腆的助手大吼一声："告诉田！让他走到右边去站着！"于是可怜的小伙子向我跑过来传达导演的指令。我就对助手大声地说："你问导演！我要往右边走多远？！"助手又赶快小步跑回乌戈身边轻声说几句。"告诉他！往右边走五步！"乌戈又大吼一声，小伙子涨红着脸，又颠儿颠儿地跑回来传达。"我要面对什么方向，拿不拿剑？！"我的音量也不减。

所有站在舞台上的演员们都显得很紧张，没人动也没人出声，看着我们两人之间充满火药味儿的较劲。

随着排练越来越深入，乌戈叫喊的次数开始增多，而且是对所有的人。我发现他在排练的时候完全无法控制自己的脾气，会对所有的人喊叫，不是故意的，是真的生气，而且气得脸色青白发灰，两只眼球会瞪得爆出眼眶，吼叫的声音嘶哑又尖厉。

不过我慢慢觉得乌戈的喊叫有一定的道理，基本上都跟演员们的动作和走位布局有关，他对我们每一个动作都做了设计，手起手落的尺寸都有严格要求。如果演员们下一次排练忘了，或者动作的角度稍差分毫，乌戈嘶哑的尖叫马上就爆发："No！ No！！ No！！！"他会握着拳头痛苦地对着天喊："不——可——相——信！！我昨天白——说——了！！天哪！！"然后，他会加一个脏字，用意大利文：

“CAZZO！！！！”意思是 ××（请自查字典）。

其实，那是他性格的特点，不是他的缺点。你得原谅他，因为他的尖叫不是针对你，是为了最完美的舞台布局和最协调的动作效果，是为了歌剧。我能原谅他的另一个原因，是他不发火的时候，大家做得比他的要求还好的时候，他会瞬间温柔可爱得让你大吃一惊。

要求绝对的完美是极为痛苦的事，也许需要喊叫。

我必须承认，乌戈是个好导演，而且是世界级的舞台和服装设计大师。他的舞台和服装设计绝对忠实于意大利最传统的写实主义风格，忠实地传递着经典歌剧最唯美的辉煌。今天的遗憾，是我们已经快忘记歌剧真正的辉煌是什么。近几年，当乌戈开始尝试用当今流行的多媒体视觉效果，让人感到他的设计已经开始有些无奈和迷惑。这只是我个人的感觉，也许是因为我经历过《熙德》。

整个《熙德》的舞台设计是暗的，地板是黑色的，侧幕都是黑色的，天幕是黑色的，舞台背景也基本上是黑调子。所有的黑色完美地衬托出舞台上设计图案的最佳效果。天幕每一场都会轮换着上升或下降皇宫、官邸和教堂等布景，每一片布景下来都让人赞叹，赞叹上面的图案，那些动物、花朵、各种宗教的图腾、门饰等等，都像极为精美的雕塑。金银铜铁的质感，石雕和木刻的视觉感都是立体的，那么完美、华贵。很多舞台上的设计远看唬人，近看粗糙不堪。乌戈的设计和对制作精细的要求，使舞台上所有的细节都非常经看——无论远近。我很喜欢走近去摸摸他的布景，好像在触摸一件艺术品，能感觉历史，可以走进西班牙英雄熙德的时代。

灯光，乌戈对灯光的要求也近乎苛刻。他所有的设计，包括盔甲、刀剑、头盔、战马银灰色的面具，所有的布景，在他的灯光中，都在闪烁着油画般的效果。盔甲和头盔的制作要求极为严格，乌戈会仔细地监督涂料和工艺，并反复试验灯光效果，力求一切道具在灯光的照射下，呈现最真实的质感和视觉感，如刀剑必须能反射出冰冷的寒光；贵族和皇族身上的长袍和点缀的宝石，在光线中必须能散发出色彩斑斓的光芒；女士们的金发都让乌戈的灯光调出奇特的美感。他的舞台效果总让我想起大画家伦勃朗的油画《夜巡》和《戴金盔的人》。

乌戈的服装设计也是一绝，总让我有迫不及待地穿上戏装进入角色的感觉。他用的布料、选的颜色、装饰的点点滴滴都细致入微到了极点，一分一毫都会反复推敲。跟选料推敲，跟色彩推敲，最重要的，跟历史推敲。

我的服装有一件拖地的长披风，紫红色，镶着许多宝石和金色的装饰，已经显得很贵族了。试装时，乌戈围着我绕了好几圈，虽然一眼也不看我，只是死盯着我的服装，上下打量。最后他还是觉得我的披风上少了些什么。他居然找来一把意大利那种很硬的通心粉条，自己坐在那里用剪刀仔细地把通心粉剪成两毫米大小的颗粒，喷上金粉，然后用万能胶一粒粒地粘在我披风的褶子里。我的披风突然变了，被无数金子般的颗粒点缀得尊贵无比。

至此，乌戈还是没有和我讲过话，也没有再向多明戈要求开除我。

我跟乌戈的来往虽然还是无声的，但在艺术上，我们开始感觉彼此。不说话就不说话，无声胜有声。

大师课 · 一对一

歌剧演员必须会演戏，演戏必须和歌唱血肉相连，相辅相成，才能成为一个真正的歌剧演唱家。

多明戈可以说是唱做俱佳的佼佼者，我在舞台上从多明戈那里学到的一切，直接帮助了我整个的演唱生涯。

在《熙德》中多明戈饰演的是罗德里格，也就是西班牙的英雄熙德，我饰演的是多明戈的父亲，贵族唐狄也戈。受了另一个贵族戈麦兹可怕的侮辱，于是父亲让儿子去杀掉他的仇人。当儿子发现我的仇人就是他恋人的父亲，内心产生巨大的矛盾和挣扎，在父亲的逼迫下，最后发下誓言，答应去杀掉父亲的仇人。这个情节发生在一段我跟多明戈的二重唱中，那是他给我上的最珍贵的大师课，一对一。

在歌剧中，很多时候唱好重唱比唱好咏叹调难。一般的歌唱家会在歌剧演出中，把全部精力放在自己独唱的咏叹调上，而杰出的歌唱家，绝对不会忽略重唱的重要性，尤其是二重唱。

唱二重唱，首先是倾听对方，寻找默契。两个人的演唱要互相在音准、音色、乐句和情绪上感觉对方，要尽可能完美地把自己的乐句传递给对方，把双方的乐句完美连接。而且要在肢体动作、眼神和表情上流畅地与对方沟通。最重要的是，两人的情感交流要在一个水平上。

我和多明戈在排练的时候，并没有讨论该怎么做，我完全是被他自然地带动着，激励着，紧紧地跟着音乐和剧情对唱。他的步伐和手势让我不自觉地、下意识地应对，不可思议地进入到两个人的境界。在我演过的许多歌剧中都有重唱，但很少有跟多明戈唱重唱的这种感觉，能完全沉浸在对唱的情节中。歌唱家绝对不能只顾自己的歌唱，把重唱当独唱。

在《熙德》中，我们的二重唱有几句是我对多明戈讲述我受到的侮辱，当时多明戈是面对我，背向观众听我唱。他是我合作过的歌唱家中唯一的一个，在背对观众的时候也全力以赴地灌注感情，绝不离开角色。你可以想象，在我悲愤地述说时，多明戈面对我，背对观众，眼睛里冒着愤怒的火焰，表情里全是戏，肩膀里的肌肉都在跳动。我能不被他感染吗？！不但是我，所有的观众都可以从多明戈的后背感到他的愤怒。这就是多明戈，在台上的分分秒秒都在角色中。

我在二重唱中有一句需要抓住多明戈的双肩，让他转过来面对我，发誓去杀掉我的仇人。这是一位歌剧巨星，我怎能大力地去扳他的肩膀呢？再说，多明戈的肩膀宽阔，肌肉发达，非常强壮，不使劲扳不动，使劲怕伤到他，于是我就小心地在排练中做做样子。多明戈摇摇头停下来，说："你是让我去杀人，不是去喝杯酒，别忘了你是受到残忍的侮辱，我是你的儿子，是你唯一能报仇的希望，你得来真的，观众什么都看得见。"他顿了一下，说："再来！"

这是无价的大师课，每时每刻都是启发。

乌戈设计的黑色地板是一层层宽大的台阶，每一级不高，大约五厘米，但至少有三十个台阶。我们所有的舞台调度，走位，舞蹈和哑剧演员们都是在这些台阶上表演和舞动。开始的时候我非常不习惯，又要表演又要唱，还要小心不要在这些台阶上摔跤。我们都穿着长长的演出服，我不断地踩上自己的大披风，严重地干扰着我演戏和歌唱，苦恼不堪。奇怪的是，我注意到多明戈在这些台阶上的移动是出奇的自由和自信，甚至在他和我“仇敌”的一段生死斗剑中，也看不出他对脚下的层层台阶有任何顾虑和受到影响，步伐流畅又平稳。于是我在排练时找了个时间问他是怎么做到的。多明戈一边挥舞着手中的剑，一边在层层台阶上下左右移动着说：“非常简单，数你的步子，几步就转身，几步就上或者下。数步子！”天哪，大明星原来是如此严苛地训练自己！

我不知道乌戈是在什么时候放弃了开除我的念头，我也不知道他对我这个第一次合作的中国人，是否改变了印象。我管不了这些，只是把自己完全地沉浸在排练之中，把自己彻底变成 10 世纪的西班牙贵族唐狄也戈。同时，我通过几百次的练习，完全熟悉了台上的每一个台阶和自己每一步的移动，用多明戈的秘诀——“数步子”。

玛莎！

在华盛顿排练和演出期间，我们住在离肯尼迪中心华盛顿歌剧院所在地不远的一个酒店式公寓，窗外是一条美丽的河，两岸的树枝向河水垂下，有些树枝带着树叶弯进水中，再从水面伸出，风景如画。每天排练完回到旅馆，我会让自己慢慢地从歌剧中走出来，回到现实。我必须回到现实，因为当时内心正承受着一个可怕的压力：远在北京医院里的大哥正在肝癌晚期中挣扎，临近死亡，他才五十岁，这也太残酷了！我每天都会在旅馆的公共电话间给他打一两个小时的长途电话，忍着焦虑，跟他山南海北地聊天，转移他的注意力，并想办法帮助他能接受最好的治疗，不让他担心医疗费用。玛莎知道我承受着各种压力，尽一切可能地帮我，为我分忧。总是为我做最好吃的食物，保证我可以睡好，而且每天在排练中帮我录音，在剧场走台时“非法”地帮我录像，让我能每天都可以参考改进歌唱和表演的可能。当时我们还有上百个朋友要从各地来看《熙德》的首演，包括从北京飞过来的母亲。玛莎一边照顾母亲，每天还要帮助所有的朋友安排演出票和很多住宿上的琐事。玛莎还在香港地区驻华盛顿的贸易代表处，为《熙德》的公演，筹划了一个大约两百人的庆贺晚宴。

我永远不会忘记的是，在她为我做这一切的时候，为了不给我增加压力，不影响我的演出，一直忍着没说她开始感觉乳房痛，而且可以摸到肿块，医生警告她有癌变的可能，必须马上做确诊的进一步检查。但她一直等到所有的演出结束，并且等到我大哥去世，我们赶去北京向他告别，最后回到纽约家里的第一天，玛莎才让我跟她一起坐下来，告诉我她需要马上开始做一系列的检查，大概是得了乳腺癌。

这就是我的玛莎。

《熙德》的演出虽然是我歌剧事业的一个高峰，大哥的离世和玛莎因为癌变而做的手术，使我经历了人生重要的一次得与失。

不幸中的万幸，玛莎的手术非常成功，她的癌症不是致命的种类。

《熙德》有关的一二三

一、原计划出版《熙德》DVD的决定最后取消了，因为在首演前三天，多明戈病了，他甚至没能参加《熙德》的最后彩排。他得了重感冒，发烧，躺了两天，这在多明戈的演出生涯中极为少见。不少大明星都有取消演出的时候，唯独多明戈，只要有一点可能，他绝不会取消演出。但他在《熙德》首演的演唱多少受到了影响。

演出时，我们都能感到多明戈是拼了，他是竭尽全力在舞台上演出，能听出他的声音有些吃力。作为一个歌唱方法极为出色的歌唱家，在嗓音不好的情况下，会更多地使用声乐技巧，绝不给自己不舒服的喉咙增加压力，巧妙地节约嗓音，力保唱下全剧。在我们二重唱的进行中，多明戈离我很近，唱到很强的音高时，会喷射出雨点般的唾液直接落在我的脸上。我有一秒钟想到躲闪，怕染上他的感冒，下一秒钟立刻感到羞愧，他既然拼了，我就舍命陪君子！

二、《熙德》一共演出了七场，加上彩排和副彩排，我们一共有九次化装登台。因为要拍摄录像，每次我的妆都要画两三个小时以上，化装师必须做到让我看上去比多明戈大二十岁。多明戈真实年纪比我大将近十五岁，当然，他也希望在台上看上去比他“爸”年轻。

我们在同一个化装间化装，导演乌戈会站在那里苛刻地监督我们的化装师，时不时还会抢过化妆笔自己上阵画几笔，要确认多明戈变年轻的同时，我在变老。

我的化装师在我的脸上试了很多种让我“老化”的办法。

为了近镜头的效果，不能用化妆笔画皱纹，最后的方法，就是使用一种很强的胶水，涂在我的脸上，吹干，再涂一层，再吹干，再涂。于是我的脸在一层层的胶水拉扯下，终于开始有了导演需要的横七竖八的皱纹。皱纹有了，我的脸皮也快没了，满脸剧痛。最糟糕的是满脸强力胶水让我既不能笑，也张不开嘴，可我不能闭着嘴唱歌啊！

戴上灰白的假发和胡子，加上满脸的胶水皱纹，我老了。只是每次要唱歌和咬字的时候，都要在皱纹的束缚中拼命挣扎着张嘴，有时皱纹会开胶。剧场休息的时候，化装师会跑着进我的房间说从摄影机看出我的脸开胶了，拉我去化装室再上几遍“胶水酷刑”，为了那些可怕的近——镜——头！

三、我们在华盛顿的《熙德》录出来的音响效果不太理想，首演第二天我们坐在一起观看演出录像时都有这种感觉。我们一共录制了三场实况演出，最后出版方还是决定不出版《熙德》的 DVD，不过美国 PBS 公共电视台播出过两次《熙德》的实况演出，我也设法要到了录像的原版带，“非法”地做了一个拷贝，给自己留下一个终生难忘的记忆。

从摄像机里看到舞台的场景极美，葡萄牙女高音玛托丝和美国女高音威尔逊都在美轮美奂的布景和服装的衬托下，成为举止优雅端庄的西班牙贵族女士，禁得起远近镜头的推敲。玛托丝的声音令人赞叹，所以这次演出给她带来了在大都会歌剧院演出的合同。威尔逊是一个漂亮的金发女孩，虽然她的花腔和音色略显不足，但形象非常适合角色，还有舞蹈身段，事业发展得不错。

录像上没有的一个镜头，是在《熙德》首演结束后，在华盛顿肯尼迪中心举办了一个很大的庆祝宴会，至少有上千人参加。在我和玛莎走向宴会厅时，我发现走在我前面不到十米的，是乌戈，还没有跟我说过话的乌戈。

快到宴会厅大门时，乌戈停了下来，站住，转身，向我伸出右手，说："我想祝贺你，你是一位非常出色的艺术家！"我心里一热，赶快走上前一把握住他的手说："我很幸运能跟你一起工作，真的很幸运，谢谢！"

宴会厅大门打开时，一片欢乐的声浪和热烈的气氛扑面而来，乌戈的手搭在我的肩膀上，我们谈笑着并肩走进大厅，那种感觉真好。

母亲是从北京飞过来看我们的演出的，在宴会进行中，她一定要让我和玛莎带她去见见多明戈。母亲一向直率，我以为她就是去恭喜大师，没想到她向多明戈伸出大拇指表示祝贺后，就拉着他的手用中文说："多明戈，你知道吗？我是你奶奶！"

《秦始皇》· 纽约

2006年，我们在大都会歌剧院首演谭盾的歌剧《秦始皇》。导演是张艺谋，多明戈演秦始皇，这在当时的西方歌剧界是一件大事，也是大都会歌剧院的历史中第一次委约中国作曲家、中国导演，制作中国题材的新歌剧。我扮演的是秦始皇的开国大将王将军。

简单地讲，王将军因为功高盖主，被秦始皇赐毒而死。王将军死了以后化为厉鬼，还唱了一段咏叹调，双手捧剑，跪行到秦始皇面前，发誓就是在墓穴中，也要带着千万兵马俑护卫秦王。从某种意义上讲，多明戈对我来说就像一个“王”。我愿意忠实地跟着他演唱，无论什么剧目。

在演《秦始皇》的时候，多明戈已萌生改唱男中音的想法，他在“秦始皇”角色的音域已经开始改变。作曲家谭盾根据他的声音做了很多细致的考虑和创作，整部歌剧他的最高音唱到降 A。站在大师旁边排练，我能感觉到他开始在调整自己的音域，把声音的位置往男中音调，一点点地在尝试男中音的音色和音高。在我们第一次和乐队排练《秦始皇》全剧音乐时，乐队刚开始演奏第一幕的音乐，多明戈便在音乐的轰鸣中回过头皱着眉，低声对我说：“你知道我要唱多少升 F 吗？四十二个！太可怕了！”说完把两块润喉糖扔进嘴里，“咔吧咔吧”地嚼了。

升 F 通常是男高音的换声区，多明戈作为男高音时没有任何问题。但现在他的音域开始在降低，这个音会让他觉得高，不习惯，也不舒服。很明显，这是多明戈自己音域变化带来的问题。但这一切并没有妨碍他把秦始皇这个角色演出耀眼的光彩，也没有妨碍他的粉丝们，包括我，对他继续崇拜。

2007 年，巨星帕瓦罗蒂去世。同年，巨星多明戈宣布“歌唱生涯的最后变动”，将在 2009 年开始改唱男中音。

《秦始皇》在大都会演出的最后一场，我有国内的朋友来看演出，他非常想演出结束后来后台见见大明星，请他签个字，合张影。我帮他安排进到后台，那里至少有上百人排队等着见多明戈，我的朋友排在最后一个。

多明戈的习惯是演出后尽快卸妆，然后穿上西服，打上领带，精神抖擞地出来见粉丝。

那天我的朋友拿着节目单终于等到多明戈时，是子夜 1 点，后台的人几乎走光了。朋友万分激动，得到多明戈的签字后，不好意思地拿出照相机想跟多明戈合影。多明戈看得出来有点累了，说 :“好吧，快点好吗？”他一边说一边快速地拽过我的朋友，让我给他们照相，然后说 :“真很抱歉，我得赶快去开个会。”指着远处站着的几个人，说 :“他们已经等了很久，开完会我 3 点还要开始录唱片。”

早上 3 点钟开始录唱片？一个大歌剧演完以后？跟一百多人拥抱签字合影以后？再开始录唱片？没听说过。

唯一的多明戈。

《命运之力》·“北京烤鸭”

《命运之力》是威尔第非常杰出的一部歌剧，但在西方歌剧界对演出这部歌剧总有忌讳，说不吉利。很多歌剧院演出这部歌剧时，甚至会改歌剧的名字，还有其中几句歌词，因为剧院领导不想听到不吉利的歌词，歌唱家也不想唱。多明戈在大都会歌剧院演出这部歌剧时，一切都是原版，显然没有任何忌讳的畏惧。

歌唱家们最忌讳的事情之一，是在演出的过程中吃错东西，尤其是有刺激性的食物，影响到自己的声音。

玛莎很多年了都会在中国春节期间，为大都会歌剧院后台的工作人员做一顿饭。那天晚上后台就会像过节一样，至少有几十个人挤在那里高兴地品尝玛莎做的中国美食。玛莎会想尽办法警告演员们别吃，怕他们刺激到喉咙，影响演出，责任太大了。

有一次《命运之力》第一幕演完，歌唱家们谢完幕回到后台，只见多明戈冲过去，推开众人，挤到最前面，伸手就抓了一个玛莎做的春卷塞进嘴里。我当时一下子急了，因为做饭时是我给玛莎打的下手，知道春卷里有葱、姜、蒜，还有胡椒！下一场一开始就是多明戈唱的咏叹调，我一想，完了，多明戈在台上要是从嘴里跳出一根葱，或者一条姜丝卡住嗓子，怎么办哪？！

下一场一开幕，多明戈上台，我赶紧走到侧幕去听他唱咏叹调，结果，大师那天晚上唱得比哪天都好。

玛莎在大都会的后台最受欢迎的美食，是北京烤鸭。烤鸭的出现，总会引起一片欢乐，当晚的演出一定顺利。

多明戈很喜欢吃玛莎做的饭，尤其是“北京烤鸭”，就连他最不喜欢吃鸭子的夫人，在我们家也会连吃两份玛莎做的烤鸭。

我们是1991年从丹佛市搬到纽约的，玛莎出名的烤鸭就跟着一起来了。从那年起，为了好玩儿，我们开始统计做过多少只烤鸭，统计到两千零四十只的时候停下了，因为玛莎是带着烤鸭架旅行的，在不同的国家，不同的歌剧院都做过烤鸭，没法儿统计了。在纽约吃过玛莎烤鸭的人太多，很多都是大都会歌剧院的人，有演员，也有工作人员；有事业有成的百万富翁，也有很多学生；有成熟的音乐家，也有在地铁里拉琴的流浪乐手。大家挤在一起，拿着杯酒，聊得不亦乐乎，那是我们家的常态。玛莎的“北京烤鸭”总是聚会的主角。

很多聚会是在大都会演出结束之后。玛莎的烤鸭是需要烤的，鸭子全部准备完毕，就要在烤箱里烤三个半小时。如果歌剧是三个小时长，那就正好，玛莎会在去歌剧院之前，把鸭子放进烤箱，出门时按下烤箱的启动键，歌剧演完，玛莎会赶快到后台转一下就回家，烤箱里的烤鸭就已经满身金黄，坐在那里等待客人了。

也许是出于对多明戈的尊重，我总是称呼他“大师”，玛莎对多明戈比我要随意很多，也因为她爽快的性格，总是直呼多明戈的名字“普拉西多”。“来吃饭吧，普拉西多？”玛莎见到“普拉西多”会自然而直截了当地邀请他和家人。

有一次在大都会演出完，玛莎告诉多明戈欢迎他来夜宵，我们家将有十来个客人，大家都会很高兴见到他。多明戈显得很犹豫，玛莎就说：“来吧普拉西多，你要有朋友就一起来。”大师马上问带八九个人可以吗？玛莎一口答应，我当时觉得——“完了”，我得洗多少碗啊？！

演出完大师来了，身后跟着九位年轻女士，一个都没见过，有唱歌的有不唱歌的，大都是南美来的西班牙裔，个个美貌。有两个女孩还是从什么地方坐飞机来看大师演出，第一次见到多明戈，两人站在那里满脸的激动和快乐。所有的南美女孩都是平生第一次吃烤鸭，兴高采烈。

听大师演唱加“北京烤鸭”，多么完美的夜晚。

《麦克白》· 北京

我总是很怕知道哪一部歌剧将是我和多明戈的最后一次合

作。多少年来我都有个习惯：把每一场演出都当成最后一场，全力以赴。没人知道歌剧演员明天的命运是什么。

所以，每一次和多明戈演出，我都会当作是跟他合作的最后一场。

2016 年 9 月 7 日，多明戈再次回到北京的国家大剧院，演出威尔第歌剧《麦克白》。剧本是根据莎士比亚同名剧作改编的，那一年正是莎士比亚逝世四百周年。国家大剧院当时的院长是陈平，他对歌剧有一种非常特殊的激情。在他的任上，国家大剧院至少推出了五十多部国际水平的中外歌剧制作。中国歌剧很多是原创，西方歌剧都是世界最著名的经典，而且请来了世界著名的指挥、导演和歌唱家来北京演出。仅仅几年的时间，国家大剧院得到了世界歌剧界的高度关注，很多歌剧院表示了强烈的合作意愿，这是一个非常了不起的成就。《麦克白》就是其中的一部。

多明戈这次是在演出前四天到的北京，作风依旧，下飞机直奔大剧院试服装，马上进入排练。

我的角色是将军班柯，被多明戈扮演的麦克白派人暗杀，最后麦克白被报仇的邓肯之子杀死。这是一部很沉重和压抑的悲剧，贯穿着一种黑色的戏剧力量，男中音们都以演出麦克白这个角色为理想，多明戈当然要把这个角色放进自己的角色单中。

在《麦克白》中，我是在第二幕一开始就被刺客们在阴暗的树林中杀死，后半部歌剧没我的戏，可以看演出。我最想看的就是多明戈演的麦克白最后如何死。

演死亡，在歌剧中是很高级的事，能演好非常难，因为很多时候演员是在歌唱的过程中演死亡，非常不容易，会做作。

如果死的时候还要唱着高音，拖得很长的高音，更难。另如歌剧《托斯卡》，最后托斯卡要唱完跳下城墙自尽，那是极度绝望的一跃，但女高音们跳得好的不多，有的甚至跳得像进游泳池去度假。

我和多明戈在不同的歌剧演出中有过几次“生死之交”，不是他死就是我死。不过这次又给了我一个珍贵的机会，向大师学习“死”。不少明星，在台上对演“死”比较草率，唱得好就行了。多明戈却为我们演示了巨星级表演风范，为“死”，做出了最敬业的表率。我是特别注意看他怎么演戏，他总是“死”得让人喘不过气，无法忘怀。他在歌剧电影《奥泰罗》中，演奥泰罗咽下最后一口气的镜头简直是催人泪下。他那种绝望的目光，缓缓伸出的手，颤抖的最后一句演唱，内心那种懊悔的挣扎……直到最后倒下时那渐渐的放弃，演出了何等伟大的死亡！

多明戈第一天到国家大剧院上台排《麦克白》，已是彩排。排到尾声时，我想大师也许会节省体力，为了三天后的首演，有些动作就会从简。没想到他没有放过任何细节，从唱到演全力投入。最后当麦克白被复仇的国王邓肯之子一剑刺中，多明戈是向后平摔下去，倒在地上还在歌唱，我们在场的人都暗暗地倒吸一口冷气。年轻人后仰平摔恐怕都不敢，七十五岁的大师，给我们上了一堂无价的死亡课。当天再次联排这段戏时，多明戈仍然一丝不苟，被刺一剑，后仰平摔。

《麦克白》是我们一起演出的第十二部歌剧，也是第一次，在台上，我们都被杀掉了。

那应该是我们二十多年的合作，最后一部歌剧。

唯一的多明戈

2019年8月14日，美国歌剧界的九名女演员，举报她们从20世纪80年代起，持续遭到多明戈性骚扰。举报人包括我们认识的，在歌剧《熙德》中担任第二女高音的美国歌唱家安杰拉·特奈尔。

2019年9月24日，美国CNN电视台报道，纽约大都会歌剧院发表声明，多明戈同意退出在大都会未来所有的演出合同，退出将于9月25日公演的歌剧《麦克白》。马上，大都会歌剧院删除了多明戈在《麦克白》演出广告中的信息和照片。

当天，多明戈发表声明，表示强烈质疑对他的指控，还说他能以七十八岁之龄在大都会歌剧院《麦克白》的最后彩排中出演第一主角感到欣慰，表示这是他在大都会歌剧院的最后一次登台。

几天之内，美国几个著名的歌剧院和交响乐团先后取消了跟多明戈的演出合同，欧洲的一些歌剧院则宣布继续跟大师合作。

2020年2月28日，多明戈发表声明，向指控他性骚扰的所有女性道歉，表示对自己的行为承担所有责任。

2020年3月22日，多明戈通过媒体，宣布他被新冠病毒感染，开始自我隔离。

2020年7月12日，我们接到大师家人的邮件，说大师度过了非常艰难的一段时期，现在已经康复。

2019年9月24日的下午，大师刚宣布同意退出大都会歌剧院未来所有的演出，并退出第二天要公演的《麦克白》。我和玛莎也刚听说多明戈将永远离开大都会歌剧院的消息，感到很沉闷，都不知道说什么，就想出去走走。在我们楼下的前厅，迎面碰到多明戈夫妇。

“普拉西多！”玛莎迎上去，跟多明戈和夫人打招呼，“你们好吗？你们要是没什么事，哪天欢迎过来吃个晚餐？”还是玛莎那种真诚的笑容。

“好啊！这样吧，我们要去德国，准备在柏林歌剧院的演出，11 月会回到纽约，那时候聚吧！”多明戈认真地说。大师和夫人看上去很平静，我们都没提刚刚在大都会歌剧院发生的一切。

大约几个小时后，我们又在前厅远远地看到多明戈和夫人在前面走，我和玛莎不约而同地放慢了脚步，不想再打扰他们。

我第一次注意到大师的背驼了，透出些疲倦。

2020 年 3 月 20 日，纽约大都会歌剧院宣布，因为新冠肺炎的疫情在加速扩大，剧院将停止所有的歌剧演出。同时，纽约交响乐团、纽约市芭蕾舞团、美国芭蕾舞团、林肯中心的话剧院、电影院、图书馆相继宣布关闭。整个林肯表演艺术中心将停止所有的演出活动到 2021 年。

从我们家的窗户，可以看到林肯中心，虽然还有灯光闪烁，却已无人迹。

作为美国最重要的表演艺术中心，演出全部消失，为历史上首次。

卢克

卢克是一只鹦鹉，比巴掌大点儿，红眼绿毛，脖子后面有一片黄，属于亚马孙黄脖子种。它的嘴向下弯，上宽下尖，很坚硬，咬力极强。卢克的祖先来自南美，今天已经完全被禁止进口北美，说属于濒于灭亡的物种，其实在南美的国家满树都是。

卢克会说话，几句英文，两句中文，一句广东话，还会吹口哨。卢克最可乐的是会大笑，跟玛莎的笑声一模一样，“哈哈哈”地笑。玛莎总后悔，说卢克小时候没好好教它说话。不过卢克会模仿，有些本事是自学的，比如唱歌剧。

不少鹦鹉会唱歌，像卢克这种花腔女高音还不多。它的音域可以跨三个八度，高声区尤其好听，颤音均匀，而且穿透力极强。卢克最拿手的是意大利美声唱法的练声，从上到下，音色非常统一，横膈膜的运用无师自通。它的头只有乒乓球那么大，按说共鸣腔不大，可是它要是敞开喉咙唱起来，比任何专业歌手的嗓门都大。

我在家里练唱歌的时候，卢克会从容加入，我唱高它也唱高，我唱低，它就跟着我唱低。关键是我一张口它就开始唱，我一停，它跟我一起停。很多次惹得我大发脾气，叫玛莎把卢克拿到别的房间去，因为它一唱起来，我根本听不见自己的声音！

我们家总有歌唱家来来往往，尤其是在大都会歌剧院演出完，或者逢年过节，总会有人来热闹一番，很多时候就会有人唱歌。卢克没上过声乐课，唱歌的本事是靠听，很多时候它会先认真地听一下，然后就开始出声发表见解。卢克的鉴赏力很高，唱得好的歌唱家，会给它带来巨大的愉快，红眼睛会发亮，接着就敞开喉咙欢乐地跟你一起歌唱。如果它听到一个不怎么样的歌唱家，卢克就会完全沉默，绝对不出一声，双眼低垂，强忍着听。实在忍不住了，它会突然"哇——！"的一下，大声地发出一个极难听的声音，表示它的不满和批评。

有一次有个男高音朋友，要在林肯中心附近的地方，给佛罗里达一个歌剧院的院长试唱，他们要演歌剧《阿依达》，在找男高音主角拉达梅斯。这位朋友需要在试唱之前找一个地方练声，问到我们，我们当然说可以，于是男高音就来了。我们当然知道试唱之前歌手会紧张，为了不打扰他练声，我和玛莎都进了卧室，关上门，男高音弹着钢琴开始练声。一分钟后，卢克开始大声地加入他的歌唱，客厅里就像有两个男高音，你来我往，比着飙高音。

十几分钟以后，男高音轻轻地敲我们的门，恳求我们把卢克带走，说："真是太抱歉了！我实在没办法，你们卢克声音太大，我根本听不见自己的声音！"

我们也很抱歉，赶快把卢克拿进我们的房间。卢克好像知道自己打扰了男高音，进屋以后静静地站在那里一声都不出。

半小时以后男高音要去试唱，左谢右谢我们让他来练声。

玛莎跟他说，别谢我们，要谢就谢卢克，它只跟唱得好的歌唱家合唱，你这个试唱肯定成功!

第二天男高音打个电话来，兴高采烈，说是专门来感谢卢克。他的试唱很成功，歌剧院已经通知他被录取去唱《阿依达》!

卢克著名的故事之一，是有一年的秋天，在大都会歌剧院下午场的《波西米亚人》演完之后，很多人过来吃晚饭，包括那天担任指挥的大师多明戈，还有剧组的歌唱家们。多明戈进来看到卢克，说要讲一个鹦鹉的笑话，大家就都围了过去。多明戈说："在西班牙有一个人走进鸟店想买一只鹦鹉，店里有三只标价在卖。他看到第一只标价五万欧元，就问老板怎么这么贵？老板说别小看这只鹦鹉，它会说五种语言！这个顾客说太贵了。他看到第二只鹦鹉标价是十万欧元，大吃一惊，问老板这只怎么贵了这么多？！老板说这只更不得了，会唱所有歌剧男高音的咏叹调！顾客一转头看到角落里还站着一只鹦鹉，掉了很多毛，垂着头，驼着背，一看就上了岁数，心想实在不成就买这只吧，就问老板那这只总该便宜些吧？老板耸耸肩膀说这只是五十万欧元。顾客呆住了，说，什么？五……十万？！不可能？！老板说因为另外两只叫这只大师（Maestro）！"

多明戈话音刚落，卢克领先所有人半秒钟，"哈哈哈"地大笑！每个人包括多明戈都笑弯了腰，不是因为笑话，都在笑卢克。

卢克是个男孩子的名字。鹦鹉一辈子只跟一个人，它从小跟玛莎长大，就认玛莎。玛莎可以抱着它，摸它，揪它翅膀，抠它的头，怎么折腾它都没关系。我就不能碰它，已经被它咬过几次。卢克其实胆小，你伸手太快，它会吓一跳，反应就是要保护自己，一口咬过来，快得像闪电。我们很多朋友都是因为觉得卢克真漂亮，想摸摸它，结果在手上留下一个卢克咬过的疤。卢克生在 1983 年，那年我来美国学声乐。

玛莎一直把卢克当男孩养，因为它说话声音很壮，语气就不像女孩，而且卢克明显地喜欢女孩。一直到它二十七岁那年，一个兽医来家里看卢克，然后劝玛莎给卢克做一个基因测试，确认它的性别。从外观上看，这种鹦鹉是看不出男女的。医生说万一卢克得什么病，也许需要根据性别做治疗。我们同意了。过了几天，兽医打回电话说："祝贺你啊玛莎，你们的卢克是个女孩！"玛莎不相信，因为她自己就是搞遗传学的，她说这些兽医做实验可能会粗手粗脚，不认真，这种基因测试也不需要那么细致。

那时已经是夏天，我们因为一些事去了南京，住进一个旅馆，第二天早上 5 点钟被电话铃声吵醒。电话是从纽约打过来的，帮助我们带鹦鹉和狗的朋友在电话里急促地说："不好，出了大事了！"我们这边吓坏了，赶快问出了什么大事，"卢克下了一个蛋！"朋友慌里慌张地在电话里说。

那个夏天，卢克一共下了四个蛋。

后门内外

有两种观众我是惦记的。

在歌剧舞台上谢幕的时候，我学会了向坐在最高一层最后一排的观众挥挥手。那里的票价最便宜，买最便宜票的人不是学生就是没钱的人，他们都是真正的歌剧迷，最忠实的观众。像纽约大都会歌剧院这么大，有四千个座位的剧院，在台上根本看不清坐在最高最远处的人。看不清也要谢，这是我很多年的习惯。如果有年轻演员跟我一起谢幕，看着人挺好，我就会提一句建议：很简单，我们走出大幕，向坐在面前的观众行礼后，记住把下巴抬高一寸，眼睛往上面最远的地方看两眼，招几下手，就够了。那些遥远的观众们会特别高兴，我知道，我曾经就是那些遥远的人之一。

还有一种观众我惦记，是因为对他们有一种敬意。这些人生活中命一样的部分，全给了歌剧和歌唱家。很长一段时间我都没有真正地认识他们。这样的观众不多，世界范围都有，纽约这几位最典型。

每天晚上，他们都会在演出结束后出现在歌剧院的后门外，耐心地站在那里，一直等到每一个歌唱家走出后门。他们会让你在节目单上签个字，合个影，再跟你说上几句话。你也许不知道，跟你见个面对他们有多重要。还有，他们对今晚演出的这部歌剧，懂得很可能比你多。

大都会歌剧院的前厅是几层楼高的落地玻璃窗，吊着一串串钻石般的水晶大吊灯，一开灯，就向四面八方散射出令人赞叹的万千星点，点缀着那些精美的雕像、油画和墙饰。上下宽阔的楼梯铺着厚厚的紫红色地毯，进出的旋转门都是铜质的把手和门框，擦得闪亮。

大剧院的后门却显得简陋。两扇黑色的小门，每个门也就一人宽，门上有一个方形的玻璃窗，让你看到门那边有没有人要推门出来。玻璃窗下面一边一个小牌子，右边绿色的写着“准入”，左边红色的写着“禁止进入”。两扇门上面的黑油漆显得很厚，似乎很久以前刷这个门的油漆工，有意地多刷上好几层黑漆，一劳永逸。

大都会歌剧院的后门在室内地下停车场的车道旁，白天黑夜都得开着灯。冬天的寒风会顺着车道呼啸着进来，跟天花板上的暖气机争夺温度。最冷的时候，一出后门，人们都会马上裹紧围巾大衣，戴好帽子，收肩，加快脚步。

别小看这两扇门，每天推出推入的有两千多人。进去的是为了上班、会客、排练、做道具、打扫卫生、搬运布景、走台、化装、演出。出去的目的简单——回家。

每晚演出后等在后门外的这十来个人，对进到后台这两扇黑门的里面，似乎没有兴趣。他们知道，演出完后台会有许多人，尤其是那些明星的粉丝会拥在那里，人挤人。要想进后台的化装间并不容易，歌剧院严格掌控，主要演员们要提供一份来宾名单，演出结束后，后门的警卫会根据名单放人进后台。

警卫们表情严肃，严格执行规定，名单上没有名字的，一律不放行。看完歌剧进后台去祝贺演员们，是很多人喜欢做的事，那里是一个另类的社交场合。

等在后门外的那几位，不会求你把他们的名字放在进后台的名单上，不会进去挤在化装间里。他们就喜欢演员们走出后台时，跟他们相处的那几分钟，在那个片刻，你是他们的。

我在大都会歌剧院演过三百四十一场歌剧，还有很多彩排，他们也会出现。所以在二十年中，有几个人我至少见过上百次。不好意思的是，我很久都叫不上他们的名字，虽然一见面很熟。也许就是因为每次见到就是签字、照相、说几句话，两三分钟。

任何一个人，能每天看歌剧，然后就站在后门外等演员，无论等多久，不管春夏与秋冬，有这样的观众是歌剧的荣幸。

这几位之中我们最熟的一个叫理查。

理查中等个儿，有六十多岁，比较胖，有时留胡子。大头，少发，显得头更大。理查和气，说话发沙，声音有点漏风。戴一副旧眼镜，多少年没换过，不知为什么眼镜总会歪，他说话时得不停地用手推一下，矫正眼镜框的位置，但一会儿又歪，让人着急。

理查的眼睛很大，有眼神儿，瞳孔颜色却很浅，等于没颜色。理查说话容易激动，一激动眼神儿一亮，瞳孔就没了。

理查脖子上总挂着一个到三个相机，都是不太新的相机，其中一个是那种里面有相纸的“拍立得”，拍完照会把照片吐出来。他会要求跟你照至少三四张照片，用不同的相机，有些歌唱家会有点不耐烦。我知道他，这些照片对他太重要了，有时他会递给你两三年前跟你的合照，让你签字，你以为是给你的，签好字，他把手一缩，照片拿走。

有些演员不记得理查的名字，就说“爱出汗的那个人”，他的确总是满头满脸的汗，无论天多冷，他都会大汗淋漓。理查会抓紧每一秒钟跟你聊当晚的歌剧，准确地说出演出中的精彩和问题。他还会迅速地打听你将会在哪个歌剧院演出什么歌剧，还喜欢问几句其他歌唱家、指挥和导演的小道消息，聊得越来劲儿站得跟你越近。有的时候我会几个月不在大都会演出，再见到他的时候，他会高兴地紧贴着你问话，带着浑身的汗。

海德莉应该是理查的太太。理查介绍过她太多次了，他介绍她的方式，会让你无法确定他们的关系，说是夫妻，又像在同居，还可能是同室好友。海德莉的眉毛是白色的，头发是白色的，有时你还会发现她有几根白色的胡须。海德莉不大说话，而且总站在理查的侧面或者后面，带着一种苦笑的表情，好像她的任务就是帮助先生跟各个演员合影。理查常常会说一两句他太太正在某种大病之中，海德莉就会皱着眉不停地点头。还有我和玛莎都不懂的是，我们有很多次只看见理查，一问，说海德莉正在俄国圣彼得堡，不是因为护照问题回不来，就是有重病住在那里的医院，或者是在俄国出了车祸，架着双拐也不能走路。我永远无法确定他们是怎么回事，只能把话题赶快引回到当晚的歌剧。

2019 年 6 月，我在林肯中心演出江苏省歌舞剧院的歌剧《鉴真东渡》。玛莎想到了理查，居然找到他的电话号码，准备请他看演出。理查很高兴玛莎想到他，说他已经买了票，买的是最好的票，一百五十美元。他说有一段时间没看过我演出，又是一个新的歌剧，很期待，要仔细看。接着补充说太太在圣彼得堡，还是签证问题回不来。《鉴真东渡》的演出是两场，第一场晚上演，第二天下午第二场。我的角色是鉴真，戏很重，几乎从头到尾都在台上。首演第二天上午玛莎打电话给理查，问他感觉这个歌剧如何，理查说这个歌剧太好了，说我把他演哭了。他又买了第二场演出票，再看一次，还是买的贵票，一百五十美元。看完演出，理查在剧场外等我，看到我们他马上热泪盈眶，说这部歌剧是他这一年看过最好的演出。一边说一边试着扣衬衣最下面的两个扣子，怎么也扣不上，我发现他动作很不协调。理查说他要做很多检查，他有癌症，正在治。

约翰跟理查熟，也是大都会歌剧院后门外的主要成员，是这群人中比较直的一个。他总是等理查说得差不多时，才上前一步说几句话，简单地评价一下当天主要演员的演唱，从来都是实话实说。比如他会说："你今天在第二幕唱的那首咏叹调比上一场好很多。"弄得我马上就在想上一场唱得有什么问题时，约翰已经面无表情地走开，不会跟你展开话题。我估计会有很多歌唱家不喜欢他这种直率。约翰最绝的地方是，他可以准确地说出你在大都会多少年前的一场演出的情景，谁指挥、谁是女高音主角、男高音唱得怎么样、乐队在什么地方跟歌唱家没合上、谢幕的时候你做了一个什么姿势等等。2016 年 11 月，我最后一次在大都会后门外见到约翰，他突然说到我在大都会的第一场演出，是普契尼的《西部女郎》，他说他在场，我的角色是一个美国原住民的印第安人，说我唱得不多，戏演得不错。我吃了一惊，那可是二十五年前的事情，而且约翰在这么多年肯定又看过好几百场歌剧，听过无数的演员，怎么可能记得住我那场演出？

约翰永远穿那几件衣服，天冷就套上一件旧毛衣，橘红色，有些地方还脱线。他总是一个人，脸上常年有青春痘。我从来不知道，也没有问过他是做什么的，无法想象他怎么会有钱每天看歌剧。那个晚上在后门外告别他们几位时，约翰突然说了一句："如果你有兴趣，我可以唱给你听听吗？给我提点建议。"眼神儿里是一种试探性的期待。我从来不知道他也唱歌，当然说可以，但他没给我联系方式，也不知他现在在哪里。我得找着约翰，答应的事儿就要完成。

世界上有些事情就是这样，在门外认识，在门外消失。

大都会的后门外边，在十多年里还有过一个中国人，罗珊娜，台湾来的女士，从 90 年代某一年就开始出现。

罗珊娜个子很小，比我矮一头，据她说在新泽西州一个化学公司的实验室工作。她的样子也像一个搞科研的人，不修边幅，头发短直，不化妆，也没穿过漂亮衣服，好像是从实验室直接过来看歌剧。她在后台门外是一个几乎看不见的人，会插空突然出现在你面前，递上一本当晚歌剧的节目单请你签字，用几乎听不见的音量，低声说两句祝贺的话，然后又突然消失了。她个子矮，说话的时候并不抬高头，而是把眼睛翻上来看你，你要是低下头跟她说话，就会看到一双很大的眼睛。她是许多年等在剧院后门外唯一跟我讲中文的人，让我和玛莎觉得很亲切。有一场演出结束后，玛莎请她来我们家跟一些朋友和演员一起吃点东西。她坐了半个多小时，一直显得不安，后来说要赶最后一班公交车回新泽西州，于是我送她到电梯口。等电梯时，罗珊娜说她每次进曼哈顿看歌剧都是坐最后一班公交车回到哈德逊河对面的新泽西。算算时间，她看一场歌剧来回要三个小时在路上。

最后一班车还有二十分钟从42街发车，我们家在66街，她来得及吗？我有点担心。

在电梯口，罗珊娜一回头，我发现她眼睛里含着眼泪，一慌，赶快问她怎么了，怕是照顾不周。她说她觉得大都会歌剧院开始用麦克风了，我说不会吧，没人给我戴麦克。她说一定的，说自己在大都会听了这么多年歌剧，耳朵绝对灵敏。今晚的演出她试着坐了几个不同的位置，说发誓大都会用了麦克，尤其是乐队和歌唱的比例，跟没有麦克时根本不一样，声音全变了。她还说几个歌唱家在台上移动时，某一个女高音转身跟不转身，声音没有变化。罗珊娜一边说一边哭出声来："歌剧不能这样的，不对的，怎么能用扩音呢？！大都会完了，最真实的声音完全没了！我再也不会来看歌剧了！我真难过！我接受不了，我必须要讲出来！"电梯来了，罗珊娜擦了一把眼泪说了声对不起，缩着肩膀走进电梯，显得更加矮小。

于是，从曼哈顿去新泽西的最后一班车，再无罗珊娜。

鲍尔，是大都会后门群体里穿着最体面的一个人，五十多岁，总喜欢穿一件深色的西服上衣，深色的裤子，打一条深色的领带。一本正经地站在后门外。鲍尔熟知男低音的角色，叫出的名字不管是哪国语言的，他的发音都很准。我估计他一定学过唱男低音。鲍尔最喜欢跟我讲话，在我面前一开口，声音马上低三度，还带上胸腔共鸣。鲍尔有一个大脑门儿，很瘦，脸色总是不太好，两只大眼球瘦得凸出来，转得很慢，没有光泽。鲍尔两只手很大，瘦骨嶙峋，跟我说话时会不时抓住我的胳膊，大手冰凉。鲍尔喜欢说我唱得怎么好，而且说得很细，听得出来是内行。他也被玛莎请到家里吃过饭，那天鲍尔非常兴奋，他说大都会的人都说到我们家吃饭是很特别的事儿，都喜欢玛莎做的饭。人一兴奋就话多，他告诉我们他在《纽约客》杂志工作，是那座楼地下停车场的经理。他有权安排工作时间，就把晚上腾出来看歌剧。他最主要的事是照顾年老的母亲，给母亲讲大都会歌剧院的事儿，是两个人最重要的话题。我和玛莎有一段时间很担心他，因为他的脸色，他站在那里总显得很弱。鲍尔很少拿着节目单请我们签名，可以感觉到他的快乐就是待在那儿，跟歌唱家们讲讲话，用声可以低三度，再加上胸腔共鸣。

后门外还有一位女士，站在哪里你都会看到她，绝不会错过，她叫露易丝。

在大都会歌剧院，无论是巨星还是青年歌唱家，无人不知露易丝。从 20 世纪 50 年代起她就开始在大都会歌剧院看歌剧。歌手们都知道，她只把节目单给她认为好的歌唱家签字，所以我们都说在露易丝的节目单上签过字，才算得到大都会的认可。

露易丝小个子，上岁数后就是背弯了一点，仍然是一个很有型的女士。她衣服穿得有个性，颜色、样式、发型和首饰都搭配得恰到好处。露易丝老戴一副黑色的宽边眼镜，藏在镜框里的眼睛一扫，就能找到她要找的人。她不多说话，有时见到我就说一两个字：“很棒！”“棒！”如果我那天演出效果一般，露易丝看见我就点个头，我也会点个头，就都明白了。

老人家并不是每一场都买票，她喜欢“蹭票”。每一个检票员、带位的、剧场前厅后门的经理都认识她，六十年的老观众，怎么也会照顾一下，有时就放她进去，还会给她找个好位子坐。

露易丝经常背着一个大手提袋，演出完，在后门等她要等的人。等到了，就伸手在大手提袋里翻，拿出这个歌唱家在大都会演过的所有歌剧节目单，一本本地让歌手签字。得到露易丝女士的认可不容易，我就是十来部歌剧的节目单一本本签的，签完了松口大气，像考过试一样。

这位资格最老的后门女士最近刚去世。我们才知道她曾经是个电话接线员，会用接线的时间打听歌剧院和卡内基音乐厅的演出信息，一年至少看三百场演出，歌剧为主，也听音乐会。露易丝是单身，没人知道她有没有亲人，一个人住在下城一个租金很便宜的公寓。露易丝生过大都会歌剧院的气，因为后门有警卫觉得她在那里转来转去碍事儿，就让她离开，可能还不止一次。她真气着了，在遗嘱里把所有的钱分给了三个朋友和几个慈善组织，一分钱没有留给大都会，一共两百五十万美元。

露易丝去世后，她的朋友在她的公寓中，整理出二十多万本签过字的节目单。

2020 年 3 月，纽约新冠疫情大暴发，大都会歌剧院宣布停止演出，到今天已经十四个月，还没有重开。每当我去地下停车库取车，经过大都会后门的时候，都会觉得一阵感慨。周围冷清到看不见一个人，只听到自己的脚步声。两扇黑门站在那里一动不动，门里门外都没人。

后门外的朋友们，你们都好吗？

詹姆斯·莱文

2021年3月18日，世界范围的各大媒体都报道了指挥大师詹姆斯·莱文去世的消息。我的心情非常复杂，首先是难过，然后是疑问。没有一篇报道讲到他去世的原因，也没有人解释为什么大师去世一周后才公布于世。

为什么？

网上都在传关于莱文的消息，很多人认为莱文大师是当代最伟大的歌剧指挥家，我同意。也有很多人在谈论他备受争议的“丑闻”，我不奇怪。对个人隐私的传闻我没兴趣多说，只想讲讲自己经历过的事。

回忆，回忆，回忆。

那是1993年11月5日，纽约大都会歌剧院地下五层的乐队排练厅。

上午，差几分钟11点，我们马上要排练威尔第的歌剧《伦巴第人》，满屋都能感到明星的分量。

著名美国男低音雷米双手插在牛仔裤兜里站在那儿，穿着一件高领花毛衣，颜色很配他已经开始花白的头发，眼睛看着地板，不太跟人讲话。大都会的当家女高音米罗穿着一件深色的落地长裙，昂着头在跟副指挥说话。美国名导演拉莫斯面色有点紧张，一边轻声跟他的助手在说着什么，一边不安地看看周围。其他几位演配角的歌唱家都已经坐在摆成排的折叠椅上，压低了声音在闲聊。每个人都知道今天是帕瓦罗蒂第一次来排戏，也是大师莱文第一次跟我们排《伦巴第人》，空气中有一种隐隐的压力。我从来没有跟这几个明星合作过，犹豫着站在门边，不知道是否应该过去跟哪一位自我介绍一下。

11 点整，莱文快步走进排练厅。

大师一头蓬松的鬈发，穿着一件白色的短袖 T 恤，左肩膀搭着一条乳白色的大毛巾，灰蓝色的裤子，一双白色的球鞋，步子轻快。没想到大师一进门看到我，就径直走过来，我慌忙迎上两步。

“昨天晚上《蝴蝶夫人》的演出，你很棒！”莱文看着我点了一下头轻声说，我还没反应过来，他已经转身快步走向他的指挥台。

排练厅的门又被推开，进来的是帕瓦罗蒂。所有人都停止了说话，目光不自觉地跟着他。老帕走向莱文，寒暄两句，重重地坐进指挥旁边的椅子，一把拉过谱架。

“我们开始。”莱文用带点沙哑的嗓音轻轻地说，排练厅里的氛围一下子严肃起来。

那是我第一次跟大师莱文排练。

前一天晚上我的确演出了普契尼的《蝴蝶夫人》。

我的角色是日本僧人邦赛，主角蝴蝶夫人乔乔桑的叔父。因为她跟美国军官结婚而大怒，在乔乔桑的婚礼上邦赛挥着一根大竹杖闯入，诅咒她的婚姻，说她背叛了日本的宗教，并驱赶所有的婚礼宾客跟他离去。那是全剧最激烈的时刻，乐队震耳欲聋，僧人竭尽全力，用最强的音量唱出他的愤怒。全部唱段才一分二十秒，是我演过的角色中最短的一个。

没有人会注意《蝴蝶夫人》中僧人这个角色，那个角色闪电一样就消失了，我根本想不到这么小的一个角色会引起大师的注意。

20 世纪 90 年代是莱文大师在大都会歌剧院的全盛时期，他有权决定每年演出季所有二十几部歌剧的剧目。在演出季的九个月中，除了星期天，每天都有歌剧演出，星期六两场。三分之一剧目由他亲自指挥，他指挥的歌剧，导演他定，演员他定，从巨星到最小的角色全部由莱文亲自挑选。

在歌剧的历史里，很长一段时间，舞台是作曲家的。简单说，从格鲁克到莫扎特到瓦格纳、威尔第到普契尼，都是作曲家说了算。然后是明星歌唱家主导的时代，从卡鲁索到卡拉斯到帕瓦罗蒂，明星最重要。在莱文时代，20 世纪中期开始，歌剧舞台是指挥家的。欧洲是卡拉扬的天下，美国属于莱文。

莱文不像同时代欧美的大指挥家，常年在世界范围到处指挥，忙碌地奔波。虽然他也兼任过波士顿交响乐团的首席指挥，还担任过慕尼黑交响乐团的音乐总监，但莱文最专注的就是大都会歌剧院。他用四十七年的时间，打造了这个世界一流的歌剧院、一流的歌剧交响乐团和合唱队、一流的导演和舞台制作团队，吸引了世界范围最杰出的歌唱家，成为全球资金最雄厚，制作最辉煌的伟大歌剧院。

在莱文的直接参与下，大都会歌剧院把对音乐质量的要求放在第一位。莱文每个星期都要安排两次跟音乐部门所有的歌剧音乐指导、助理指挥和钢琴伴奏们开会，听取大家对歌唱家们在每一部歌剧的演唱和排练中的表现的意见，然后马上决定需要加强和改进的部分，当时就会决定哪个歌剧指导跟哪一位歌唱家做什么具体的音乐作业。我那时每个星期除了参加不同歌剧的排练和演出，还会至少有两次跟歌剧指导的练习。

莱文从一部歌剧的第一天排练就开始跟歌唱家们工作，坐在那里，从音乐到排戏，每天全程参加。对新的歌剧制作，尤其是在大都会首演的剧目，他会持续跟歌唱家们排练大约两三个星期，然后演出。今天没有任何一个大指挥能做到。有些最牛的指挥甚至在歌剧最后彩排时才出现。

都说，莱文的办公室里有一套复杂的音响设备，跟舞台和每一个大小排练厅相连，让他可以随时打开，根据排练日程，从扩音器中听到不同的剧目正在排练的声音。莱文很多时候还会在晚上留下，静静地坐在剧院观众席里不起眼的地方，看一会儿并不是他指挥的歌剧演出。我在《蝴蝶夫人》的演出，就是这样给他留下的印象。

1990 年 12 月，我第一次在大都会的舞台上给莱文试唱，考进了大都会歌剧院。第一个演出季，我参加演出的是普契尼的《西部女郎》和威尔第的《弄臣》，都不是莱文指挥。

1992 年 5 月，我在大都会的第一个演出季结束时，不知什么原因，大师莱文要求我再给他做一次试唱。试唱也是在大舞台上进行的。大师听完我的试唱没有说话，我当时很不开心，觉得自己唱得不好。试唱之前我有一个六小时的歌剧排练，人很疲劳，声音也疲劳。

后来歌剧院艺术部门负责合同的主管，告诉我的经纪人，我唱完试唱几天以后，莱文走进他们的办公室，讨论了很多下个演出季剧目的问题，临走时，大师跟他们讲：“我要把田留在这里，我想看他怎么成长。”

这一句话，让我在大都会歌剧院签约了整整二十年。

二十年中，我跟莱文大师演出过威尔第的《路易莎 · 米勒》《伦巴第人》《假面舞会》《阿依达》《西蒙 · 博卡涅拉》和《命运之力》，瓦格纳的《纽伦堡的名歌手》和莫扎特的《伊多米内欧》，一共八部歌剧。

我在写这篇文字时问过玛莎：“你对莱文最深的印象是什么呢？”玛莎想都没想就说：“最深的印象就是你怕他。”她又补了一句：“你在他面前从来就没放松过。”

玛莎说得太对了，我合作过的所有指挥，让我最紧张的就是莱文，这是一种根本无法解释的紧张。

莱文大师的脸上总带着微笑。排练的时候，他永远表情轻松，语音柔和，丝丝地有点哑，举止随意，总穿着他的白 T 恤，肩膀上一条大毛巾，蓝裤子白球鞋。排练中，莱文时不时会开一两句玩笑，让气氛松一下。有一次我们十几个演员跟他做音乐作业，过一遍歌剧《命运之力》，钢琴伴奏。他走进排练厅坐下后，马上看出好几位歌手显得拘谨，就跟男高音主角多明戈说：“来，普拉西多，给大家讲讲那天你给我讲的笑话！”多明戈站起来走到大家面前，连讲带比画，给我们讲了一个男人在情妇那里混了一夜，回家如何撒谎骗过夫人的笑话，逗得大家哈哈大笑，排练轻松开始。

我不怕莱文大师笑，是怕他藏在笑容里面那种严厉。在大都会的二十年中，我从来没有听到过大师高声说话，也没有听到过他训斥任何人。他的严厉在他的眼睛深处、眉毛和手指尖儿，在他的指挥棒。

莱文眼睛很大，在一副大眼镜里显得更大，里面是锥子一样的瞳孔。他微笑的时候“锥子”不笑，但是，只要你在音乐和歌唱中有丁点儿问题，你立刻就会感到大师眼睛里那种刺人的尖利，冷冷地扎过来。

大师从来没有夸张的指挥动作，跟他工作，你必须要注意他每一根手指，还有指挥棒的棒尖儿，还要同时看到他的眼睛和眉毛。莱文指挥的时候，会抬一下眉毛，或扫你一眼，那都是指挥的动作，把他想要的音乐、节奏和呼吸，跟手指和指挥棒混合在一起。大师会笑，只要你记住了他要的东西，准确地做出来的时候，他会抬起头给你一个快速的微笑。大师对音乐的要求极为敏感，他不会放过任何细节，指挥起来看似随意，却有很多音乐的要求。你必须要知道他微笑后面要的是什么，小心那刺人的“锥子”。

我是怕莱文，在他面前就是紧张。一个英国著名的男低音跟我说过：“跟全世界的指挥都唱过，不知为什么就他 × 在莱文这儿紧张。”

最后我才明白，怕他，是因为对他的崇拜。崇拜的组成部分之一就是敬畏。

我对莱文指挥出来的音乐充满着崇拜。他的音乐辉煌就是辉煌，细腻就是细腻，线条就是线条，轻柔就是轻柔。无论莫扎特、威尔第、瓦格纳、普契尼、德彪西或者格拉斯，每一位作曲家都清清楚楚地站在你面前，每一个音乐动机都干干净净地传递给你，每一个和声都是活的。每一句歌词，莱文会跟你一起唱，每一个乐句，他都跟你一起呼吸。我有无数的理由怕他，因为莱文指挥的音乐充满着力量，每一个音符都在震撼你，让你可怕的感动。

大师的“锥子”有时会冷酷无情。

莱文的一个助理告诉我，有一次在大都会的彩排，大师正在指挥一个女高音唱她的咏叹调，一边挥着拍子，一边注意着女高音的演唱，还带着微笑给她竖过大拇指。咏叹调结束，大师回过头去跟助理指挥说：“我不想在大都会再看见她。”那是这个女高音在这个剧院的最后一部歌剧，从此消失。

事实如此，很多歌唱家失去大都会的合同后，尤其是在重要的演出中没有唱好，很快，也会开始失去世界范围歌剧院的合同。

威尔第的《命运之力》是我跟莱文演唱的第三部歌剧。这部歌剧在西方歌剧界有一个忌讳，都认为这部歌剧不吉利。迷信从意大利开始，演这部歌剧时剧院总会出点事，不是有人没唱好被解除合约，就是排练有人受伤，或者布景临时出问题。总之，会有不顺。所以歌剧院对这部歌剧敬而远之，能不演就不演。但上百年来世界范围的歌剧院还是会上演《命运之力》，是因为这个作品震撼人心的音乐和优美的唱段。《命运之力》的序曲更是世界知名的音乐会曲目，即便不愿意演出这部歌剧的剧院，也会在音乐会中演奏《命运之力》的序曲。

我很喜欢我在这部歌剧中的角色——卡拉特拉瓦侯爵。侯爵最心爱的女儿爱上了一个有异族血统的秘鲁政治流亡者，准备跟他私奔。侯爵发现后暴怒，完全听不进“卑贱外族人”的恳求，最后这位流亡者的手枪走火，侯爵中弹身亡。

整部歌剧我的戏很集中，从开场第一句到第一幕幕落结束，总共十多分钟。我的角色很戏剧性，从对女儿的爱，到对女儿和外族人企图私奔的狂怒，再到意外中弹倒地，诅咒他们直至死亡。演唱音域非常适合我的声音，而且有戏可演，能让我充分发挥。

在大都会歌剧院这部新制作里，手枪走火的秘鲁人扮演者是巨星多明戈。在我跟他演过的十二部歌剧里，他“杀过”我四次，分别在四部歌剧中。从手枪走火到两次下毒再到让我跟他的敌人同归于尽。

女高音主角莱奥若拉的扮演者是雪伦·斯威特，一个美国年轻的歌唱家，是莱文亲自培养的新星之一。她曾在北京紫禁城演出过张艺谋导演的歌剧《图兰朵》，扮演公主图兰朵，还被拍成 DVD 发行。看过现场演出的北京朋友都不喜欢雪伦的形象。大约三百磅的体重让她动作沉重，使人无法联想这是一个美丽而冷峻的中国公主——虽然她的声音一流而且非常有力量。后来迫使她放弃歌剧事业的原因，是她的健康开始出问题，步履艰难。在我们演出《命运之力》不久后雪伦就不再上台，转为教学，令人特别遗憾，因为雪伦是一位杰出的歌唱家，还是一位非常好的人。

男中音主角是俄国非常著名的歌唱家切尔诺夫。声音动人，极具乐感，形象和演戏都是明星的级别，人也和蔼可亲。在大都会歌剧院当时所有新制作的威尔第歌剧里，都是他出演第一男中音角色。

当我们开始从排练厅转到舞台上排练时，我发现切尔诺夫极度依靠夫人卡嘉。排练进行的时候，他的眼睛经常在寻找她，寻求歌唱的指示。卡嘉是一个歌剧专家，据说钢琴弹得很棒，而且是切尔诺夫的声乐指导。问题是，她每时每刻都在指导切尔诺夫。

卡嘉会从观众席、侧台、布景后面、大幕边上，在排练进行时或停顿的片刻，用复杂的手势发给切尔诺夫各种信号，指上指下，用手掌用胳膊，瞪眼张嘴加表情，密集地指示着切尔诺夫的每一个发声位置。我注意过她的手势和动作，觉得这非常危险，因为切尔诺夫过分地依赖卡嘉的指令，如果切尔诺夫看不到卡嘉从隐藏之处发出的那些手势和表情，这位著名的俄国男中音会马上不安，歌唱状态立刻就不稳定。

《命运之力》的男中音主角唐卡洛有很多戏剧性的唱段，需要具有穿透力的音量和有浓度的声音。切尔诺夫是一个典型的抒情男中音，具有非常优美的音色，歌唱技巧很好，并具有明星气质。但他不是威尔第男中音，没有那种震撼的音量，自己也意识到了这一点。在切尔诺夫的歌唱中能听出隐隐约约的顾虑，尤其在非常戏剧性、需要大音量的句子里，你会感觉到他极为小心，绝不撑大自己的声音。

有一次切尔诺夫很严肃地低声跟我讲："你知道吗？我不是一个威尔第男中音，我其实最适合唱罗西尼的作品，这些威尔第的歌剧对我太重了，让我唱得紧张。"但是他还是一直在大都会唱着最沉重的角色。

没有人会拒绝大都会歌剧院的邀请，因为邀请直接来自莱文。

几年后切尔诺夫的声音出现问题，就此离开了歌剧舞台，开始在音乐学院教声乐。那时他还很年轻，大概四十多岁，是最好的歌剧年龄。人们说他把嗓子唱坏了，那些戏剧性的角色毁了他的声音，他说是因为耳朵发炎，让他无法掌握歌唱的音准。

大师可以把你捧成明星，升空之后要自己掌握方向，一旦坠落，没人接得住你，因为你是明星。

《命运之力》力道在此。

当那首最著名的序曲结束之后，整个《命运之力》的第一句，是我唱出来的。侯爵走出睡房，在四小节音乐后开始对他挚爱的女儿唱出："晚上好，我的女儿……"

我唱出的第一个音之前的一小节，音乐节奏变成切分，这个切分节奏，使我无法找到第一句第一个音的拍子，总是晚一拍进来。结果，这晚进的一拍成了我的噩梦。

我没有一次排练可以准确地唱好这第一拍的节奏。我的脑子被《命运之力》的音符带来了精神分裂般的恐惧，无论我怎么练习，练几百次，听多少遍录音，只要乐队一开始演奏，只要看到莱文大师眼睛里的"锥子"，我一定错，脑子刹那间空白，一定唱不好那个该死的第一拍。

我无法想象莱文为什么选择原谅我。

他那刺人的注视，淡淡地微笑，使我信心全无。虽然他特地跟我单独练过几次这个句子，我还是错。我能感到所有人都在为我们紧张。因为这句唱不好，会影响整部歌剧开场的连贯和节奏，至少会造成两三秒钟不稳定的片刻。

没有一位指挥大师会接受歌剧开场时的短暂混乱，哪怕是片刻。也没有一位指挥大师会有耐心，跟一个年轻歌手单独练习了几次，其实很简单的句子，而他仍然唱不对。

我极度绝望，《命运之力》，真是不吉利！

莱文大师能原谅我的原因，也许是他喜欢我的声音？也许是他喜欢我的表演？

没有答案。

在第一幕结束之前，侯爵被“秘鲁人”多明戈的枪不小心走火击中腹部，狠狠地摔在舞台前方，离在乐池中正指挥的莱文很近，几乎脸对脸。我痛苦地唱出：“我不行了！”然后带着绝望死去。

我“死”得一定很真实。每次演到这里，我都是彻底地投入在角色和剧情中。排练的时候，受伤倒地这一下，我练过不知多少次。好几次在演出中，当我中弹倒地挣扎演唱时，莱文一边指挥，一边注意地看着我的表演，点点头，微微一笑。左手打着拍子，右手摸摸左臂，在乐声激烈的轰鸣中眯起眼睛，做出一个起鸡皮疙瘩的表情。

我最喜欢跟莱文排练——虽然我怕他。

跟大师演出的八部歌剧，我和他一起排练了上百次，而且是近距离地工作。他浑身散发出的音乐，能直接进入我的每一根神经。那种音乐的感觉是厚实的，可靠的，久远又富有生气。我是那么怀念跟他排练的时光，分秒都是上课。

有一次排练，我终于知道莱文为什么总在左肩膀上搭一条大毛巾，他跟我们说他左肩膀老痛，刺痛，还怕冷。我觉得那是他帕金森病的开始。

从 1999 年开始，莱文指挥时，左手臂用得越来越少了。

大师喝很多水——也许是茶。每次排练总有一个男助手给他端进端出几大茶缸子水。助手比我年轻大约十岁，是一个从来没有任何表情的人，走路身子略往前弓，很瘦，步子很轻，端着大茶缸子显得有点重，用双手捧着。他一进排练厅，直线走向钢琴放茶缸，一返身，再直线走出。助手一声没出过，眼不斜视，看上去一脸的坚忍，嘴唇紧闭，腮帮子两边总鼓着两条肌肉，似乎永远咬着牙根儿。

2001—2002 年在大都会歌剧院的演出季，跟大师排练时，他已经完全不用左手端茶缸子了。

那个演出季，是我在大都会演出压力最大的一年，也是我歌剧生涯中最严峻的两个月。

2001 年 9 月 11 日的早上，一直令纽约曼哈顿骄傲无比的世界贸易中心，一百多层的摩天双塔，被恐怖分子驾机撞入，那是致命的撞击，两座曾经的世界最高建筑瞬间化为灰烬。

“9 · 11”事件使大都会歌剧院一下子陷入混乱，短暂的停演后，发现复演有巨大的困难——许多应该来担任主演的外国歌唱家取消了演出，都被世贸中心残骸上的余烟吓坏了。尤其是欧洲的歌唱家，觉得纽约已是战区，来这里有生命危险。

大都会歌剧院当时有两个重要的歌剧新制作即将开排：贝里尼的《诺尔玛》和威尔第的《路易莎 · 米勒》。两部歌剧都有很重要的男低音角色。担任这两个角色的是一个意大利有名的男低音 CC，任凭大都会“威胁利诱”，以合同中“不可控的原因之下，双方都有权结束合同”的条款为由，CC 拒绝前来纽约演出。

《路易莎 · 米勒》是莱文大师指挥，导演是摩辛斯基，犹太人，很有名，据说也很怪。这部歌剧还没上演已经引起广泛注意，演出票早已售光，大都会歌剧院已经三十多年没上演过这部歌剧。

《路易莎 · 米勒》闻名的是音乐的优美和难度，还需要有一组训练有素、技巧一流、声音可以穿越乐队的歌唱家。很多年来，威尔第这类歌剧难以上演的原因，是找不齐一组水平相近的一流歌唱家。很多人在等，等着在大都会看这辈子第一次，也许是唯一的一次《路易莎 · 米勒》。

JF 是大都会歌剧院艺术部的总监。所有大都会的主要演员，包括明星们的合同都出自他手，他是直接对莱文负责选角色的关键人物。JF 个子不高，一头短短的鬈发，性格古怪。他大权在握，却总是躲躲闪闪，走起路来很快，明明是直行，却会突然横着跨出一步，而且绝不跟人对视。多少年在大都会歌剧院，我们相遇过无数次，没说过几次话，我也从来没有看见过他的眼睛，因为他躲闪，会横着跨出一步。

此刻，JF 坐在他的办公桌后面，胳膊肘架在桌面上，看着自己的手指，带着一种似笑非笑的表情对我说："我们决定让你唱所有《路易莎 · 米勒》的演出，对，沃尔特侯爵，所有七场演出。"

"还有，我们需要你唱所有的《诺尔玛》的演出，奥尔维梭，五场都你唱。"

JF 迅速地补充道。

"那《伊多米内欧》怎么办呢？"

我的声音显得很陌生，轻得像自言自语。

我的脑子很乱，嗡嗡响，拼命在想日程，因为想起自己的合同中还要演出六场《伊多米内欧》。

我记得这三部歌剧都挤在两个多月里，排练和演出紧密地交错着，几乎没有休息的时间。我刚拿到这三部歌剧的合同时，还觉得很幸运，因为最难唱的《路易莎 · 米勒》和《诺尔玛》我是 B 组，演得少，候补多。《伊多米内欧》我只是幕后的一个角色，不出场，只在后台唱。这样，我觉得自己还能支撑三部歌剧的恐怖日程。但现在全变了。JF 把排练和演出的日程轻轻地放在我面前，纸上都是小方格子，每个格子里都是密密麻麻的字，字小得根本看不清楚，到处都是剧名和“Sing”“Sing”“Sing”，“Sing”（演唱）就是我演出的日期和场次。

“决定是这样，你只唱《伊多米内欧》首演的第一场，其他五场我们希望你同意取消，把全部精力放在《路易莎 · 米勒》和《诺尔玛》上，因为这些演出都非常重要，你知道。”JF 还是似笑非笑，“这都是莱文大师的决定。”

莱文的决定？

没有人会对大师的决定说“不”。

JF 从来没有跟我讲过这么多话。他说在前一天的会议上，他们讨论的问题包括我这个角色。意大利男低音 CC 拒绝来演《路易莎 · 米勒》和《诺尔玛》，给大都会歌剧院造成巨大的困难。JF 和艺术部门的人用了两天时间在世界范围寻找可以演这两个角色的人，最好是明星级演员，结果根本没有希望，在这么短的时间找到会唱《路易莎 · 米勒》里沃尔特侯爵的男低音，而且有空档可以来大都会，根本不可能，更何况排练马上就要开始。

当 JF 向莱文汇报寻找结果时，大师马上就说那就让“田”唱，还说绝对不愿意找一个“凑合”的男低音，就算是明星级。宁愿让我唱，并认为我能胜任。

JF 的形容让我一阵感动，不自觉地脱口而出："好吧，我唱。"

"我们只有一个要求。"JF 抬起眼睛，"你必须保证不能生病。我们没有人可以做你的替补，就是这样，你要坚持到底，完成这两部歌剧，总共十二场演出，尤其是《路易莎 · 米勒》。"

"明白。"我简短地回答，感到一种沉重的压力在内心升起。

"让玛莎多给你做些好吃的，好好照顾你！"JF 难得地笑了起来。

他喜欢吃玛莎做的饭。

莱文大师也酷爱玛莎做的菜，他自己不会在演出前来拿食物，却会让总是陪伴他的弟弟来取玛莎的饭菜，拿了一盘又一盘。

拿到《路易莎 · 米勒》的合同却是悲剧性的。

《路易莎 · 米勒》里的男低音主角是沃尔特侯爵，有两段咏叹调，一段很重的男低音二重唱，再加上很多重唱的唱段，其中一段是无伴奏的五重唱，由沃尔特领唱。这是一个典型的"Thankless"角色，意思是费力不讨好，没有人会记得住的角色。

我最大的问题是——我没准备好。

这一年我一共有八部歌剧的合同，在大都会的五部和在欧洲的三部，其中一半都是没唱过的新剧目。紧张的排练和演出，奔波和旅行，让我一直都没有休息的时间，所有演出和旅行的空隙，都在紧张地学习新的角色。

我本来有一种侥幸心理，以为《路易莎 · 米勒》有 A 组，意大利的 CC，按常规，他会先于我进入排练，我至少有两个星期不那么紧张的日程，可以好好练习和背谱子。但没想到坍塌的世贸中心，使我瞬间成为 A 组演员，而且没有 B 组候补演员。所以从排练第一天我就在重压之下，拼命背谱子和跟歌剧指导练唱。喉咙越来越累。

“你是生在哪里的？”摩辛斯基一边喝着可乐，一边问我，那是我们开始《伦巴第人》戏剧排练的第一天。排练之前在大都会的咖啡厅，导演走过来在我旁边坐下。

“我生在北京。”我说。

“我生在上海。”导演说。

摩辛斯基的黑边眼镜里有一对直愣愣的眼睛。

“你生在上海？真的？！”我看着他那完全是西方人的脸庞和大鼻子，惊讶地问他。

“我父母在第二次世界大战时，从德国逃到上海，那时有几万犹太人在上海避难，我就生在那里。”摩辛斯基粗声地笑了两下，笑声像干咳，黑边眼镜里直愣的眼睛没有任何表情。

“真的？简直无法想象！如果可能，我非常想听你讲讲故事！”我激动起来。

总听说几万犹太人 20 世纪 30 年代从欧洲逃到上海，在那里居住了好几年的传闻，眼前就坐着一个！还生在上海！我突然觉得跟这个著名的导演很亲，我一定会跟他交个好朋友，一定会合作顺利！还马上想到请他吃饭，来我们家，请玛莎做烤鸭！

我们所有的犹太朋友都喜欢玛莎的烤鸭。据说犹太人的历史比中国的历史早一千年，所以犹太人等了一千多年才终于吃到中国饭。

大师莱文是犹太人，摩辛斯基是犹太人，JF 是犹太人，我们剧组的男高音主角契科夫也是犹太人。他们中间一定有一种不用言喻的关系，这种关系浸透着极为顽强的生命力，历经苦难和千百年的延续，交织着，伸展着，现在汇集到大都会歌剧院。

我的一个犹太朋友开过一个玩笑，说本来全世界排名前十位的伟大音乐家都是犹太人，后来有了一个空缺，因为他们对中国人印象好，就决定把这个名额送给了马友友。

我在大都会做的第一次试唱，主考的是一位非常端庄的女士，神态优雅，她是歌剧院艺术部门的副总监，叫蕾诺 · 洛森伯格，喜欢我的声音，是她给我安排了给大师莱文的试唱，使我开始签约大都会。我在大都会演唱时所有的合同都跟她有关。她也是犹太人。

我跟犹太人一定有缘。

跟“中国老乡”导演摩辛斯基顺利工作的缘分和期望，两个小时以后粉碎成愤怒。

在开始排练我的咏叹调时，我发现饰演女主角的俄国女高音坐在远远的一个角落在擦眼泪，所有的人都沉默不语，导演脸色发黑。

从我的第一个动作和走位开始，摩辛斯基就不高兴，不让我走不让我动不让我站也不让我坐。我怎么演都不对，抬头不对低头也不对，伸手不对转身也不对。而且他的声音越来越大，最后就开始用带着侮辱性的字眼儿对我喊叫：“你怎么这么笨？！ 做这种傻子一样的动作，有脑子吗？！”

我觉得自己的脸变得冰冷，身体在僵硬地颤动，愤怒的感觉在脑子里横冲直撞。我绝对不是一个很差的演员，我不怕任何导演挑我的刺儿，只要有道理，只要可以得到启发，让我知道你到底要什么，我会极为认真地配合练习，如果可能，导演能给个动作的示范更好。但你不能对我吼叫，不能侮辱我。

大师莱文那天不在，我无法想象如果他在会怎么反应，从艺术要求的角度？从犹太人帮犹太人的角度？后来我发现，当莱文在场的时候，摩辛斯基完全是另一个人，客气、安静、合理。

当摩辛斯基对我吼叫时，在场的其他演员、歌剧指导们、导演助理们……所有的人，都低垂着眼睛或看着不知什么地方，没人说话。在这种场合，没有什么对与错，导演是绝对权威。

在摩辛斯基的大喊大叫中，我听出来他要我做的，是一个没有任何动作、没有任何表情、僵硬的侯爵，严酷的父亲。

没关系，我可以努力尝试，也愿意学习塑造完全不同的形象，这是第一次排练，才排了十分钟，我没有遇到过任何一个导演如此暴躁，如此无礼。我拼命地克制自己的情绪，又坚持了十几分钟。

我排了整个咏叹调，最后一个音唱完后，好几个人给我鼓掌。“No！！”摩辛斯基打断了所有的人，嘶哑地喊起来，“你的这种表演糟糕透顶！我根本不能接受！可怕！可怕！可怕至极！”

我“腾”地站起来就走出排练厅，在走廊里给艺术部门一位负责人打了一个电话，拒绝排下去，说这个导演是个疯子，我根本没法跟他合作。

排练停顿了很久，最后艺术部门的人找到我，说他们告诉了导演，要他给我道歉，还告诉他不能对演员没有理由地发怒。

“他们让我给你道个歉，OK，道歉！哼！”排练再开始的时候，摩辛斯基走到我面前，歪着头粗声粗气地低声说道，还用错乱的眼神狠狠地盯了我一眼。

莱文大师参加排练时，摩辛斯基已经跟所有演员都结了仇——除了犹太男高音主角。至少，排练厅里安静许多，因为摩辛斯基几乎不再对演员提任何要求，也没有人愿意跟他说话。

我顾不上跟这位“中国老乡”导演怄气，我的声带开始水肿，每天都在加重。

一个新的角色，尤其是很吃重的角色，我必须要反复地唱，大声地唱，需要把这个陌生角色的声音唱进喉咙肌肉的记忆，让声带熟悉这些声音运动的方式。因为没有足够时间准备和练习，我声带的水肿使声音变得模糊，逐渐失去明亮的音色和力度。

玛莎赶快给我安排了去见嗓音医生L。L医生很有经验，中国台湾来的，诊所在曼哈顿东区昂贵的住宅区里。他给我仔细地检查了声带之后，没说话，慢慢地放好他那些医疗器械，眨了十几次眼睛，说：“你声带左侧水肿，两边声带都充血，很简单，你需要五天噤声，不要说话，不要唱，我给你开两种药，五天以后来看我，再决定你能不能唱。”

五天噤声？！不许说话不许唱？！我哪儿有这五天啊！明天上午要跟莱文大师做第一次音乐作业，全体演员，11点开始，把整部歌剧唱一遍！

噤声！噤声！！噤噤噤噤——声？！

“你必须保证不能生病，我们没有人可以做你的替补，你必须坚持到底。”

我仿佛又听到 JF 那严肃的声音。

在大都会歌剧院有一条明文规定，所有的歌唱家，无一例外，在一部歌剧首演前的最后彩排，每一个参加人必须放声演唱，像演出那样，放出全部声音，否则取消参加首演的合同。

大都会的明文规定在我这里破了例。

当莱文大师知道我的声带水肿后，马上决定让我在所有的排练中“小声地唱”。当时只有四天就要首演，我只能想尽一切办法节约声音，尽可能地休息，才有可能保证参加首演。我当时面临着失声的危险，因为“小声地唱”可能会更糟，轻声的演唱有时会让声带增加更大的疲劳——如果你没有掌握轻声演唱的技巧。

我可能是唯一的一个歌手，在大都会歌剧院，几乎没有放声地参加了一部大歌剧的最后彩排。

彩排开始之前，莱文走进我的化装间，还是短袖的白 T 恤，左肩膀搭着大毛巾。他一进来就问我感觉怎么样，没等我回答，大师就迅速地说：“我知道你声带水肿，很抱歉。今天彩排你一定要省着你的声音，后天的首演最重要。”他语音未落，眼睛就闪出两道不动声色的“锥”光。“你可以放声唱那两首咏叹调吗？我很想听听，其他的段落你不出声都可以。”大师很快又补充了一句，语气真诚。

我不知道在大都会歌剧院无数次的彩排之前，莱文是否走进过任何演员的化装间，告诉他们不用放声唱——无论什么原因。最后彩排没唱好被取消参加首演的例子不是没有。

我不知道该感谢谁，大师莱文？意大利的 CC ？感谢没人可以替代？感谢“9 · 11”？这是我在大都会歌剧院演唱的最大的一个角色，是在声带的危机中完成的。

一天以后，我参加了《路易莎 · 米勒》的首演。在大幕拉开之前，我站在台上，默默地告诉自己：“你很幸运，拼了吧！！”

演出有两次中场休息，每次休息，我化装间墙上电话的铃声就会响起，我知道，那一定是莱文大师。“感觉怎么样？我的朋友，刚才这场你很不错，很高兴对不对？下一场会更快乐的！好，台上见！”他有时还会跟我开个玩笑，用他那微微沙哑的声音。谁都可以想象，那些鼓励的电话对一个负有重压的歌唱家有多么重要！

《路易莎 · 米勒》首场演出的乐评中对我的评论并不好。这已经不重要了，重要的是我坚持了过来，经历了不可能的经历，而且永远不会忘记。

2015 年 12 月的一个下午。

我和玛莎受邀参加了一个大都会歌剧院举办的午宴，庆祝明星多明戈在大都会演唱五十周年。那是一个非常长的午宴，延续了三个多小时。

午餐结束，所有讲话结束，多明戈开始演唱。

多明戈选择了很多曲目，出乎大家的意料，演唱了跟在座歌剧明星们演唱过的歌剧唱段，既不是男高音的咏叹调，也不是男中音的咏叹调，有时还是这些明星，无论男女，自己演唱过的一些段落。在座的包括米尔恩斯，霍恩，维瑞特，索维洛，沃伊特，丹尼尔……还包括大师莱文。

多明戈对他演唱的这些大家并不熟悉的唱段做了些解释，还跟在座的明星们开些玩笑，回忆些合作时有趣的经历。三个多小时后，在座的几百位嘉宾不少都开始显得疲劳，尤其是坐在主要贵宾席上的指挥大师莱文。

莱文坐在轮椅上，可以感觉到他越来越不舒服。大师发言时说过几句短暂的贺词，提到与多明戈几十年的合作，语音无力，双手似乎失控地左右摆动，颈部有些抽搐。

当午餐结束后，我和玛莎马上走过去问候莱文。大师的周围并没有什么人跟他说话，当他看见我们的时候，还操纵着他的电动轮椅开过来离我们近一点。

“你们看，我还能做什么？现在就是这个样子。”大师一边说一边挥挥颤抖得很厉害的双手。在我们简短地问候他以后，莱文说：“谢谢，很高兴看到你们，我们在大都会见！”大师看着我们点点头，勉强地笑了一下，算是告别，我可以看到他的眼睛里布满了血丝。

大都会见……

大师在大都会的演出越来越少，身体状况越来越差，甚至无法保持平衡。最后，他坐着轮椅指挥都很费劲，大都会歌剧院特地为他改建了指挥台，让他可以把轮椅开上去。

后来，在他亲手建立起的伟大乐团里，有些乐手开始抱怨说看不清楚大师的手势。因为他的帕金森症——让他无法控制身体的抖动，尤其是双手。

指挥的双手就是节拍，就是音乐，就是整个乐队，就是生命。

2017 年 12 月 2 日，莱文最后一次在大都会歌剧院指挥。同日，大都会宣布停止与大师莱文的合约，并开启对他“恋童丑闻”指控的调查。

不久，他所有的音像制品全部下架，所有与他有关的歌剧报道全部消失，仿佛大都会歌剧院四十多年中伟大的建树都与莱文大师无关。

莱文与大都会展开了一场冰冷的诉讼，涉及的金额其实并不重要，关键是名誉。据说，大师最后胜诉，获得些赔偿，名誉？已经残破不堪。虽然网络上可以重见大师的作品，又可以看到他指挥的歌剧视频。但一切已经结束，莱文彻底离开了舞台。

对与错？世界上的事情往往关系到双方或者多方，有时都对，有时都错，有时对中有错，有时错中有对。最后，一切归于历史。

伟大的天才一定不是完美的，完美的天才？

没有。

晴朗的一天

大约有八年，我们曾经住在纽约曼哈顿下城的炮台公园城，窗户对着东河的入海口，对面就是自由女神像。玛莎每天开车，经过世界上最复杂的公路和桥梁网，去位于布朗克斯区的爱因斯坦医学院上班，做一个老牌儿遗传学杂志的执行主编。我每天坐地铁，从下城坐到林肯中心，去大都会歌剧院排练或演出。

地铁站在著名的世界贸易中心下面，永远人来人往，前后左右都是人。那时还不兴戴口罩，各种肤色各种表情，加上各种眼神各种语言，仔细看，每个人都有故事。在那里面工作的人，百分之九十九，在银行或者投资公司做事，做的都是跟钱有关的事。再不会写作的人，站在世贸中心那两座双塔下面的中心大厅，就看人，一个小时以后，也应该能写出点什么。

我和玛莎一个星期总会在世贸中心里面消磨一些时间，有时是约好两个人都下班时，在那里见面吃个饭，或者去那里的书店喝一杯咖啡，在商店里转转。很多时候是一起坐地铁去歌剧院，我去演，她去看。曼哈顿的街道上下班时一定堵车，那时开车会得心脏病，坐地铁最保险。就算纽约的地铁“脏乱差”，准时是可以保证的。

世贸中心对于我们有点像老朋友。无论外面是春夏秋冬，下雨下雪，酷暑还是严寒，双塔总是带着恒温欢迎我们，欢迎每一个人，随便你在里面待多久。

据说在建世贸中心打地基的时候，挖出了很多土和石头，都堆积在我们这边，那个时候我们这里就是河边，什么都没有，就是水，东河。从世贸中心挖出来的土石，填进水里，形成了长长的一块地，后来就变成炮台公园城，盖了这十几座楼，还有我们家。

玛莎工作很忙的时候，会回来比较晚。我在歌剧院排练完，在世贸中心下了地铁，就会在中心大厅里随便找个快餐店吃点什么，麦当劳常常是首选。

那天大概是晚上 8 点多钟，下了地铁，我又走进这个麦当劳，买了喜欢的起司汉堡，三层牛肉的，加薯条和冰镇可乐。我随便找了桌子坐下，开始吃我的晚餐。

突然听到有人唱了一句歌，我往后一看，离我不远的一张桌子，坐着一个黑人女子，很胖，围着一个花围巾，一身黑色的衣服，衣服显得非常宽大，有些破旧，鼓鼓囊囊的不太合身。挺大的一个快餐店，居然只有我们两个客人，我不好意思盯着她看，就转回身继续吃我的汉堡。刚吃两口，又听见有人唱歌，再一看，是这位黑女子在唱，这下我开始好奇，因为她唱的是歌剧。

我站起来去加了一杯可乐，回到餐桌，换了一个座椅坐下，可以从斜一点的角度看到她。

看得出来，黑女子是一个无家可归的流浪者，大概五十多岁，属于肤色比较黑的黑人。她的身边是一个类似超市里的购物推车，上面堆满了东西。有两三个塞得满满的大黑塑料口袋，下面是发暗的几条被褥毛毯和挺脏的睡袋，都挤在手推车里。手推车的四面挂着一些塑料瓶子和罐子，还有很多看不清楚不知道是什么的东西堆在车上，斜着插着一面小小的美国国旗。

黑女子根本没注意到我，唱着歌，在她的餐桌上忙着什么。

她唱的是普契尼歌剧《蝴蝶夫人》里女高音著名的咏叹调《晴朗的一天》。我完全被这歌声吸引住，她唱得太好了。

《晴朗的一天》是这部名剧女主角乔乔桑最主要的唱段，她正万分思念着不知身在何方的美国海军军官平克顿，她知道她的仆人铃木不相信她的军官恋人还会归来，就给铃木唱了这一段对幸福充满期待、催人泪下的咏叹调，“晴朗的一天，我们会再相会”。

这首咏叹调不好唱，充满着情感，有极好听的旋律线条，又有很戏剧性的句子，尤其是结尾一直推向高潮那长长的高音，震撼人心，是无数女高音梦寐以求渴望演出的角色。

我演过这部歌剧里面的一位僧人，蝴蝶夫人的叔叔邦赛，雷霆般冲入乔乔桑的婚礼，当众诅咒她和美国军官的不当之恋，驱赶所有来宾离开。我演过很多场这个角色，所以非常熟悉《晴朗的一天》这首咏叹调。我听过很多一起演出的女高音主角演唱这首名曲，能够唱好演好、有好声音、声音能穿透乐队、字字动人心弦，极难。

面前这位头发乱蓬蓬地扎成一束，立在头上，脸有点肿的黑人流浪女正轻声地唱着“晴朗的……”她的意大利文很好，吐字发音很清晰，充满着感情，声音的控制完全是专业的，流动着，唱到最后那个高音的时候，声音还是稳稳地站在高位置上，轻轻地灌满了整个麦当劳。

我完全呆住了。这可不是一般的歌剧爱好者，这是一个歌唱家啊！能用半声唱这首咏叹调，声音清亮干净，这么自然的呼吸支持，唱到这种程度，至少学了十年唱歌都不止。我坐在那里不由自主地激动着，眼泪都快被她唱出来了。她是谁啊？哪里来的？在哪里学的唱歌？她怎么就无家可归了？！她怎么就成了乞丐了？！

我发现她唱歌的时候，眼神温暖，歌唱是下意识的，所有的注意力都在她面前的桌子上。

黑女子面前的桌子上堆满了硬币，从一分钱的到两毛五的，摊了一大片。她一边唱一边细心地把硬币分类。棕黄色的一分钱最多，堆得像一座小山坡。一摞一摞地竖着，被分成一毛钱一毛钱，一块钱一块钱地堆着。她用银行里拿到的硬币纸卷，分不同颜色地把硬币卷成一筒一筒的，仔细地数着，在“晴朗的一天”优美的旋律中，数着……

“她是要把钱存进银行吗？”

“她有账户吗？”

我只是在问自己，并不期待答案。

她仍然没有注意到我，我也不想打扰她。

我告诉了玛莎这个经历，有时我们会专门回到那个麦当劳，看看那位黑人流浪女高音会不会出现。

两年后，我们搬到了上西城大都会歌剧院旁边的新居，很少有机会再回到世贸中心和炮台公园城。

又过了两年，两架飞机分别撞进世贸中心那两座摩天大楼。

在晴朗的一天。

玛莎

后记

我在这本书里的很多地方都写到玛莎，因为我的歌唱经历跟她休戚相关。

玛莎也叫 Martha，也叫廖英华。大家都喜欢她，觉得她是一个明亮的人，能让人信任给人快乐。

玛莎生在英国的利兹，因为父母曾在那里留学，她是利兹城第一个中国婴儿，出生后上了当地报纸，收到很多不知来自何处的鲜花，许多陌生的英国人去医院探望，就为了看看这个可爱的黑头发女婴。

玛莎在中国香港长大，去了美国读大学和研究生，在费城的宾州大学拿到物理化学博士学位，后来从事人类遗传学研究。玛莎是个好学生，读书不费劲，学物理化学不是闹着玩儿的，她却学得轻松，一边读书一边学钢琴，喜欢做饭，还参加了“革命”。

20 世纪 70 年代，在美国的左派港台留学生发起了“保钓”运动，“保钓”就是抗议和保卫日本侵占的钓鱼岛，后来发展到支持中国进入联合国，反对台湾国民党政权等系列活动。那是一群热血澎湃的港台青年学生。“闹革命”的活动包括：学习毛选、唱革命歌曲、卖春卷筹集经费和游行示威。玛莎可能是最年轻的小“保钓”，因为会弹钢琴，没少伴奏“革命”音乐会。我听过他们那个年代录的磁带，大合唱“红军不怕远征难”，一片撒气漏风的港台腔，却有满满的真诚。

玛莎 1979 年第一次回国。我是 1982 年在上海认识玛莎的，那时她从美国回到国内，受邀复旦大学，参与人类遗传学的研究工作。我当时在上海第二军医大学陪父亲做肝癌手术。

第一次见到玛莎，她正在一个复旦的教授家里给一个小女孩理发，动作快得让人眼花，跑前跑后，一边剪发一边跟周围所有的人开心说笑。玛莎看上去非常漂亮，充满活力，我没有想到一个搞严肃科学的人，能这么爽朗和美好，也没想到“美”和“好”能这么动人地结合。

三十多年间，我们在国内国外一起做了很多项目，都跟歌唱和教育有关。做项目当然会有成功与失败，能坚持下来的关键是我们有玛莎，她用她的果断、美食、笑容和诚恳，非常自然地凝聚着每一个人。

玛莎喜欢帮助人，她有一种非常科学的直觉，知道谁需要帮助，怎么帮。帮完就完，不记着。

玛莎看过我所有歌剧和音乐会的演出，包括很多排练和彩排。她总说自己是个“专业的观众”。要知道，没有观众，演员的生命毫无价值。

我永远对科学界怀有内疚。因为我歌唱事业的发展，加上很多旅行，玛莎决定放弃她的科研事业全力支持我。遗传学界少了一个很好的科学家，而我成了一个幸运加幸运的人。

有一次我们跟朋友闲聊，玛莎说："如果要再活一次，绝对不会嫁给歌剧演员。"大家笑。我说："是啊，歌剧压力一大我就情绪低落，乱发脾气，至少有三次玛莎都差点儿跳楼了。"大家又笑。等大家笑完，玛莎安静地说："五次。"

这本书献给玛莎，没有她就不可能有这些故事。

2012年，我在北京的国家大剧院公演了个人舞台剧《我歌我哥》，内容是真实的经历，根据我在大哥病危的最后时刻，从纽约的两场歌剧演出中间，赶回北京，跟他在医院里一起度过的三小时改编的。

排练和演出我都极为投入，觉得自己和大哥最后相处的经历刻骨铭心。每次排演都是满脸的热泪，参与制作的团队和演出时的观众也都反应强烈，我的自我感觉非常好。

首演那天，徐冰和翟永明两位朋友去了，还带了一对夫妇，那是我第一次见到刘禾和李陀。过了几天我们一起吃了个饭。

"你这个剧啊，直说吧，什么都不是，没法给你归类。"这是李陀开口跟我说的第一句话。"你和你哥的关系和情感并不特别，在这个剧里也没有真正的戏剧冲突。不过你在舞台上的掌控能力和你的表演都不错。"李陀又补了一句。

李陀就是李陀，从我认识他的第一天开始，他就是这么直，说话直取要害从不客气，不废话，不耐烦，不为"平庸"浪费时间。认识李陀，我才知道什么是真正的批评家，谁被他批评那是谁的幸运。

李陀的时间绝大部分都用在阅读和写作上。我们在纽约时不时能聚。李陀可不是一个简单的学者和文学批评家，他的知识面和关注的问题极为广泛，观点严谨而锋利，听他讲话就是上课。

跟李陀上课的地点不定，不是他们家就是我们家，也会在博物馆或者中央公园。李陀喜欢找一个咖啡馆写作。我很留恋他从曼哈顿上西城的116街走下来，我从66街走上去，在某个咖啡馆里“接头”的时光。

后来，我们还发现过去在北京的经历有很多巧合：我们都住在新外大街小西天，我们院儿就在他们院儿的隔壁，都当过工人。在很多年里，每天早上都坐22路汽车，都到西单换厂里的班车。我俩的工厂都在石景山那边，他在“北重”，我在“北锅”，挨得很近，都参加过厂里的宣传队，我还去过他的工厂演出。越说越神的时候，我们就会不约而同地：“哎！我们肯定碰到过啊，不是在22路上就在西单！”两人会突然用厂子里说话的劲儿，带出些工人兄弟常用的“脏字儿”。在那个愉快的时刻，老师成师傅了。

2017年，我们一起去了李陀工作二十来年的北京重型机械厂。工厂已经停工关闭，跟门卫磨了半天才进了厂门。一个当年有七八千工人的大厂已无人迹，每一个巨大的厂房里都是一片废墟，眼见全是残砖废石。当年热火朝天的车间只留下寂静的伤感和幻觉，工人弟兄们都上哪儿去了？

李陀和刘禾看过我在纽约和北京演的歌剧，听过我的音乐会。有意思的是，没过多久，李陀就严肃地跟玛莎和我宣布：

我的歌剧演唱事业已达高峰，应该考虑开始写作。

写作？让一个已经唱了三十年歌剧的演员走下舞台，改行写作？

一连几年我都没写什么，仍然在我的演唱“高峰”徘徊，继续唱了很多歌剧。但李陀没有放弃他的“预言”，一直坚决地鼓励我要拿起笔来。后来，我发现我自觉不自觉地从李陀那里得到些很重要的影响，跟着他对文学和戏剧、绘画与历史、写作和现代社会等方面产生了关注和兴趣。最后，我拿起了笔，打开久远的记忆。

在我这个年纪，能遇到他那个年纪的一位忘年交，岂止幸运！

这本书要同时献给李陀，没有他就不可能有这本书。

翟永明为这本书写了序，她是我非常崇敬的诗人，诗人能为我这本书写序，感动之下，实在不敢当！

谢谢刘净植老师，她为这本书甘当“黄世仁”，多少次严肃地逼着我“交租子”，同时给了我这个业余写字的人那么多专业的指教，还具体地教给我完成一本书的每一个步骤。她是用心做的这本书。

我要感谢商伟教授，他为《帕瓦罗蒂》和《普拉西多·多明戈》做了极为细致的修改建议，使我把从他那里学到的东西用到了其他的文章。

感谢陶庆梅老师，当我很茫然地开始写这个集子的时候，得到过她启发性的建议和鼓励。

我要拥抱 Alice（周倩茹），她默默地帮助我做了多少整理和琐碎的准备工作，还有 Betty（吴可欣）！

这本书里有很多照片，来自我三十多年歌剧演唱的经历。时间久了，很多照片已经无法找到出处，尤其是那些令人难忘的剧照，有些照片我甚至不知道拍摄者是谁。在此，我要怀着感激的心意做个说明：在本书写作和出版阶段，我们和出版方一直在努力地尝试，希望得到本书所有图片的相关出版授权，至今，仍无法与部分摄影者取得联系，非常遗憾。恭请版权持有人见书后与活字文化联系，以便出版方奉寄样书和稿酬。

我无法想象这本书真的会出版！就像 1983 年，我肩膀上背着一把吉他，揣着几十美元走出纽约机场的时候，根本想不到我会成为一个真正的歌剧演员，并能以此为生。

我很想知道大家怎么看这本书，就像我演了一场歌剧希望知道观众的反应一样。

这本书没写完，只写了我在海外的歌剧演唱经历，想写的还有很多。

我特别想写的，就有和玛莎一起发起的 iSING！国际青年歌唱家艺术节。

我和玛莎一起为这个项目投入了多少感情和时间！iSING！艺术节从 2014 年起落户苏州工业园区，每年一届，至今有超过三百五十位来自三十多个国家的青年歌唱家参加过这个项目。让外国歌唱家学习用中文演唱是我们的坚持，还有就是培养中国的年轻歌唱家走上国内外的歌剧舞台。我和玛莎都知道歌剧事业的“辉煌”后面有多艰难，多孤独，多么需要支持。帮助那些值得帮助的人吧！这就是为什么，我们这个小小的 iSING！ Suzhou 团队，得到了很多人无私的帮助，在美丽的苏州坚持到了今天。

我还想写：为什么我在小时候是那么痛恨西方音乐。后来怎么就从北京锅炉厂去了中央乐团。怎么就去了西方学声乐，怎么“走私”手表，凑够飞纽约的天价机票钱。还有，跟伟忠兄一起做一起演一起笑着流泪的舞台剧《往事只能回味》，怎么就为江苏的《鉴真东渡》落发剃须，怎么在落基山上的淘金小镇做郭文景的歌剧《诗人李白》。还有我和玛莎带着支持国内歌剧发展的美梦，如何投入到血本无归的“中美合资”化妆品工厂——那三年在泥沼中的经历。还有我要交代是怎么撬开北京一个图书馆的门，偷了七十本西方名著，成了那个遥远年代最“富有”的少年。还有我难忘的小西天一号，一起用青春弹着吉他拉手风琴，一起用纯情歌唱的发小们，北京锅炉厂的锅友们，中央乐团二局五楼我们学员班那些可爱的同学们，乐团的朋友们。当然，还有我那用全部身心扑进去的个人舞台剧《我歌我哥》！还有，1975 年北京那个炎热的夏天，遇到的陌生人，就聊了三分钟，告诉我应该学唱歌。

还有……

祝愿每个人都能遇到一个玛莎，还有李陀。

2017 年 7 月 19 日，与李陀在曾经的北京重型机械厂，面对消失的车间

附录

书中部分歌剧与人物介绍

威尔第

意大利伟大的歌剧作曲家，在五十多年的创作生涯中写过二十六部歌剧。威尔第于1813年在意大利布赛托附近一间不大的房子里出生，1901年在罗马逝世，意大利政府为他举行了隆重的国葬。

本书列举了十六部威尔第歌剧，都是世界范围歌剧院经常上演的经典剧目。包括《埃尔南尼》《纳布科》《伦巴第人》《耶路撒冷》《奥赛罗》《命运之力》《茶花女》《游吟诗人》《唐卡洛》《西西里的晚祷》《麦克白》《弄臣》《假面舞会》《阿依达》《西蒙·博卡涅拉》《路易莎·米勒》。

这十六部歌剧均为笔者演出过的剧目，其中参演过《阿依达》在欧美和北京九个歌剧院不同的制作版本大约三百场。包括于 2001 年与帕瓦罗蒂在大都会歌剧院的合作，指挥为詹姆斯 · 莱文，那是帕瓦罗蒂最后一次在大都会演出《阿依达》。

《西蒙 · 博卡涅拉》在北京国家大剧院的实况演出制作出版了高清 DVD，多明戈饰演第一主角男中音西蒙，指挥郑明勋，笔者出演男低音主角费耶斯科。有意思的是，在 1996 年，大都会歌剧院也出版了这部歌剧的 DVD，当时多明戈饰演的是男高音阿多尔诺，笔者饰演配角皮耶特罗。

威尔第的伟大，在于他以沉着而有力的步伐，不停地发展着他的天才，每一部歌剧的创作都有新的成就，这是他一生的事业特点。威尔第的创作活力一直持续到他晚期的作品，尤其是《奥赛罗》和《法尔斯塔夫》，都取得了巨大的成功，奠定了威尔第无比崇高的大师声誉。同时，他还是一位令人敬佩的爱国作曲家，尤其在他早期作品里大都充满着政治色彩和家国情怀。

难以想象的是 ：当威尔第十八岁的时候，想进入意大利米兰音乐学院学习，被拒绝，原因是他缺乏音乐天才。

意大利歌剧咏叹调《她从未爱过我》(*Ella giammai m'amo*)

选自威尔第的歌剧《唐卡洛》，是意大利最著名的男低音咏叹调之一，最长也最难。

西班牙国王菲利普二世与一位年轻到足以成为他孙女的法国公主伊丽莎白，进行了一场有关政治利益的包办婚姻。他怀疑他的儿子卡洛与她有染，内心无比煎熬，整夜无法入睡，独自坐在阴暗的书房。在第一道晨曦中，回忆起她第一次见到他的情景，痛感衰老而悲伤，自言自语道“她从来没有爱过我”，继而爆发出对背叛的愤怒，誓言报复。

这是笔者四十年前学习的第一首威尔第的咏叹调，之后演出过十七部威尔第的歌剧。

《唐卡洛》在比利时

普契尼

如果说威尔第后继有人，那就是20世纪伟大的意大利作曲家普契尼（1858—1924）。从广泛的层面看，普契尼的作品深受瓦格纳和威尔第的影响。在应用“主导动机”的音乐结构上，受瓦格纳的影响更多。他所创作的具有精致戏剧性的管弦乐和无与伦比的咏叹调与重唱，使他的作品一百多年来始终具有迷人的魔力，广受热爱，经久不衰。

普契尼普遍被认为是真实主义的作曲大师，一共创作过十二部歌剧，其中《托斯卡》《蝴蝶夫人》《波西米亚人》和《图兰朵》是他经典中的经典，也是世界范围的歌剧院最常见的演出剧目，几乎每一首男女高音的咏叹调都是非凡的杰作，拥有最高的演出频率。包括《蝴蝶夫人》中《晴朗的一天》、《托斯卡》中的《星光灿烂》、《波西米亚人》中的《冰凉的小手》和《我的名字叫咪咪》，还有世人皆知《图兰朵》中的《今夜无人入睡》。

歌剧《图兰朵》是根据一个中国古代公主图兰朵的传说创作而成。直到今天，世人还不知道一百多年前的普契尼是从什么地方得到中国民谣《茉莉花》的旋律，然后把它千变万化地融进整部歌剧之中。笔者参加过国际范围十一个歌剧院的《图兰朵》新制作，担任老鞑靼王的角色，演出将近四百场，包括在大都会歌剧院四十一场的演出。笔者还参加了北京国家大剧院落成后的首部歌剧《图兰朵》的首演，实况已制作成高清DVD出版发行。

很遗憾，普契尼没有写完《图兰朵》就去世了，他的学生

阿尔法诺收集了他的草稿，完成了大师的遗志。该剧于 1926 年 4 月 25 日在米兰斯卡拉歌剧院首演，由大师托斯卡尼尼指挥。当演出进行到普契尼最后写下的几个和弦时，托斯卡尼尼放下指挥棒，说："就在这里，死亡夺去了大师普契尼手中的羽笔。"然后转身离去。大幕缓缓落下，《图兰朵》首演结束。

不少人说，普契尼的逝世，标志着意大利歌剧的终结。对与否，请查阅普契尼之后的意大利新歌剧对比，自寻答案。

《图兰朵》在大都会

多明戈、维罗尼卡和我在波恩演出《瓜拉尼人》

巴西歌剧《瓜拉尼人》

由巴西著名作曲家戈梅兹创作的第一部意大利风格的歌剧，根据巴西作家阿伦卡尔的小说《瓜拉尼人》改编，1870年3月19日于米兰的斯卡拉剧院正式首演。1870年12月2日首次在巴西里约热内卢的歌剧院上演，是第一部在巴西境外获得赞誉的巴西歌剧。主要讲述发生在巴西土著瓜拉尼部落，围绕着爱恨与权谋的历史故事。在经过一百多年没有上演之后，1994年由男高音大师多明戈力荐，在德国波恩歌剧院重新推出。多明戈饰演第一主角佩利，笔者的角色是唐·安东尼奥，是笔者第一次在德国演出。首演实况由索尼公司制作成CD发行。由本歌剧导演赫尔佐格制作的纪录片《歌剧故事》于1994年上映。

俄罗斯歌剧《鲍里斯·戈都诺夫》

俄国作曲家M. P. 穆索尔斯基创作的四幕歌剧，由作曲家本人根据普希金的同名历史剧编写的剧本，1874年在圣彼得堡马林斯基歌剧院首演。是一部有二十个独唱角色的大型歌剧，戏剧情节和音乐的张力以沉重的色彩完美结合，成功地塑造了阴郁的沙皇戈都诺夫。故事发生在大约1600年，俄国沙皇鲍里斯·戈都诺夫原来是伊凡雷帝的大臣，他谋杀了应该继承王位的伊凡雷帝的儿子季米特里，强迫人民拥戴自己当皇帝。年轻的修道士、政治冒险家格里高利假冒季米特里的名字逃亡，利用对鲍里斯的不满，向他兴兵讨伐，赢得了人民的支持。鲍里斯被这一切吓坏了，仓促地把继承权交给了他儿子费奥多尔，自己在精神错乱中死去。

这部歌剧是俄罗斯民族乐派的优秀作品，其音乐在运用平行和弦、民歌调式等方面，特别是在剧中突出群众场面，加强合唱的地位，不过分显耀主角，是歌剧创作上的革新。

意大利歌剧《塞维利亚的理发师》

意大利喜歌剧，斯泰尔比尼编剧，著名作曲家罗西尼以短短十三天一气呵成完成谱曲。它的首演是西欧歌剧史上十分著名的失败演出之一，失败的原因是多方面的。其一是因为在罗西尼之前，当时意大利老资格的作曲家帕依谢洛已将博马舍的喜剧《塞维利亚的理发师》创作成歌剧，因此相当多的观众认为罗西尼重新创作帕依谢洛已经创作过的歌剧是胆大妄为，甚至感到非常气愤。1816 年 2 月 5 日在罗马阿根廷剧院首演当天，口哨声、喝倒彩声此起彼伏，观众几乎听不见演员在唱什么。第二天情况有所好转；一周以后，该剧的演出才获得巨大的成功，并与莫扎特的《费加罗的婚礼》并称为喜剧双绝。该剧很快成为世界各地歌剧院最重要的演出戏码之一，也成为歌剧史上永放光芒的不朽名作。

剧情描述了发生在 17 世纪西班牙的一个故事。伯爵阿尔马维瓦与富有而美丽的少女罗西娜相爱，但罗西娜的监护人、贪婪而狡猾的医生巴尔托罗也在打罗西娜的主意，音乐教师巴西里奥（此为笔者演出的角色）为他出谋划策。在机敏幽默而又正直的理发师费加罗的巧妙安排下，伯爵和罗西娜冲破了巴尔托罗的阻挠和防范，终成眷属。

法国歌剧《浮士德》

法国作曲家古诺所创作的五幕歌剧。剧情根据德国大文豪歌德的悲剧《浮士德》改编。《浮士德》在 1859 年 3 月 19 日于巴黎的抒情歌剧院首演。

当古诺向巴黎歌剧院递交自己几乎完成的歌剧《浮士德》总谱时，却遭到了拒绝，理由是音乐不够“华丽”。好在另一家抒情歌剧院的经理同意接纳，但有附加条件：首演推迟一年，减少上演场次，而且，必须由他的妻子出任歌剧女主角。终于，1859 年 3 月 19 日，《浮士德》在巴黎抒情歌剧院首演，赢得了评论界的一片赞誉，成了当时最受巴黎观众欢迎的剧目。女高音著名的咏叹调《珠宝之歌》和男高音的咏叹调《你好啊！贞洁而纯净的住所》都是经典之作。魔鬼梅菲斯特是歌剧男低音最著名的角色之一。笔者在阿根廷、美国和新加坡演出过该剧，并在上海大剧院的开幕年参演了《浮士德》的首演，为笔者留学回国演出的第一部歌剧。

中国现代原创歌剧《马可 · 波罗》

广州大剧院原创歌剧。由丹麦导演霍尔滕执导，韦锦编剧，德国作曲家恩约特 · 施耐德作曲。2018 年 5 月 4 日于广州大剧院首演。该剧通过深度演绎马可 · 波罗自陆上和海上丝绸之路往返中国的传奇经历，彰显了丝绸之路的文化价值和人文风采，表达了对人类和平、世界和谐的向往和赞美。也以马可 · 波罗的视角，讲述了宋末元初朝代更迭的风云际会，同时展现了他与中国姑娘传云的爱情传奇。笔者参与了该剧的世界首演，饰元代皇帝忽必烈。该剧于 2019 年赴马可 · 波罗的故乡意大利进行了巡演。

中国现代原创歌剧《骆驼祥子》

国家大剧院首部改编自中国现代文学名著的原创歌剧《骆驼祥子》，于 2014 年 6 月在中国北京首演问世。国家大剧院历经三年酝酿筹备，将中国现代文豪老舍与中国杰出作曲家郭文景，进行了一场穿越半个世纪的强强联合，并集结著名编剧徐瑛、导演 / 舞美设计易立明等国内一流创作团队，首度将《骆驼祥子》搬上歌剧舞台。并于 2015 年 9 月 23 日—10 月 5 日前往歌剧故乡意大利巡演，在都灵皇家歌剧院、热那亚歌剧院、佛罗伦萨歌剧院巡演，并在米兰威尔第音乐厅与帕尔马帕格尼尼音乐厅以中国歌剧音乐会的形式亮相。笔者饰演的角色是女主角虎妞的父亲刘四爷。

中国现代原创歌剧《鉴真东渡》

江苏省演艺集团歌剧舞剧院的第三部原创歌剧。唐建平作曲，冯柏铭、冯必烈编剧，邢时苗导演。2016 年 12 月 20 日，于东京奥查德剧场进行世界首演，取得圆满成功。很多日本观众都在演出落幕后热泪盈眶，因为唐代高僧鉴真对日本文化和宗教的贡献，被尊为“文化恩人”载入教科书。《鉴真东渡》是关于鉴真生平的第一部歌剧在历史中首次上演。该剧两度赴日本巡演，于 2018 年赴中国台湾巡演，并于 2019 年在美国洛杉矶和纽约林肯表演艺术中心公演。江苏省演艺集团大约二百位艺术家的巡演团队创造了中国大型现代歌剧成功的在海外巡演的成就。

饰演鉴真大师是笔者演出生涯中最重要的经历之一

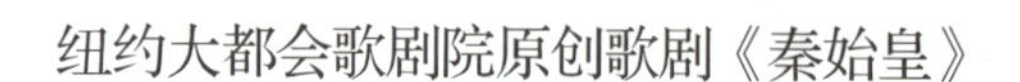

纽约大都会歌剧院原创歌剧《秦始皇》

一部以中国第一位皇帝秦始皇为原型的悲歌剧，用英文演出。该剧由国际著名作曲家谭盾谱曲，并和作家哈金一同完成剧本的创作。张艺谋任导演，王潮歌、樊跃任执行导演。经过十年的筹备，于 2006 年 12 月 21 日在美国纽约大都会歌剧院进行了首次公演。

《秦始皇》的上演具有独特的历史意义：世界最著名的歌剧院首次委约中国作曲家，首次演出一部中国题材的原创歌剧，由中国的导演团队制作，演员阵容由世界著名的歌剧大师多明戈领衔，美国歌唱家和中国歌唱家（笔者的角色为秦代的开国元勋王将军）同台演出，为西方歌剧界巨大的文化事件。指挥由作曲家谭盾亲任，连续两年在大都会歌剧院上演，所有演出票全部售出，引起世界歌剧界的广泛关注。《秦始皇》在大都会歌剧院的首演已制作成高清歌剧电影，在世界范围五十多个国家和地区包括中国的影院上演。

俄国指挥大师
瓦莱里 · 捷杰耶夫（Valery Gergiev）

出生于1953年5月2日，是当今世界古典乐坛上最炙手可热的俄罗斯指挥家，人称"指挥沙皇"。现担任著名的俄罗斯圣彼得堡马林斯基歌剧院院长兼艺术总监、圣彼得堡"白夜"艺术节总监、伦敦交响乐团首席指挥、德国慕尼黑爱乐乐团音乐总监。在捷杰耶夫的带领下，马林斯基歌剧院从濒于破产到成为世界首屈一指的歌剧院之一。他主要的贡献，是在世界范围内推动和介绍俄国的音乐和歌剧，他不但是一位杰出的指挥家，而且是一位具有过人魅力的俄罗斯文化英雄。

2014年捷杰耶夫来到北京国家大剧院，指挥柴可夫斯基作曲的著名俄国歌剧《叶甫盖尼 · 奥涅金》的首演（笔者饰演的角色是公爵戈列敏）。演出激动人心，捷杰耶夫受到中国观众狂热地欢迎。演出结束后捷杰耶夫当即宣布，他的马林斯基歌剧院与国家大剧院合作，邀请中国歌唱家和俄国歌唱家一起，参加次年在圣彼得堡"白夜"艺术节《叶甫盖尼 · 奥涅金》的公演。此为笔者首次在俄国的演出。

美国男中音
米尔恩斯(Sherrill Milnes)

国际著名美国男中音歌唱家，生于1935年1月10日，在世界范围的主要歌剧院以演绎威尔第作品的角色而闻名。

1965年开始在纽约大都会歌剧院登台演出，在四十多年中一直是大都会最主要的男中音明星。他最有名的角色是《托斯卡》中的警长斯卡尔皮亚，还有《奥泰罗》中的亚戈。他的声音具有非常强烈的个人风格和戏剧性，而且一米九的酷象增加了他的舞台魅力，使得米尔恩斯在国际舞台成为20世纪70年代到90年代演绎威尔第作品最著名的男中音之一。

玛莎组织的美国亚裔表演艺术中心，于1993年与中国文化部合作，首次邀请了米尔恩斯访华演出（笔者参演），演出由中央电视台和中央广播电台录制播出。

美国男低音
雷米（Samuel Ramey）

美国著名男低音歌唱家，出生于1942年3月28日，他丰满的音色和娴熟的美声唱法，能够完美地演唱亨德尔、莫扎特和罗西尼等不同风格的音乐，同时他声音的张力让他也能胜任威尔第和普契尼作品中戏剧性的角色。雷米因他的“三个魔鬼”而广受赞誉：鲍伊托的《梅菲斯特》，古诺的《浮士德》和柏辽兹的传奇戏剧《浮士德的诅咒》。同时，雷米是录制唱片最多的男低音，他至少参与过将近八十个CD和DVD的制作与出版。

阿根廷男高音
何塞·库拉（Jose Cura）

1962年12月5日，何塞·库拉生于阿根廷的罗萨里奥。十五岁就以合唱指挥的身份初次登台。十六岁兼学钢琴与作曲。天赋异禀加上名师指点，二十岁的库拉进入音乐学院进行系统学习，主修乐队指挥和作曲。1988年，二十六岁的库拉开始跟随阿根廷声乐名家阿莫里（H.Amauri）正式学唱，继而开始了他世界范围的歌剧演唱生涯。他不仅是闻名国际的男高音歌唱家，同时也是活跃于世界舞台上的作曲家、指挥家和舞台导演。

2015年，因其在教育和文化方面的成就被阿根廷政府授予“多明戈·福斯蒂诺·萨米恩托奖”。

意大利男高音
大师贝尔冈齐（Carlo Bergonzi）

1924年7月13日生于意大利布赛托，是威尔第的同乡，意大利男高音歌唱家、歌剧艺术大师。1948年首次登台，在罗西尼歌剧《塞维利亚的理发师》中饰演费加罗。1951年开始从男中音改唱男高音，后来的几十年，贝尔冈齐成为20世纪威尔第歌剧最出色的演唱者之一，录制了许多唱片和DVD，均为大师级经典。他的手杖上雕刻着威尔第的头像，为乐迷们津津乐道。他也擅长演唱很多不同风格作曲家的歌剧，自称能出演的保留剧目就有七十一部。2015 年，由玛莎的美国非营利组织美国亚裔表演艺术中心发起，与中央音乐学院合作主办，邀请贝尔冈齐大师访华讲学，引起了来自全国声乐界的高度关注。2014 年 7 月 26 日大师于意大利米兰逝世。

俄国女高音歌唱家
安娜·奈瑞贝科（Anna Netrebko）

出生于 1971 年 9 月 18 日，是目前最著名的俄罗斯女高音歌唱家，她的演出遍布世界范围所有重要的歌剧院，如萨尔茨堡音乐节、美国大都会歌剧院、维也纳国家歌剧院、米兰歌剧院、伦敦皇家歌剧院等，演出深受欢迎，是票房的保证。奈瑞贝科多次被《时代周刊》《纽约时报》《美国音乐杂志》、德国《古典回声》等评为“年度最佳古典音乐人”“全球最有影响力古典音乐家第一名”等最高荣誉称号。她曾以演唱抒情闻名，饰演了很多莫扎特和美声歌剧的角色，并且连续不断地主演俄罗斯歌剧。后来开始进入戏剧性的角色如《游吟诗人》中的蕾奥诺拉和《麦克白》中的麦克白夫人及真实主义歌剧的演出。奈瑞贝科还连续推出演唱的专辑和在世界各地举行演唱会，进入了演唱事业最成熟的阶段。

德国导演
赫尔佐格 (Werner Herzog)

著名德国导演与编剧家。于 1942 年 9 月 5 日生于慕尼黑，被认为是德国新浪潮重要的成员之一。维尔纳 · 赫尔佐格导演过四十多部电影，最著名的作品包括《天谴》与《陆上行舟》。他还出版过十几本散文，导演超过十部歌剧。他的各类作品都具有一种非凡的品质，获过很多重要的国际奖项。

意大利导演
强卡洛 · 莫纳科（Giancarlo del Monaco）

意大利国际著名歌剧导演。父亲马里奥 · 德 · 莫纳科是 20 世纪五六十年代著名的戏剧男高音，也是当代十大男高音之一。这位意大利歌剧名门之后，成为从小就在歌剧院摸爬滚打的歌剧导演，曾经在世界各大著名歌剧院导演歌剧，其中《托斯卡》就有六个版本之多。近五十年的艺术生涯中，他排演了三百部（版）歌剧的新制作，包括在北京国家大剧院导演的《漂泊的荷兰人》《乡村骑士》和《丑角》以及《托斯卡》。笔者跟强卡洛在大都会歌剧院合作过的歌剧有《西部女郎》《西蒙 · 博卡涅拉》和《命运之力》。在德国波恩歌剧院跟他合作的是贝多芬唯一的歌剧《费德利奥》。

澳大利亚歌剧导演
摩辛斯基（Elijah Moshinsky）

生于 1946 年 1 月 8 日，2021 年 2 月 14 日去世，父母是俄国犹太人，在上海出生，五岁时全家移民墨尔本，毕业于墨尔本大学，并求学于牛津圣安东尼学院。作为著名的歌剧导演、话剧导演和电视导演，曾受邀大都会歌剧院、英国皇家歌剧院和英国广播公司电视台等。代表作有歌剧《路易莎 · 米勒》《彼得 · 格莱姆斯》《奥泰罗》《乡村骑士》等。

阿根廷歌剧导演
乌戈 · 德 · 安纳（Hugo de Ana）

生于布宜诺斯艾利斯，职业生涯起源于阿根廷科隆大剧院，很快他的导演事业就发展到欧洲。乌戈 · 德 · 安纳与所有欧洲最重要的歌剧院合作了数十部歌剧的新制作，获得了很多导演、舞台设计和服装设计的重要奖项。他在北京国家大剧院受邀导演了《假面舞会》《游吟诗人》《参孙与达丽拉》《水仙女》。

在国家大剧院排练威尔第歌剧《西蒙 · 博卡涅拉》时，由于原定导演摩辛斯基重病，乌戈 · 德 · 安纳接手执导了这部由大师多明戈担纲第一主角的伟大歌剧，也是笔者第三次跟这位脾气暴躁但天才横溢的著名导演合作。

集导演、舞台设计和服装设计为一身的歌剧导演非常罕见，而乌戈 · 德 · 安纳却具有一种超凡的艺术眼光和技能可以全面兼顾，并辉煌呈现。笔者第一次跟他的合作在华盛顿歌剧院演出《熙德》，虽然在合作初期彼此有误解和严重冲突，但最后还是被乌戈·德·安纳的修养和才能彻底折服。第二次在意大利热那亚歌剧院，跟他合作《唐卡洛》，饰演西班牙国王菲利普二世时，是笔者学习塑造歌剧人物一次深刻的感悟。

iSING！国际青年歌唱家艺术节

2000年，笔者在意大利热那亚歌剧院演出威尔第的歌剧《耶路撒冷》。第一天排练休息的时候，剧组陌生的同事们问了很多问题：从哪里来的？北京有歌剧院吗？有音乐学院吗？中国歌手也学美声唱法？也能出国学习声乐？很明显，他们对中国的了解极为有限。那天晚上，笔者跟在纽约的玛莎打了很长时间的电话，都觉得必须做点什么。于是，在2011年由玛莎任主席的美国亚裔表演艺术中心发起创办了“iSING！国际青年歌唱家艺术节”。从2014年开始落户苏州工业园区，得到江苏省、苏州市、苏州工业园区、苏州新时代集团和苏州文化艺术中心的支持，每年夏季举办，“iSING! Suzhou 艺术节”已成为国际知名的青年歌唱家训练项目。宗旨是训练西方歌唱家学习用中文演唱，帮助有才能的中国青年歌唱家走上歌剧舞台。

世界范围有数千青年歌唱家报考过iSING！，三百五十多位来自三十多个国家和地区的歌手通过甄选，来到中国参加了这个东西方唯一的声乐艺术节，其中包括一百多位优秀的中国青年歌唱家。学习与训练的内容包括中文、东西方经典歌剧和艺术歌曲、表演和文化修养等课程。至今，iSING！艺术节已经跟中国所有重要的乐团和剧院合作，并在纽约林肯表演艺术中心、卡内基音乐厅等举行过五十多场音乐会。iSING！艺术节还受到中央电视台、东方卫视、江苏卫视、湖南卫视、BBC、NBC、NPR等邀请演出，并得到超过一千六百家中外主流媒体的关注和报道。

在疫情开始在世界肆虐的2020年，iSING！艺术节用7个月的时间，举办了“iSING！国际青年作曲家比赛”，委约了来自八个国家获奖的青年作曲家为唐诗谱曲，并于2020年11月在苏州举行了世界首演，苏州市、中国对外文化集团和苏州工业园区联合主办并制作了首演的纪录片。来自七个国家包括中国杰出的歌唱家同台演出，在苏州交响乐团的合作中，一起见证了十四首灿烂的古唐诗与中西现代音乐震撼融合的历史时刻。

iSING！是一个国际大家庭，充满着温暖的友爱和东西文化的交融。这个大家庭几十个国家和地区的成员多少年都保持着联系，交换着来自世界各地的信息，在需要的时候互相帮助。

iSING！大家庭不但有在iSING！相遇碰撞出爱恋、已经喜结良缘有了小小iSING！，还有十几位杰出的中外青年歌唱家正在世界范围重要的歌剧院担任主要角色！不少成员已经是经验丰富的声乐老师，还有的开始在音乐艺术专业的领域成为重要的策划和执行人才。这个大家庭不但有领导者、有企业家、有赞助者、有资深的顾问，当然还有将近四百位各国的青年歌唱家、专家们和一组充满激情的行政人员。

iSING！是中国的，也是世界的，必将克服一切困难走向未来。iSING！相信歌唱，因为歌唱可以感动每一个人，还可以连接整个世界。

iSING！ 是中国的，也是世界的

扫一扫

您将欣赏到书中提到的部分歌曲和歌剧选段

图书在版编目（CIP）数据

角斗场的《图兰朵》/ 田浩江著. —北京：
生活 · 读书 · 新知三联书店，2022.6 （2024.5 重印）
ISBN 978－7－108－07371－6

Ⅰ. ①角… Ⅱ. ①田… Ⅲ. ①散文集－中国－当代
Ⅳ. ① I267

中国版本图书馆 CIP 数据核字（2022）第 045836 号

特约编辑 刘净植
责任编辑 卫 纯
装帧设计 毕梦博
责任校对 曹忠苓
责任印制 董 欢
出版发行 生活 · 讀書 · 新知 三联书店
（北京市东城区美术馆东街 22 号 100010）
网 址 www.sdxjpc.com
经 销 新华书店
印 刷 北京隆昌伟业印刷有限公司
版 次 2022 年 6 月北京第 1 版
2024 年 5 月北京第 6 次印刷
开 本 880 毫米 × 1230 毫米 1/32 印张 12.5
字 数 280 千字 图 49 幅
印 数 26,001–29,000 册
定 价 98.00 元
（印装查询：01064002715；邮购查询：01084010542）

图书策划 活字文化 Moveable Type